Ralf Kimmel

AF211565

# MORD IN CONIL

## Operation Orca

### Ein Conil-Krimi

www.conil-krimi.de

2. Auflage Februar 2025

Text: Ralf Kimmel

Lektorat: David Michel Engels

Cover Design: www.designista.de (Ina Becker)

Umschlagmotiv: #859374533, © svastix, stock.adobe.com

Kartografie: #72651209, © lesniewski, stock.adobe.com

Verlag: BoD · Books on Demand GmbH, In de Tarpen 42, 22848 Norderstedt, bod@bod.de

Druck: Libri Plureos GmbH, Friedensallee 273, 22763 Hamburg

Alle Rechte vorbehalten

ISBN: 978-3-7693-2247-7

Bibliografische Information der Deutschen Nationalbibliothek: Die Deutsche Nationalbibliothek verzeichnet diese Publikation in der Deutschen Nationalbibliografie; detaillierte bibliografische Daten sind im Internet über dnb.dnb.de abrufbar.

# PROLOG

*Euch Monster jage ich zurück in die Hölle, aus der ihr gekommen seid!* Er stolperte hinab in die Kajüte. Drei Stufen. Links und rechts je eine Koje. Vorm Kopf am Ende der Kabine unter der Spüle mit dem Waschbecken und dem Gasbrenner befand sich die Schublade. Er riss sie heraus und griff nach der Waffe. Zitternd kippte er den Lauf der Signalpistole nach vorne. Scheiße – leer! Er wühlte nach der Pappschachtel mit den Signalpatronen und verhedderte sich in einem Bündel geflochtener Angelschnur.

Das panische Geheule der beiden sich aneinander klammernden Kinder half ihm gerade jetzt nicht weiter. Während er nach oben zurück hetzte, schrie er sie mit sich überschlagender Stimme an: „Seid verdammt noch mal ruhig und zieht die Westen an. Es wird alles gut!"

An Deck schmiss er die Schachtel mit der Munition neben das Steuerrad und lud die Waffe. Er richtete sie in den blutroten Abendhimmel und drückte ab. Mit einem Fiepen schoss die Leuchtspurmunition gute 300 Meter in den Himmel.

Er lud nach, aber er zitterte zu sehr. Die Patrone fiel auf das Deck. Da tauchte aus dem pechschwarzen Ozean die Rückenflosse des schwarzen Giganten auf, die weißen Flecken auf beiden Seiten der Rückenflosse waren für den Bruchteil einer Sekunde zu sehen, bis das Monster sich anschickte, abermals unter das Boot vorzustoßen und mit aller Macht das Ruder zu attackieren. Der harte Schlag ließ das kleine Boot erzittern und klang wie eine Explosion. Er befürchtete, dass das Ruder aus seiner Befestigung im Rumpf des Schiffes gerissen worden war.

Er klappte erneut den Lauf hinunter und lud nach. Diese Patrone landete im Lauf. *Du Teufel hast dir einen 2000 Grad heißen Gruß verdient. Möge sich das rote Feuer tief in dein verdammtes Fleisch bohren und dich von innen zerfetzen, Inschallah.*

Da stiegen weitere Tiere aus dem Wasser auf und machten sich zum nächsten Angriff bereit. Er visierte das größere der beiden an und drückte ab. Das rote Feuer zischte beim Aufprall auf das Wasser und bohrte sich neben das große Auge wie ein Signallicht in die Haut des Tieres, welches verletzt wie eine Raubkatze zu fauchen begann. Es schüttelte sich, drehte aber nicht ab, sondern rammte umso heftiger gegen das schiefe Ruder. Der Hieb war so gewaltig, dass sich das knapp sieben Meter lange Boot um 180 Grad drehte und alle nicht fest verstauten Gegenstände wie Lebensmittelkonserven und Geschirr durch die Kajüte flogen. Die Geschwister schrien laut auf und riefen nach ihrem Vater, als sie auf den Boden geschleudert wurden.

Als er sich hochgerappelt hatte, zeigte ein sich entfernendes rotes Licht unter Wasser an, dass das getroffene Tier davonschwamm. Fünf oder sechs andere Orcas folgten ihm, um anschließend in großen Kreisen, um das Boot zu ziehen. Was hatten die Bestien vor? Warum zogen sie sich zurück? Sein panischer Blick in die Kabine zu den regungslosen Kindern verriet den Grund. Die Monster hatten bereits gewonnen. Das Wasser stieg schnell. Die Yacht würde sinken. Vom tiefen Grund des schwarzen Ozeans schaute der Teufel zufrieden hinauf.

# Kapitel 1

## Conil de la Frontera – Montag, 17. Juli

Es war ein wunderbarer Morgen an diesem 17. Juli. Das Thermometer zeigte 19 Grad und der Himmel über dem weißen Fischerdorf Conil de la Frontera leuchtete mit dem Blau des Ozeans um die Wette. Der kühle Poniente-Wind wehte aus nordöstlicher Richtung vom Atlantik herüber und drückte feuchte Luft durch die grünen Wipfel der Pinien am *Cabo Roche* und im *Parque de la Atalaya*.

Rafa González nahm erfreut zur Kenntnis, dass die morgendlichen Nachrichten für den heutigen Tag 40 Grad in Palma de Mallorca, 42 in Málaga, 47 in Sevilla und 29 in Conil prophezeit hatten. Dazu sollte es fast windstill sein. Es war ein *Buen día de playa* – ein guter Tag für den Strand. Aber an die *Playa* würde er weder heute noch in den nächsten zehn Tagen auch nur denken können, denn gerade saß eine verzweifelte Frau in seinem Altstadthaus vor ihm und erzählte eine herzzerreißende Geschichte, die ihn bis ins Mark erschüttern sollte.

„Er hat seine eigenen Kinder ersäuft! Dieses verdammte Schwein hat seine eigenen Kinder auf die erbärmlichste Art und Weise ermordet!" Wie in Zeitlupe hob sie ihr verheultes Gesicht und sah Rafa mit geschwollenen Augen und verschmiertem Lidschatten an. „Wie kann ein Mensch so etwas tun? Wie kann man so sein? Und … und wie konnte ich mich bloß so in ihm täuschen?"

Sie begann erneut zu weinen. Rafa González nahm ihre Hand und tätschelte unbeholfen ihre Schulter. „Beruhigen Sie sich. Das sind doch nur Vermutungen. Nach allem, was Sie sagen, wissen wir nichts mit Gewissheit! Wenn Sie *sicher* wären, dass Ihre Kinder tot auf dem Meeresboden liegen würden, wären Sie heute nicht zu mir gekommen, oder?"

Ute Schilling schniefte und nickte verhalten. Rafa reichte ihr ein Taschentuch und sagte: „Sehen Sie! Also gibt es Hoffnung! Ehrlich gesagt denke ich, Sie würden es fühlen. Eine Mutter spürt es, wenn ihre Kinder tot sind. Aber Sie tun es nicht! Sie haben Angst. Sie sind wütend. Das verstehe ich. Aber solange Sie nicht absolut sicher wissen, dass Alba und Álvaro tot sind, werden und müssen Sie hoffen und suchen. Das ist jetzt Ihre Aufgabe, ob Sie wollen oder nicht!"

Sie schaute ihm direkt in die Augen. „Sie haben auch Kinder, Sr. González?"

Rafas Blick verfinsterte sich, als er antwortete: „Das ist ein schwieriges Thema für mich. Meine Kinder sind wie meine Frau vor Jahren bei einem Brand ums Leben gekommen. Ich würde alles dafür tun, um das ungeschehen zu machen, das können Sie mir glauben."

„*Dios mío!* Das ist schrecklich zu hören und das tut mir sehr leid für Sie. Aber dann können Sie sich vielleicht tatsächlich in meine Situation hineindenken." Sie schaute ihn fragend an. „Also übernehmen Sie den Auftrag? Werden Sie meine Kinder für mich finden?"

Rafa schluckte und antworte kleinlaut: „Ich würde Ihnen sehr gerne helfen, aber das hier ist zu ernst und zu groß für mich. Sie müssen zur Guardia Civil gehen und denen erzählen, was passiert ist. Sie brauchen keinen kleinen Schnüffler, Sie brauchen die Profis."

„Sie machen wohl Witze. Diese *Profis* haben mich doch weggeschickt. Die haben mich nicht ernst genommen. Ich weiß nicht, an wen ich mich sonst wenden soll."

„Ich verstehe, die Polizei will Ihnen nicht helfen und das Telefonbuch von Conil ist nicht gerade voll von Privatdetektiven?!"

„Lassen Sie die Späße, ich habe keine Zeit für so was. Werden Sie sich die Sache wenigstens überlegen?"

„Also gut, Señora, gehen wir noch einmal alles durch. Bitte unterbrechen Sie mich und ergänzen alles, was Ihnen noch einfällt: Sie heißen Ute Schilling, sind 35 Jahre alt und waren bis zum letzten Jahr mit dem 42 Jahre alten Hamza Al Azzouzi verheiratet. Ihr Mann ist Architekt, hat in Málaga studiert und arbeitet für eine Baufirma."

„Mein Ex-Mann, darauf lege ich Wert."

„*Okay – perdón.* Ihr Ex ist in Marokko in Marrakesch am Rande des Atlasgebirges als fünftes Kind einer konservativen Familie aufgewachsen. Seine Familie war es auch, die ihn zum Studium der Architektur an die *Universidad de Málaga* geschickt hat, wo er aufgrund seines Talents und seines großen Fleißes als Jahrgangsbester abschnitt. Bei der Baufirma Grupo AGP arbeitete er sich hoch. Geldgeber aus den Arabischen Emiraten und Saudi-Arabien, die an der Finanzierung der verschiedenen Projekte an der Costa del Sol beteiligt waren, wussten zu schätzen, dass er Arabisch spricht. Auch von der öffentlichen Hand zog er viele große Aufträge für die Firma an Land. Sie erwähnten, dass er mit den Auftraggebern nach oder statt den Baustellenbesichtigungen auch Orte aufsuchte, die für manche Männer noch spannender sind als Betongerippe."

„Er kam gut bei den Kunden an, ja."

„… und lernte dann vor sieben Jahren Sie kennen."

„Das stimmt. Leider", schluchzte sie.

„Sie sind Tochter von deutschen Auswanderern. Ihre Eltern waren Hippies, wenn ich das so salopp sagen darf. Sie gingen mit Ihnen, als sie noch klein waren, nach Caños de Meca und lebten ihren Traum. Sie wuchsen in einem Zelt am Strand auf und verdienten den Lebensunterhalt durch den Verkauf von selbstgemachtem Schmuck und von CDs mit eigener Musik. Für Sie als Kind war diese Zeit schwer, vor allem wegen der Unregelmäßigkeiten. Ihre Eltern hatten ständig wechselnde Partner und haben Sie viel allein gelassen. Die Einheimischen ließen sie häufig spüren, dass sie Sie als Faulenzer und Obdachlose ohne Moral und Anstand verachteten. Als Ihre Eltern sich dann trennten und neuen Lebensabschnittsgefährten zuwendeten, wussten Sie nicht, wohin, und haben als Zimmermädchen in einem Hotel an der *Costa del Sol* angefangen. Dort bemerkte man, dass Sie nicht nur fleißig waren, sondern auch perfekt Deutsch sprachen und bei den Touristen beliebt waren. Sie arbeiteten als Kellnerin und später als Rezeptionistin in einem Fünf-Sterne-Hotel am Yachthafen von *Puerto Bañus*. Als Sie von der Mittagspause am Strand zurückkamen, gab er Ihnen seine Nummer."

„Ja, aber was spielt das jetzt für eine Rolle?"

„Alles kann eine Rolle spielen, glauben Sie mir. Lassen Sie mich bitte noch kurz fortfahren, ich bin gleich fertig. Versprochen."

„Also. Seine Attraktivität, seine spaßige, aber verbindliche Art begeisterte Sie. Sie heirateten schnell, hatten eine gute

Zeit, bis Sie zwei Kinder bekamen und seine Eltern mehrfach zu Besuch kamen und er seltsam wurde. Alles, was er früher aufregend an Ihnen fand, fand er plötzlich schlampig. Oben ohne in die Sonne? Schöne Kleider? High Heels? Lippenstift? Tanzen in Clubs? Mit Freundinnen um die Häuser ziehen? Alles verboten, seit die Kinder da waren! Und dann seine plötzliche Eifersucht auf alles und jeden. Seine Kontrollsucht war nicht mehr auszuhalten und Sie trennten sich. Sie bekamen das Sorgerecht, der Vater durfte die Kinder alle zwei Wochen am Wochenende sehen. Am gestrigen Sonntag holte er beide morgens um neun Uhr für einen Segelausflug ab. Seither haben Sie nichts mehr von Ihrem Ex und Ihren Kindern gehört.

Als Ihr Mann die Kinder nicht wie verabredet gestern Abend zurückbrachte, sind Sie sofort zur Guardia Civil hier in Conil gegangen und haben das Verschwinden Ihrer Kinder gemeldet. Warum waren Sie sofort so in Sorge? Warum dachten Sie sofort an ein Verbrechen?"

„Als er die Kinder nicht wie verabredet zurückbrachte, kamen mir mehrere Dinge in den Sinn: Erstens war Hamza bisher nie zu spät gekommen. Er war die Pünktlichkeit in Person.

Zweitens wollte Álvaro sein Kuscheltier, einen kleinen Affen mit dem Namen Annika, mitnehmen. Hamza war immer dagegen gewesen, dass er ihn mit rumschleppt, weil Álvaro ihn immer überall liegen ließ und dann Panik ausbrach, wenn er weg war, und weil er der Meinung war, dass ein Junge in seinem Alter nicht mit Kuscheltier draußen rumrennen sollte. Männlichkeitswahn. Sie verstehen."

„Ja, und?"

„Diesmal war das anders. Er hat Álvaro regelrecht überredet, den Affen einzupacken. Das fand ich zu dem Zeitpunkt schon seltsam. So als ob er vorhätte, länger mit dem Kleinen zu verreisen."

„Und was noch?"

„Nun ja, einmal sagte er zu mir: *Ich respektiere die Andalusier. Sie sind ein gesitteter und praktischer Menschenschlag. Sie lösen Dinge fair und partnerschaftlich. Aber wenn es sein muss, wissen sie sich zu helfen. Wenn man hier möchte, dass jemand für immer verschwindet, lädt man ihn ein, und zwar entweder auf sein Boot oder auf seine Finca im Campo.*"

„Und wie könnte er das gemeint haben? Eine Einladung zum Sterben?"

„Er sagte: *Auf dem Boot, draußen auf dem Meer, gibt es keine Zeugen. Niemand hört einen Schrei, niemand findet Spuren. Da braucht es nur eine Eisenkette um den Bauch und die Leiche taucht nie wieder auf. Die Fische erledigen den Rest. Im Campo ist auch weit und breit keine Menschenseele, die etwas hören könnte. Diese Variante ist für Leute ohne Boot. Im Campo verschwinden die Leichen in den Schächten der illegalen Bohrungen nach Grundwasser.*"

„Und diese Zitate von ihm machen Ihnen jetzt natürlich Angst!"

„Ja. Mir gehen seine Worte seit dem Verschwinden der Kinder nicht mehr aus dem Kopf. Mein Ex-Mann war überzeugt, dass man Menschen am besten auf dem Meer verschwinden lässt. Und letzten Sonntag fährt er mit unseren Kindern raus und seither sind alle wie vom Erdboden verschluckt. Das ist doch seltsam, oder?"

„Das heißt erst mal gar nichts und das passt auch nicht zu der Geschichte mit dem Kuscheltier. Gehen wir also davon aus, dass sie leben: Wo würde er die Kinder verstecken?"

„Nun ja, in unserer gemeinsamen Wohnung in La Malagueta vermutlich nicht. Wir hatten auch ein kleines Apartment in Sotogrande in der Nähe vom Liegeplatz der Yacht, aber auch das wäre vermutlich zu auffällig. Ansonsten fällt mir nur seine Heimat Marokko ein. Irgendwo bei seiner Familie in Marrakesch vielleicht. Aber ehrlich gesagt traue ich das seinen Eltern nicht zu. Ich mochte sie nicht besonders, aber trotzdem sind es anständige Leute."

„Haben Sie seine Eltern in Marokko schon angerufen?"

„Ich habe letzte Nacht und heute Morgen jede gottverdammte Person in meinem Telefonbuch kontaktiert. Natürlich auch meinen Schwiegervater und meine Schwägerin! Hamzas Mutter lebt leider nicht mehr. Ja! "

„Und? Was haben die gesagt?"

„Ich soll mir keine Vorwürfe machen und mich melden, wenn ich was von Hamza höre. *Ich! Mir! Keine Vorwürfe!* Als sei ich am Verschwinden von Hamza und den Kindern schuld. Seit der Scheidung sind sie noch unmöglicher zu mir geworden."

„Ja, dass Schwiegereltern sich nach einer Trennung nicht zum Besseren wandeln, habe ich auch schon gehört. Das tut mir leid. Aber lassen Sie uns über ein anderes Thema reden: Bei wem haben Sie denn die Anzeige aufgegeben und was hat die Guardia Civil gesagt? Sie haben eingangs erwähnt, die hätten Sie weggeschickt? Die tun vermutlich erst mal nicht sonderlich viel, oder?"

„Die weigern sich, *überhaupt* etwas zu tun. Genau deshalb bin ich ja heute zu Ihnen gekommen, damit endlich jemand die Kinder sucht. Ich habe gestern mit einem jungen Beamten namens Felipe gesprochen. Er hat die Anzeige aufgenommen und gesagt, dass ich mich beruhigen soll und dass die Polizei erst 24 Stunden nach dem Verschwinden einer Person tätig wird. Ich soll die Eltern der Freunde meiner Kinder anrufen und mich noch mal melden, wenn die Kinder bis heute Abend noch nicht zu Hause sind."

„Das hat er Ihnen nicht im Ernst gesagt! Der Schwachkopf! Die Polizei muss beim Verschwinden von Kindern sofort nach ihnen suchen! Ich hoffe mal sehr, dass heute Morgen jemand mit Verstand in der *Comandancia* – der Kommandantur ist und sofort alles mobilisiert hat. Wissen Sie was? Die Zeit drängt – ich werde gleich mal hinfahren und meinen ehemaligen Kollegen Beine machen."

„Also helfen Sie mir?"

„Na ja, ich kann Ihnen natürlich nicht garantieren, die Kinder zurückzubringen, aber ich werde alles in meiner Macht Stehende tun, um Licht ins Dunkel bringen, und wenn sie noch am Leben sind, gibt es vielleicht in der Tat gerade keinen Besseren als mich."

„Davon bin ich überzeugt. Die Zeitungen waren letzten Sommer voll von Ihnen. Sie haben die Entführung einer jungen Frau aus Conil und einen Mord an ihrem Großvater aufgeklärt und nebenbei die halbe Drogenmafia Südspaniens und den korrupten Chef der Guardia Civil in Algeciras hochgehen lassen. Entweder arbeiten Sie extrem schnell und effektiv oder Sie waren mit diversen Journalistinnen im Bett. Meine Kinder sind klein und brauchen mich. Alba ist fünf und Álvaro ist erst drei."

„Das habe ich verstanden. Bitte versuchen Sie – so gut das möglich ist – die Ruhe zu bewahren und denken Sie nach, ob Ihnen noch irgendetwas einfällt. Ich melde mich heute Abend und berichte. Haben Sie irgendjemanden, der sich jetzt um Sie kümmern kann?"

„Meine alte Freundin Daggi. Sie ist eine Seele von einem Menschen. Bei ihr und ihrem Mann bin ich jetzt erstmal für ein paar Tage untergekommen, bevor ich wieder zurück in mein Haus gehe."

Rafa verabschiedete sich höflich und begleitete seine neue Auftraggeberin vor die Tür, um anschließend mit tiefen Sorgenfalten auf der Stirn hinab zur Strandpromenade und seiner Garage zu gehen.

*Ich hasse es, wenn Kinder im Spiel sind, und das, was sie erzählt, hört sich überhaupt nicht gut an*, dachte er und dass, obwohl er zu diesem Zeitpunkt nicht den Ansatz einer Ahnung hatte, in welche Abgründe er in den nächsten zehn Tagen würde blicken müssen.

# Kapitel 2

## Conil de la Frontera – Montag, 17. Juli

Rafas treuer Mercedes 280 CE Coupe, Baujahr 1985, in Silbergrau-metallic quälte sich durch den hochsommerlichen Stau auf der *Avenida de la Música* zur *Comandancia* der Guardia Civil auf der *Calle Carretera,* Ecke *Calle Vejer* kurz vor dem Kreisverkehr, an dem vor ein paar Jahren ein Burger King und ein Aldi eröffnet hatten. Der örtliche Dienstsitz der Guardia Civil war ein beigefarbener 50er-Jahre-Zweckbau mit vergitterten Fenstern. Links neben dem Eingang ein Fahnenmast mit der spanischen Flagge, rechts eine Rampe für Rollstuhlfahrer, davor ein Parkplatz, der gut 20 Fahrzeugen Platz bot und mit Bananenpalmen und pinken Oleanderpflanzen verziert war.

Rafa hatte dieses Gebäude in seiner aktiven Zeit nie sonderlich gemocht, aber so sahen die meisten Gebäude der Guardia Civil aus. *Todo por la patria – alles für das Vaterland* lautete ihr Motto. Sie brauchten keinen Luxus. Es war Ehre genug, Spanien zu dienen.

Er sprang die zehn Treppenstufen am Eingang mit wenigen Schritten hinauf, als wäre er nie weggewesen, und grüßte Maité am Empfang. Als sie ihn sah, breitete sich wie immer ein Lächeln über ihr Gesicht. „Rafa, alter Rentner. Was führt dich heute hierher? Ein Liebesbesuch bei Isabella? Hast Sehnsucht, wie?"

„Ach, Maité, du bist einfach zu neugierig. Ja, ich will zu Isabella, *du* hast mich ja immer abblitzen lassen. Drück mir auf, bitte!", rief er ihr mit einem Augenzwinkern zu. Sie drückte mit einem Lächeln auf den Taster und ein Summen signalisierte, dass die Tür nun offen war.

„Sag ihr *Hola* von mir." Er ging hindurch, grüßte die drei Cabos im Erdgeschoss und nahm wie üblich den Aufzug in die oberste Etage. Hinter dem Aufzug rechts befand sich Isabellas Büro.

Als er eintrat, schaute sie ihn überrascht, aber glücklich an und rief: „Hola, Cariño, kannst du Gedankenlesen? Ich wollte dich gerade anrufen, ich muss mit dir reden!"

„Du mit mir? Ich muss mit *dir* reden!"

„Wer zuerst?"

„Schieß los, Isa!"

„Erinnerst du dich an Daniela Leona?"

„Wie könnte ich die jemals vergessen?"

„Das dachte ich mir, du Hallodrie. Sie ist aus dem Gefängnis in *Alcalá de Guadaíra* ausgebrochen."

„Und jetzt müsst ihr natürlich mich und alle, die mit der Verhaftung zu tun hatten, warnen, dass Sra. Leona auf der Flucht ist?"

„Nein, das müssen wir nicht."

„Warum das?"

„Weil sie tot ist, Rafa. Die Flucht war eigentlich perfekt geplant: Sie ist in einem Versorgungswagen zwischen alten Bettlaken entwischt. Nur hatte sie nicht damit gerechnet, in eine allgemeine Verkehrskontrolle an der Ringautobahn *Ronda de Sevilla* zu kommen. Der bestochene

Lieferwagenfahrer bekam Schiss und versuchte abzuhauen. Auf der Flucht ist sein Wagen von einer Böschung gekippt und in einem *Barranco* – in einer Schlucht – in Brand geraten. Für Daniela Leona kam jede Hilfe zu spät."

„Kein schöner Tod. Das hat sogar sie nicht verdient, trotz allem, was sie mir angetan hat."

„*Su sangre no merece que derrames ni una lágrima* – Ich weine ihr keine Träne nach und das solltest du auch nicht. Nächstes Thema: Was hattest du denn für mich, Rafa?"

„Du musst mal ein ernstes Wort mit Cabo[1] Felipe reden. Der hat gestern eine Mutter weggeschickt, deren kleine Kinder mutmaßlich entführt wurden."

„Entführt oder etwas zu spät vom eigenen Vater zurückgebracht?"

„Aha. Also kennst du den Fall? Wirst du ermitteln?"

„Rafa, das geht dich nichts an. Das ist vertraulich. Aber im Ernst: Wieso sollte ich in dem *Fall* – wie du ihn nennst – ermitteln? Sehe ich aus wie die Vermisstenstelle? Vermutlich gibt es bei allen getrenntlebenden Eltern Streitigkeiten, wer wann die Kinder wieder zurückbringen sollte. Ich wette mit dir, der Vater liefert die Kinder gesund und munter wieder ab und behauptet, die Eltern hatten sich darauf verständigt, dass die kleinen Engelchen nach dem anstrengenden Segeltrip noch bei ihm übernachten dürfen. So was passiert jeden Tag. Aber mach dir keine Sorgen, Felipe schaut sich das

---

[1] Dienstgrad der Guardia Civil, in etwa Polizei-Hauptwachtmeister

zu gegebener Zeit an, falls ich mich irre und die Kinder doch nicht zeitnah auftauchen sollten."

„Danach sieht es leider überhaupt nicht aus. Die Mutter war eben bei mir. Die Kinder sind immer noch nicht wieder da und das Handy des Vaters ist weiterhin offline. Was hat Felipe denn bisher schon unternommen?"

„Ich habe ehrlich gesagt keine Ahnung und in fünf Minuten einen wichtigen Termin mit einem Ermittlungsrichter aus Madrid. Hier läuft gerade einer der größten Fälle seit Jahren. Top-Secret. So geheim, dass ich dir nicht mal den Projektnamen sagen darf. Aber weil du es bist, *Corazón,* und um dich schnell wieder loszuwerden, fragen wir kurz bei Felipe nach."

Isabella wählte die Durchwahl 95 auf ihrem Telefon und legte den Hörer daneben, sodass die Lautsprecher mit einem Knacken angingen.

Der junge Cabo beantwortete den Anruf sofort: *„Coronel Fernandez, en que le puedo ayudar*? – Oberst Fernandez womit kann ich dienen?"

„Sag mal, Felipe, wie weit bist du mit den vermissten Kindern? Haben wir schon irgendwas?"

„Ich habe die Personalien der Anzeigeerstatterin, die der vermissten Kinder und des Vaters durch den Polizeicomputer gejagt und überprüft. „Aha, und?" So weit nichts Auffälliges. Die Frau ist mit den Kindern hier in Conil gemeldet, der Vater in Málaga. Gegen den Vater liegt was vor: Trunkenheit am Steuer und BtMG-Sachen. Alles aber schon älter und nichts Großes.

Ich habe dann die Kinder und den Vater im Informationssystem zur Fahndung ausgeschrieben, mit den persönlichen Merkmalen, Alter und Kleidung zum Zeitpunkt des Verschwindens, und die Fotos der Kinder hochgeladen. Zusätzlich habe ich die Vorschule, auf die die beiden gehen, die Verwandten und den Arbeitgeber des Vaters informiert und einen Durchsuchungsbeschluss und Handyüberwachung beantragt. Schließlich haben wir noch die AIS-Daten von gestern ausgewertet."

„Was sind denn AIS-Daten, Felipe?", fragte Rafa.

„Wer war das denn?", erschrak sich Felipe.

Isabella schaute Rafa irritiert an und antwortete: „Ach so, ja, Rafa González steht hier bei mir. Er wurde von der Mutter engagiert. Hoffen wir mal, dass die Kids schnell wieder heimkommen, damit er uns nicht wieder in die Ermittlungen reinpfuscht wie letztes Jahr." Isabella kicherte.

„Was ist jetzt mit diesem ASI?"

„AIS, Rafa. AIS. Die Abkürzung steht für *Automatic Identification System*. Das ist ein international verwendetes Funknavigationssystem, mit dem Schiffe ihre Navigation und Schiffsdaten austauschen. Stell es dir wie das Nummernschild eines Autos vor, nur besser: Über AIS teilen die Schiffe nicht nur den Schiffsnamen, den Eigner, das Funkrufzeichen, den Schiffstyp und die Abmessungen des Schiffs, sondern auch ihren Kurs und ihre Geschwindigkeit."

„Und das Boot von Sr. Al Azzouzi hatte so ein Ding an Bord, ja?"

„Das versuchen wir herauszufinden. Alle Schiffe, die länger als 20 Meter sind oder Platz für über 50 Passagiere an Bord haben, sind verpflichtet, eine AIS-Anlage zu betreiben. Berufsschiffer sowieso und die meisten Hobbyskipper und Bootsverleiher bauen sich zur Sicherheit auch so eine Anlage ein. Die Ex-Frau konnte mir dazu nichts sagen."

„Sind denn zu der fraglichen Zeit gestern Schiffe aus Sotogrande ausgelaufen?"

„17 an der Zahl und alle sind bis zum Abend wieder zurückgekommen."

„Na klasse. Dann finde bitte mal raus, ob auch das Boot, das wir suchen, so ein AIS-Ding hatte und ob auch unser Boot wieder zurückgekommen ist."

„Schon dabei. Ich habe schon drei Mal in der *Capitanía Puerto Sotogrande* – der Hafenmeisterei des Hafens Sotogrande angerufen. Laut Homepage haben die heute durchgängig von 8 bis 19 Uhr geöffnet, aber da geht niemand ran. Wenn die sich nicht endlich melden, werde ich rüberfahren. Vielleicht weiß der Hafenmeister ja was."

„Mach das, aber bleib mir nicht aus Versehen bei Gigi in der Strandbar hängen", sagte Isabella und beendete das Gespräch: „Ich muss jetzt auflegen, mein nächster Termin wartet. Für den Moment danke, Felipe."

Als sie den Hörer aufgelegt hatte, dauerte es keine zwei Sekunden, bis das Telefon klingelte. Sie nahm ab und sagte, man solle den Besucher in das Besprechungszimmer bringen, sie würde sofort kommen. Dann bat sie Rafa freundlich, aber bestimmt zu gehen. Warum sie nun einen Termin mit einem Ermittlungsrichter aus Madrid hatte, konnte Rafa ihr nicht entlocken.

*Große Sache, Top-Secret – ts. Was kann wichtiger sein als das Leben unschuldiger Kinder,* dachte Rafa, der den Rauschmiss nur zähneknirschend akzeptierte.

# Kapitel 3

## Málaga – Montag, 17. Juli

Der nagelneue fünfgeschossige Bürobau in erster Strandlinie unweit der Kreuzung *Calle Pacífico* und *Calle Princesa* beherbergte die Hauptverwaltung der Firma Grupo AGP, einer der sieben größten spanischen Baufirmen. Vor dem Gebäude Jacaranda-Bäume, auf dem weißen Vorplatz Kokospalmen und ein Springbrunnen. Die Fassade bestand aus Glas und weißem Aluminium. Die Geschosse waren seitlich versetzt, sodass Platz für große Terrassenflächen auf den verschiedenen Stockwerken gegeben war. Die Terrassen waren jeweils durch Glasbalustraden begrenzt, was ihnen einen eleganten und *freshen look* gab. Frontal zum Meer boten große Glasfenster großzügig Ausblick auf das Mittelmeer.

*Beach Office* in der Innenstadt. Mit weniger hätte sich Tomas de la Torre auch nicht zufriedengegeben, der soeben die vierteljährliche Vorstandssitzung in der fünften Etage beendete und sich von den anderen Vorständen und seinem General Counsel[2], der auch Protokollführer der Sitzungen war, verabschiedete. Dem Ressortleiter für Unternehmenskommunikation Carlos Morales gab er ein Zeichen, im Raum zu bleiben und wandte sich ihm zu, als sie alleine waren.

„Carlos, wir haben ein Thema. Hamza ist verschwunden!"

„Was meinst du mit *verschwunden*?"

---

[2] Leiter der Rechtsabteilung

„Der Schwachmat hat vermutlich seine eigenen Kinder entführt und ist mit ihnen über alle Berge. Die Guardia Civil hat sich gemeldet, die werden hier bald auftauchen, die werden sicher auch sein Büro und seine Wohnung durchsuchen wollen. Die Rechtsabteilung wird das natürlich sachgerecht verarzten. Wir müssen aber vorbereitet sein und die Zeit nutzen, um aufzuräumen."

„Was soll ich tun?"

„Tu das, was du tun musst. Dir fällt schon was ein. Lass ihn vor allem rückwirkend wegen irgendwas kündigen. Ich habe absolut keine Lust, dass seine Scheiße zu unserer Scheiße und zu meiner Scheiße wird!"

„Selbstverständlich. Wird sofort erledigt. Ich halte dich auf dem Laufenden", sagte Carlos Morales und verabschiedete sich mit dem für ihn typischen schnellen Schritt bei um fast 45 Grad vorgebeugtem Oberkörper und der dicken Aktenmappe unter dem rechten Arm.

## Kapitel 4

## Puerto Sotogrande – Montag, 17. Juli

Als er nach einer halben Stunde noch keinen Rückruf aus Sotogrande bekommen hatte, verabschiedete sich Cabo Felipe Fonseca von seinem Kollegen Fernando Torres und verließ das Gebäude der Guardia Civil in Conil. Links auf dem Parkplatz stand der neueste Dienstwagen der lokalen Dienststelle: ein Citroën C4, Baujahr 2021, grüne Motorhaube mit Krone, Schwert und Fascis[3], über das ganze Dach gezogen ein großes Blaulicht in Form eines Bumerangs. Felipe freute sich auf die anderthalbstündige, ruhige Fahrt über Benalup und die A-381 durch den Nationalpark *Los Alcornales* die A-7 hinab ans Mittelmeer, die bei diesem herrlichen Sommerwetter großartige Blicke auf den Felsen von Gibraltar versprach.

Zu seiner Verwunderung stand Rafa González an den Citroën gelehnt und begrüßte ihn: „Na endlich, Felipe. Ich dachte schon, du kommst gar nicht mehr! Fahren wir!"

Dieser entgegnete überrascht: „Ich wusste weder, dass Sie und ich uns duzen, noch, dass Sie mitfahren."

„Das muss dir nicht unangenehm sein, Felipe. Jetzt weißt du es ja", sagte Rafa mit einem Lächeln, mit dem er sogar nach

---

[3] Symbol der Guardia Civil. Das Fascis ist ein mit Lederriemen umschnürtes Bündel aus Stäben, in dem ein Beil steckt. Seine Historie geht auf das römische Reich zurück: Die Fasces wurden römischen Königen vorangetragen. Das Beil stand als Symbol für die Todesstrafe, die von den Amtsträgern angeordnet werden konnte.

einem Bankraub ungeschoren davonkommen würde. Seufzend stieg Cabo Felipe Fonseca ein und fuhr los.

Die Fahrt gestaltete sich ruhig. Außer ein wenig Smalltalk passierte nichts weiter. Die Anspannung war den beiden Ermittlern anzumerken, die mit ihren Gedanken bei den verschwundenen Kindern waren.

Nach fast anderthalb Stunden kündigte das braune Schild vor drei großen Palmen auf der rechten Seite der Autobahn A-7 endlich die Fahrt über den Rio Guadiaro an, an dessen Mündung der Yachthafen von Sotogrande lag. Sie fuhren über den olivgrünen Fluss, dessen Ränder von dichter Vegetation überwuchert waren, und nahmen dann die Abfahrt 133 Pto. Sotogrande.

Sotogrande war mit 25 Quadratkilometern die größte private *Urbanisacion* – Wohnsiedlung Andalusiens. Der philippinisch-US-amerikanische Investor Joseph McMicking hatte als großer Fan des legendären Pebble Beach Resorts in Kalifornien seit den frühen 1960er-Jahren am südlichen Zipfel der Provinz Cádiz das perfekte Resort für anspruchsvolle Käufer und Liebhaber des Golfsports geplant.

Wie Rafa als leidenschaftlicher Golfspieler nur allzu gut wusste, verfügte Sotogrande neben dem ikonischen Valderrama Golf Club, der im Jahr 1974 von Robert Trent Jones erbaut und damals als Nuevo Sotogrande Golf Course eröffnet wurde und später als Austragungsort des Ryder Cup Weltruhm erlangte, noch über vier weitere exzellente Golfplätze (Real Club de Golf Sotogrande, La Reserva de Sotogrande, Club de Golf La Cañada, Almenara), diverse Poloclubs, eine internationale Schule, einen Yachtclub mit 1.382 Liegeplätzen, imposante Villen, exzellente Restaurants und Ärzte, die süße Stupsnasen und tolle Titten machen konnten – kurzum: Hier gab es alles, was die (Neu-)Reichen und Schönen erwarteten.

Jedes Jahr im August beim alljährlichen Poloturnier im Santa Maria Polo Club gaben sich einige von ihnen die Ehre – vom emeritierten König von Spanien und dem Sultan von Brunei über diverse Profifußballer bis hin zu berühmten Schauspielerinnen. Rafa erinnerte sich nur allzu gut an seinen letzten Einsatz im Yachthafen von Sotogrande, und dieser Hafen war auch heute ihr Ziel.

Nach der Autobahnabfahrt und drei Kreisverkehren kamen sie auf die *Avenida de la Marina*, die erst den wunderschönen Strand *Playa de Torre Guadiaro* passierte und dann nach einer Rechtskurve über die Hafenmole führte, die wie eine gerade Linie auf den am Horizont gut sichtbaren Felsen von Gibraltar zeigte. Kurz vor Ende der Mole befand sich rechter Hand ein imposanter viereckiger Turm aus ockerfarbenen Natursteinen mit vereinzelten weißen Fenstern und einer Aussichtsplattform und Burgzinnen auf dem Dach, der die Hafeneinfahrt bewachte. Auf dem Turm befand sich ein Mastbaum mit einer großen spanischen Fahne.

Felipe und Rafa parkten den Wagen, stiegen aus und gingen an einer kleinen Repsol-Tankstelle für Schiffe vorbei zum Eingang des Gebäudes. Über ihnen kreischten die Möwen und der Wind schlug die Seile der Schiffe gegen die Masten, was einen wiederkehrenden hohen, metallischen Ton erzeugte. Auf der anderen Seite des Hafenbeckens waren gelbe und rote Luxus-Apartmenthäuser hinter einer Kokospalmenpromenade zu sehen. Die Eingangstür zum *Torre de Control Puerto Deportivo* – Kontrollturm Yachthafen war verschlossen. Von innen gut sichtbar hing ein Zettel:

*„Almuerzo en el Gigi – solo molestar en caso de emergencia –* Mittagessen in Gigis Bar – nur in Notfällen stören."

„Bei der Hafenmeisterei müsste man arbeiten – die haben ein Leben. Kein Wunder, dass da keiner ans Telefon geht", sagte Felipe.

„Nur kein Neid, Felipe. Was ich mich frage, ist, ob Isa hellsehen kann. Hatte sie nicht gesagt, du sollst nicht zu lange in Gigis Bar hängen bleiben? Sei's drum, wo ist denn jetzt diese Bar? Ich check das mal auf Google Maps."

Felipe schaute interessiert über das große Hafenbecken, während Rafa nach der Bar suchte.

„Es ist da drüben, auf der anderen Seite des Hafenbeckens auf der Playa Sotogrande. Mit dem Auto brauchen wir da rüber zehn Minuten, kannst du gut schwimmen, Felipe?", fragte Rafa lachend. Ohne eine Antwort abzuwarten, ging er in Richtung der Tankstelle und winkte einem kleinen Shuttle-Boot, welches Touristen und Einheimische in den Sommermonaten durch den Hafen fuhr. Der freundliche junge Fährmann fuhr sie in Windeseile auf die andere Seite des Hafenbeckens und legte am Steg direkt hinter Gigis Bar an. Die beiden Beamten bedankten sich und betraten die Strandbar von der Promenade aus.

Die Bar war ein zu den Seiten offenes Gebäude mit braunen Pfosten und einem braunen Holzboden, auf dem weiße Tische standen. Im Außenbereich befanden sich türkise Sonnenschirme mit weißen bequemen Sonnenliegen, die zwischen diversen Palmen und auf dem Strand verteilt waren. Ein spirituelles Flair bekam der Ort durch verschiedene kleine Kunstwerke und beschriebene Wände *(it's important to remember that we all have magic inside us)* und mit Blumen und Sprüchen bemalte Steine (*heaven*).

An einem Vierertisch in der ersten Reihe der Bar saßen drei Personen in weißer Uniform mit schwarzen Schulterklappen, auf denen sich goldene Striche und ein goldener Kreis befanden. Über der aufgenähten Brusttasche des Hemdes verschiedene bunte Logos und schwarze Namensschilder, die den ältesten der drei Anwesenden als Don Salguero auswiesen. Auf den Loungemöbeln auf dem Sand eine Dreiergruppe attraktiver und braungebrannter Frauen in langen rückenfreien Batikkleidern, unter einem Sonnenschirm eine Frau mit großer Sonnenbrille, die eine Zeitschrift las, hinter ihre zwei spielenden Kinder im Sand. Trotz der entspannten Atmosphäre um ihn herum fuhr Rafa beim Anblick der Kinder ein eiskalter Schauer über den Rücken. Er hatte keine Zeit zu verlieren.

Forsch nahm er sich einen Stuhl und setzte sich zu der Gruppe. „Hola, Armando, entschuldige die Störung, wir würden dir diese großartig aussehenden *Gambas Pil Pil* nicht madig machen, wenn es nicht wirklich wichtig wäre."

Lächelnd schleckte sich Armando Salguero die Finger ab, stand auf und umarmte Rafa: „Da feiern wir einmal alle zehn Jahre eine kleine Jubiläumsfeier und zack, tauchst du aus dem Nichts auf. Was ist es diesmal? Wieder die Leiche eines Drogenschmugglers an unserem Strand oder beschlagnahmen wir eine Yacht? Bist du immer noch nicht in Rente?"

„Sagen wir mal so: Einer muss den Nachwuchs doch ausbilden, oder? Also, wir sind auf der Suche nach einem Boot, das hier im Hafen liegen soll. Es geht möglicherweise um einen Fall von Kindesentziehung. Der Vater hat die

Kinder gestern nach einem Segeltrip nicht zurückgebracht und die Mutter ist in großer Sorge."

„Boote gibt es hier viele, wie du ja weißt. Momentan liegen fast 1.000 Yachten im Hafen, da können wir wirklich nicht jede einzelne kennen. Als wir letztes Jahr die Operation Romeo durchgezogen und schließlich die *Samurai One* von Putins Kumpel Vekselberg beschlagnahmt und später versteigert haben, da mussten wir nicht lange suchen. Eine 43 Meter lange Yacht für 15 Millionen Euro sehen auch wir nicht alle Tage. Drüben an Pier 1 liegen gerade mehrere 23 Meter Sunseeker zu Besuch. Wenn es um so etwas geht, klar, das fällt natürlich auf. Bei 08/15-Booten müssen wir im Hafenbuch nachschauen."

„Uns geht es um das Boot von Hamza Al Azzouzi, es ist eine kleine Segelyacht. Hier, wir haben ein Foto dabei", sagte Felipe und zeigte dem Hafenmeister ein Bild auf seinem Handy.

„Das Boot kenne ich zufällig tatsächlich. Der Eigner hat zwei wunderschöne blonde Kinder, die uns immer bei der Ausfahrt und Einfahrt in den Hafen zuwinken, und er hat in letzter Zeit einen etwas seltsamen Geschmack, was Bootsnamen angeht."

„Wieso das?"

„Nun ja, sein Boot hieß *Ute*. Er hat es wohl nach seiner Frau benannt. Aber dann hat er den Namen des Bootes ändern wollen, er hat mit Edding ein dickes P vor Ute auf den Schiffsrumpf gemalt. Das soll wohl Nutte auf Französisch heißen und zugleich dumme Gans auf Deutsch. Der Typ war aus irgendeinem Grund nicht mehr so gut zu sprechen auf die einstige Herzensdame. Und seine Liegegebühr hat er auch nicht mehr pünktlich gezahlt, deshalb hatte ich mehrfach mit ihm zu tun."

„Könnt ihr uns sagen, wann er gestern ausgelaufen und zurückgekommen ist? Und dürfen wir dann noch sein Boot sehen und kontrollieren?"

„Aha, die hohen Herren der Guardia Civil sind wohl zu faul ihre SIVE-Daten auszuwerten?"

*Was zum Teufel ist jetzt ein SIVE? Dass diese Segelboys immer so mit ihren Fachbegriffen angeben müssen …*

Rafa blickte ernst und antwortete: „Die Abfrage bei SIVE läuft natürlich längst, aber wir müssen sicherheitshalber auch den Liegeplatz inspizieren, hier nach dem Boot sehen und mit euch sprechen. Das versteht ihr doch, oder?"

„Alles gut. Kleiner Spaß. Also, es ist so: Wir vermerken im Hafenbuch die Ausfahrten und Einfahrten von hier liegenden Booten nicht, da würden wir ja verrückt werden bei der Menge. Nur fremden Booten, die zu Besuch sind und hier ankern wollen, weisen wir Liegeplätze zu und die vermerken wir auch. Das Boot von Sr. Al Azzouzi könnt ihr gerne begutachten. Es liegt wenige Meter von hier am letzten Pier vor der Hafeneinfahrt. Drittes oder viertes Boot links müsste es sein. Den Bootsnamen kennt ihr ja jetzt. Mein Kollege Miguel hier bringt euch rasch hin."

Felipe und Rafa bedankten sich und gingen mit Miguel zum Liegeplatz, wo kein Boot lag. Sie kehrten nach fünf Minuten zurück.

„Das Boot ist nicht da. Bist du ganz sicher, dass er gestern rausgefahren ist mit den Kindern?"

„Auf jeden Fall. So am frühen Nachmittag würde ich sagen. Vielleicht gegen 14.30 Uhr?"

„Und dass er nicht zurückgekehrt ist, ist nicht aufgefallen?"

„Natürlich nicht. Wie auch? Nur werktags haben wir bis 19 Uhr auf. Sonntags machen wir ab 15 Uhr Feierabend. Da bekommen wir nicht mit, wer wieder reinkommt und wer nicht."

„War Sr. Al Azzouzi denn häufiger mehr als einen Tag weg?"

„Nein, der war so ein Möchtegernwochenendskipper wie die meisten hier. Am Wochenende bei Sonnenschein und leichter Brise mal drei bis vier Stunden in der Meerenge kreuzen, das war's auch schon."

„Er stammt aus Marokko. Hat er vielleicht mal einen Trip in die alte Heimat unternommen? Geht so was überhaupt mit einem kleinen Boot wie seinem?", fragte Rafa.

„Klar geht das. Man segelt die Küste runter bis Gibraltar und von dort sind es ja nur 14 Kilometer rüber nach Marokko und in die spanische Exklave Ceuta. *Aber:* Die geringe Distanz bedeutet nicht, dass das ein Kinderspiel ist. Die Bedingungen in der Meerenge sind auch für geübte Segler schwierig, weil ständig Poniente – ruhiger Westwind – und Levante – heißer Wind aus dem Osten – aufeinandertreffen und sich die Windrichtung permanent ändern kann, dazu werden die Winde durch die düsenartige Wirkung in der Straße von Gibraltar verstärkt, sodass sehr häufig Starkwind herrscht. Da kann leider auch mal Scheiße passieren. Für Anfänger ist das nichts, aber für einen geübten Segler ein sehr schöner Trip."

Beliebt für einen Tagestrip ist zum Beispiel die Marina Smir am Cabo Negro in Tétouan. Die aufkommende Top-Destination Marokkos. Tolle Einrichtungen, Strände, super Wasserpark für die Kids und top Restaurants für die Gattin. Der marokkanische König, ein Casino und ein Ritz Carlton sind auch schon da. Das Cabo Negro ist der Hotspot Marokkos, wenn du mich fragst. Warst du schon mal da?"

„Nein, sollte ich? Wie ist es denn?"

„Vielleicht ein bisschen so wie das Marbella der 80er-Jahre. Man zeigt, was man hat, und es gibt keine Neider. Dort fragt niemand nach, *wie* man seine Millionen gemacht hat, wichtig ist nur, *dass* man sie gemacht hat."

„Na klasse. Dann ist das leider nichts für mich. Und nach Marrakesch direkt mit einem Boot? Ginge das auch?"

„Na, das macht mal gar keinen Sinn. Über Tanger die marokkanische Atlantikküste runter über Casablanca, nach Agadir dann noch mal stundenlang mit dem Auto ins Inland? Das wäre viel zu schwierig für einen Wochenendsegler und würde auch viel zu lange dauern. Da nimmt man lieber den Flieger!"

„Alles klar – danke für die Hilfe und noch eine entspannte *Siesta*. Bis bald mal."

Rafa und Felipe verließen die Strandbar und fuhren auf gleichem Wege über das Hafenbecken zurück zu ihrem Auto.

„Sorry, wenn ich eine etwas peinliche Frage stelle, Sr. González", kündigte Felipe an. „Was ist denn ein SIVE? Was meinten die eben?"

„Ich habe nicht die geringste Ahnung, Felipe, aber das werden wir gleich wissen", sagte Rafa und griff zu seinem iPhone, um Google nach SIVE zu befragen und Felipe mit Details zum Küstenüberwachungssystem der Guardia Civil aufzuschlauen.

„Okay, diese SIVE-Daten brauchen wir in der Tat. Ich weiß auch schon, wie wir da auf dem kurzen Dienstweg drankommen. Außerdem müssen wir bei der Küstenwache anrufen und sein Apartment hier im Hafen checken."

Der Anruf bei der Küstenwache ergab, dass es am Sonntagnachmittag drei Einsätze in der Gegend gegeben hatte. Ein Kitesurfer musste bei Tarifa unterkühlt gerettet werden, ein Segelboot war in der Nähe des Yachthafens *Puerto Bañus* auf Grund gelaufen und ein paar Kilometer vor Barbate hatte die Besatzung eines großen Containerschiffes ein Notsignal über Seefunk empfangen und eine Signalrakete gesehen. Das Schiff war aber zu weit weg gewesen, um helfen zu können und auch um den Funkspruch überhaupt zu verstehen. Die Küstenwache hatte die Gegend abgesucht, aber nichts gefunden.

# Kapitel 5

## Puerto Sotogrande – Montag, 17. Juli

Die Sonne stand hoch am Himmel, als der verbeulte rote Seat mit quietschenden Reifen vor dem imposanten Pier-1-Gebäude zum Stehen kam. Der Asphalt der Avenida de la Marina flirrte unter den sengenden Sonnenstrahlen, während die beiden Gestalten sich zögerlich aus dem Fahrzeug schälten. Alberne bunte Shirts klebten an ihren verschwitzten Körpern, als sie sich schlendernd samt einem Rollkoffer dem weißen Neubau mit den Glasbalkonen näherten. Man konnte sie wegen ihres stillosen Outfits gut für russische Touristen halten.

Im Hafenbecken von Sotogrande spiegelten sich kleine Wellen, während die Männer sich dem Hauseingang näherten. Gerade verließ ein Bewohner das Gebäude und sie konnten durch die noch offene Eingangstür hineinschlüpfen. Das dumpfe Grollen des Aufzugs begleitete ihren Weg hinauf wie ein finsterer Soundtrack.

Die Wohnung des verschwundenen Sr. Al Azzouzi befand sich im obersten Stock. Sie schien verlassen zu sein, da sich die Post auf der Türmatte stapelte und niemand öffnete, als die Männer klingelten. Mit einem gekonnten Griff öffneten sie die Tür und betraten das Apartment. Der drückende Nachmittag fand seinen Weg durch die offenen Fenster und ließ den Raum dahinter erstickend wirken.

Ohne Zeit zu verlieren, begannen sie damit, jeden Winkel in jedem Zimmer gründlich zu durchsuchen. Schubladen wurden aufgerissen, Möbel umgeworfen und die Böden nach

Hinweisen durchwühlt. Ein Gefühl der Ungeduld lag in der Luft.

Der dünne der beiden Männer schaute seinen Kollegen ernst an. „Jorge, wir suchen Datenträger und nehmen sie mit und wir übersehen nichts und hinterlassen keine Spuren dabei. Jede Scheiß-CD, jeder winzige USB- Stick, jede Festplatte in einem PC, alles einsammeln und ab. Mach schnell!"

Schränke und Schubläden waren schnell gefilzt. Hohlräume in der Einbauküche, lose Deckenplatten im Bad. Vergebens. Bis einer auf ein lose sitzendes Paneel im Schlafzimmerboden am Kopfende des Bettes stieß. Mit einem triumphierenden Grinsen zog er es beiseite und enthüllte das Versteck. Eine Sporttasche, prall gefüllt mit Bargeld und einem schwarzen Laptop, lag vor ihm.

Der Dünnere rief durch die Wohnung: „Jorge, du faules Schwein! Wo bist du schon wieder? Komm sofort zu mir ins Schlafzimmer. Hier ist was!"

Jorge verstand das Kommando nicht, er hörte die Stimme seines Kumpels draußen auf dem Balkon kaum. Also warf er einen letzten verstohlenen Blick hinab in den Garten zu der heißen Chica im gelben Bikini, bevor er zu seinem Kollegen im Luxusapartment ging.

Ein Blick in die geöffnete Sporttasche, ein knappes Nicken zwischen den beiden Männern und die letzte Phase ihrer Mission wurde eingeleitet.

Sie öffneten den Rollkoffer, den sie mitgebracht hatten. Heraus holten sie einen Benzinkanister. Jorge verschüttete gut die Hälfte der brennbaren Flüssigkeit in der Wohnung, als plötzlich die Türklingel schrillte.

„Schnell. Beeil dich. Wir müssen hier raus!"

Jorge aktivierte einen Zeitzünder und legten ihn auf den noch halb vollen Kanister.

„*Listo y preparado* – fertig." Vor dem Verlassen der Wohnung schauten die beiden Männer durch den Türspion in einen leeren Flur und verließen dann das Apartment zügig und geräuschlos. Der verbeulte Seat startete mit keuchendem Motor, während die beiden Männer im Schatten der glänzenden Fassade des Gebäudes verschwanden.

## Kapitel 6

### Puerto Sotogrande – Montag, 17. Juli

Rafa und Felipe fuhren um das Hafenbecken herum zum Apartment des verschwundenen Sr. Al Azzouzi im Gebäude Pier 1 in der Avenida de la Marina.

Nach zehn Minuten erreichten sie den eleganten Neubau in erster Lage unmittelbar am Hafenbecken. Vor dem Gebäude Palmen, mehrere Luxuskarossen, darunter ein Ferrari und ein verbeulter roter Seat. Hinter dem Anwesen eine Anlegestelle voller Segelyachten. Der weiße Wohnkomplex stach aus der Umgebung hervor, da die Gebäude rechts und links davon im andalusischen Stil Weinrot und Gelb mit gebrannten braunen Dachziegeln errichtet worden waren.

„Rafa, du weißt, dass der Durchsuchungsbeschluss noch nicht durch ist. Warum willst du zu seiner Wochenendwohnung? Ich werde keine illegalen Sachen mitmachen und bestimmt nicht dort einbrechen!"

„Ach, Felipe, was wäre denn, wenn der Gesuchte mit den Kindern jetzt gerade in der Wohnung ist und uns bereitwillig öffnet? Oder wenn wir ihn dort vielleicht sehen oder durch die Tür hören können? Wären wir dann keine Vollidioten, es nicht wenigstens *versucht* zu haben? Hier zählt jeder Tag."

Felipe nickte überzeugt.

Rafa und Felipe gingen den kleinen, geschwungenen Weg zum weißen Eingangsbereich mit blauem Pier-1-Logo in Form eines Segels. Sie klingelten mehrfach bei der Wohnung 4-A, aber niemand öffnete.

Danach gingen sie nach vorne um das Gebäude herum zum Hafenbecken. Sie schauten über eine kleine Hecke auf die Terrasse der Erdgeschosswohnung. Eine junge Frau mit aufgespritzten Lippen und ultraknappem gelben Bikini lag auf einer pinken Luftmatratze in einem Swimming Pool, der in eine weiße Terrasse eingelassen war. Die attraktive Badenixe namens Tanja kommandierte einen dicklichen Begleiter mit offenem, kariertem Hemd und Halbglatze im Schatten eines Sonnenschirms herum. Ihr passte die Musik nicht und sie hatte Durst. Der Mann, der auf den Namen Jewgeni oder Ingo hörte, seufzte und gehorchte zähneknirschend. Statt Jazz klang jetzt Elektromusik aus den Boxen.

Als Rafa hinauf zum Balkon des Apartments in der vierten Etage schaute, kam es ihm so vor, als ob er einen Schatten weghuschen sah. „Felipe, ich glaube, da oben ist jemand. Komm, wir klingeln noch mal."

Also gingen die beiden zurück zum Eingang. Rafa drückte auf alle Klingelschilder des Komplexes, bis jemand antwortete und fragte, wer da sei. Rafa antwortete: „Post, ich habe ein Paket für Sie", und die Tür ging ohne weitere Fragen auf, doch auch das Lauschen und mehrfache Klopfen an der Wohnungstür brachte die beiden nicht weiter.

„Felipe, wir müssen da rein. Wann haben wir endlich diesen Durchsuchungsbeschluss?"

„So was dauert. Das weißt du besser als jeder andere. Morgen oder übermorgen frühestens schätze ich", sagte Felipe und ging mit Rafa zurück zum Auto, von wo Rafa Isabella anrief.

## Kapitel 7

### Sotogrande – Montag, 17. Juli

„Hola Isa, ich bin es."

„Rafa, mach es kurz. Ich habe gerade absolut keine Zeit für dich."

„Okay. Ich habe schlechte Nachrichten. Al Azzouzi ist gestern mit den Kindern rausgefahren, aber seitdem nicht in den Hafen zurückgekehrt. Sein Boot ist verschwunden und beim Apartment hat uns niemand aufgemacht."

„Das ist in der Tat schlecht. Er könnte mit dem Boot abgehauen sein, zum Beispiel rüber nach Marokko in seine alte Heimat, oder? Ohne Erlaubnis der Mutter kommt er mit den Kindern dort nicht hin, die Grenzbeamten würden ihn nicht an Bord eines Flugzeugs oder einer Fähre lassen, wenn er nicht die Einverständniserklärung der Mutter vorlegt, aber mit seinem eigenen Boot hindert ihn niemand an der Überfahrt. Oder …" Isabellas Stimme stockte.

Rafa las ihre Gedanken: „Wir haben außer einer alten Andeutung bisher keine Anzeichen für einen erweiterten Suizid, Isa! Al Azzouzi war laut meiner Auftraggeberin ein lebenslustiger Mensch, der nur seine Ex-Frau ziemlich scheiße fand. So was gibt es tausendfach und trotzdem bringen sich diese Menschen nicht alle um, geschweige denn ihre eigenen Kinder. Es gibt bisher nur eine kleine Andeutung in diese Richtung."

„Was für eine Andeutung?", fragte Isa.

„Er hat gegenüber seiner Ex-Frau einmal erwähnt, dass man Menschen am besten auf dem Meer verschwinden lassen kann. Mehr nicht."

„Na gut. Ich möchte ebenfalls nicht in diese Richtung denken. Noch müssen wir das ja auch nicht. Wir sollten uns auf die Suche nach ihm konzentrieren."

„Das ist genau der Grund meines Anrufs. Sag mal, erinnerst du dich noch an Ignacio de la Fuente, die alte Brillenschlange?"

„Mr. Glasbaustein? Klar, Rafa, wie könnte ich *den* vergessen?"

„Ich glaube, du wolltest schon länger mal einen Kaffee mit ihm trinken gehen, oder?"

„Was soll das? Was meinst du?"

„Es sieht so aus, als ob dein Verehrer beim SIVE in Algeciras arbeitet, und genau mit dem müssen Felipe und ich dringend sprechen. Wir sind auf dem Weg zu ihm nach Algeciras und in gut 20 Minuten da."

„Für kein Geld der Welt würde ich den wiedersehen, Rafa! Das würde Guiseppe und meine anderen Verehrer viel zu eifersüchtig machen. Außerdem, was ist ein SIVE?"

„Isa, lass das sein! Du willst mich doch nur ärgern!", sagte Rafa lachend.

*Ich hasse diesen alten Aufschneider Guiseppe!*, dachte Rafa und schmunzelte kurz, ob des kleinen Gags auf Kosten des aufdringlichen Gerichtsvollziehers.

„Du kennst das SIVE nicht? Liest du denn keine Zeitung? SIVE steht für *Sistema Integrado de Vigilancia Exterior* – integriertes externes Überwachungssystem. Seit Anfang der 2000er-Jahre wird auf Türmen entlang der spanischen Mittelmeerküste ein Netz von hochauflösenden Video- und Wärmebildkameras aufgebaut. Gesteuert werden sie aus der Kommandozentrale der Guardia Civil in Algeciras. Du kennst das Cuartel von Algeciras, den Leberwurst-farbenen *Prachtbau* mit bröckelnder Fassade in der Avenida de la Guardia Civil, neben der Stierkampfarena? SIVE macht Tag und Nacht alle schwimmenden Objekte in der Meerenge sichtbar, und wenn sie noch so klein sind und kaum aus der Wasseroberfläche herausragen. Immer, wenn ein Boot von der marokkanischen Richtung Spanien aufbricht, wird seine Route verfolgt. Mittlerweile überwacht SIVE den gesamten Küstenabschnitt zwischen Barbate an der Atlantikküste und Almería im Osten Andalusiens."

„Ach, *das* meinst du. Klar kenne ich das. Sag das doch gleich. Ich nenne das Big Brother. Du immer mit deinen technischen Fachbegriffen."

„Okay, ich gebe es zu. Ich musste Googlen, was für ein Ding das ist. Bis heute Morgen hatte ich keine Ahnung, dass so was überhaupt existiert. Also, rufst du Ignacio an? Wenn wir den offiziellen Weg gehen, wird das Tage dauern, und wir haben keine Zeit."

„Für dich gibt es keinen offiziellen Weg, Rafa, du bist raus. Vergiss das nicht. Aber weil es hier um Kinder geht und ich sonst niemanden für diesen Fall habe, kannst du mitkommen, sofern Felipe und Ignacio nichts dagegen haben."

„Immerhin hast du es jetzt einen Fall genannt. Wir treffen Ignacio gleich auf dem Besucherparkplatz in Algeciras. Lass deinen Charme spielen, du schaffst das!"

Isabella verabschiedete sich und versprach ihr Bestes zu geben. „Mal sehen, ob ich was erreichen kann, ihr Nervensägen!"

## Kapitel 8

### Algeciras – Montag, 17. Juli

Als sie nach einer halben Stunde von der AP-7 in Algeciras an der Ausfahrt *1078 Centro Urbano – Avenida del Carmen* abfuhren, schaute Rafa Felipe fragend an. „Du kennst den Weg zum hiesigen Cuartel? Warst du schon mal hier?"

„Ehrlich gesagt, nein. Ich war überhaupt noch nie in Algeciras. Wie ist die Stadt denn so?"

Rafa blickte seufzend aus dem Fenster, aus dem bereits die *Carretera Málaga* und auf beiden Seiten der Straße kackbraune Sozialbauten zu sehen waren.

„Ich sag mal so: Ich möchte nicht das Kapitel in einem Reiseführer über Algeciras schreiben müssen. Denn wie sagt man auf elegante Art und Weise, dass man besser einen großen Bogen um dieses schäbige Drecksloch machen sollte? *Die nicht so schöne Stadt wird von Reisenden oft nur wegen der Überfahrten nach Afrika genutzt* oder *Trotz seiner interessanten Geschichte besitzt Algeciras kaum Sehenswertes* oder *Im Bereich des Hafens Vorsicht vor Taschendieben und Drogendealern* und *Nach Einbruch der Dunkelheit nur in Gruppen bewegen* – oder schreibt man einfach und ehrlich *Bleibt weg hier, spart euch die Enttäuschung*? Ich glaube, das einzige Positive, was man sagen kann und was bleiben wird an dieser Stadt, ist ihr berühmter Sohn Paco de Lucia und seine Musik. Er ist 1947 hier geboren und er hat den Flamenco gemeinsam mit seinem Kollegen José Monje Cruz, dem Camarón de la Isla, in die Neuzeit transferiert."

„Ich glaube, meine Eltern haben den mal erwähnt."

„Hör mir mal zu, Jüngling! Wenn du sie noch nicht hast, kauf dir sofort seine Platte *Entre dos Aguas* – Zwischen zwei Meeren – aus dem Jahr 1981, dann wirst du verstehen, warum er als größter Flamenco-Gitarrist aller Zeiten gilt."

„Was denn für 'ne Platte? Du meinst wohl *streamen* auf Spotify, Opi. Aber okay, ich glaub, ich hab's verstanden, Rafa", sagte Felipe und steuerte den Wagen am Kreisverkehr zu Ehren der Feria 1945 nach links in die Avenida de la Guardia Civil und stoppte vor der Schranke. Der Beamte im Wachhäuschen ließ sie ohne Weiteres einfahren, als er das Fahrzeug der Guardia Civil und Felipe in Uniform hinter dem Steuer sah. Sie parkten vor dem schlichten Hauptgebäude, in dem sie Ignacio de la Fuente in Empfang nahm. Er war ein untersetzter Mann Mitte 50 mit Glatze und dicker Hornbrille.

„Grüßt euch, Kollegen. Isabella rief an und sagte, ihr hättet ein dringendes Anliegen. Wie geht es denn meiner Herzensdame?", fragte Ignacio.

„Sehr gut. Sie ist in letzter Zeit förmlich *aufgeblüht*. Man munkelt, sie hat einen neuen Freund. Ganz große Liebe!", entgegnete Rafa.

Ignacio hatte mit dieser Antwort wohl nicht gerechnet und wechselte schnell das Thema. „Dann wollen wir euch unser technisches Wunder einmal zeigen. Das machen wir nicht für jeden, ihr dürft euch privilegiert fühlen. Mir nach!"

Die Kommandozentrale war ein großer Saal mit niedriger Decke und riesigem Panoramabildschirm an der Wand. Dazu befanden sich zahlreiche Schreibtische mit jeweils mehreren Bildschirmen im Raum, an denen Beamte saßen.

„Seit dem Jahr 2002 ist SIVE in Betrieb. Unser System hat über 300 Millionen Euro gekostet, aber es ist meiner Meinung nach jeden Cent wert. Wir überwachen von hier mittlerweile lückenlos die gesamte andalusische Mittelmeerküste von Almería im Osten bis zur Meerenge von Gibraltar im Westen und die Atlantikküste bis Barbate. Die roten Dreiecke, die ihr auf dem Bildschirm seht, sind die Stationen, wo sich unsere hochauflösenden Video- und Wärmebildkameras und die Radarstationen befinden. Gelbe Punkte markieren die Position von Wasserfahrzeugen. Sobald ein Schiff nah genug ist, ist die Anzahl der Personen darauf durch grüne Punkte gekennzeichnet. Immer, wenn ein gelber Punkt an der marokkanischen Küste startet und sich nach Norden in Richtung Spanien bewegt, verfolgen wir ihn. An der Geschwindigkeit können wir meist schon früh sagen, worum es sich handelt. Schnelle gelbe Punkte sind meist *Lanchas*, also Drogenboote. Mit ihren zwei oder mittlerweile teilweise sogar drei Außenborder-Motoren mit je 300 PS erreichen sie Geschwindigkeiten von über 60 Knoten, also von ca. 110 km/h. Sie brauchen für die kurze Strecke über das Meer keine 15 Minuten. Langsame Punkte sind Pateras, also meist nicht seetüchtige Holzboote voller Migranten. Das System macht auf gut 10 Kilometern Tag und Nacht jeden noch so kleinen Gegenstand auf dem Meer sichtbar. Auf diese Weise leisten wir einen wichtigen Beitrag zum Grenzschutz, zur Rettung von Schiffbrüchigen und zur Bekämpfung des Drogenschmuggels."

„Und warum ist das Problem des Schmuggels und der illegalen Migration dann noch nicht gelöst?"

„Oh, wir sind auf einem guten Weg. Die Anzahl der über das Mittelmeer ankommenden Flüchtlinge ist rapide zurückgegangen und auch die Drogenboote erwischen wir immer häufiger."

„Das klingt toll, aber verlagert das das Problem der Migration und des Drogenschmuggels nicht nur in die Gegend hinter Barbate oder auf noch gefährlichere Routen, zum Beispiel zu den Kanarischen Inseln?"

„Ja gut, wir können natürlich nichts tun, wenn die Schmuggler dem SIVE vollständig ausweichen."

„Warum wird das System denn nicht massiv erweitert, sodass alles, was sich irgendeiner europäischen Küste nähert, getrackt werden kann?"

„Tja, das ist in Planung, hängt aber natürlich an den immensen Kosten. Immerhin gibt es schon konkrete Ideen für ein System auf den Kanaren und bis hoch nach Huelva an der portugiesischen Küste."

„Das ist überfällig, sonst macht das Ganze doch keinen Sinn. Fehlt es wirklich am Geld oder am politischen Willen?", fragte Rafa. Er schaute Mr. Glasbaustein tief in die dicken Brillengläser, der darauf mit einem ratlosen Schulterzucken antwortete.

„Das, lieber Kollege, entzieht sich meiner Kenntnis."

„Nun gut", kam Rafa zur Sache „Jetzt mal ganz konkret: Wir ermitteln gerade in einem Fall vermeintlicher Kindesentführung. Könnten wir das Material von gestern einmal sichten?"

„Klar geht das. Setzt euch dort an den Tisch und wir sehen gemeinsam nach."

## Kapitel 9

## Algeciras – Montag, 17. Juli

Es war Nachmittag geworden, als die drei Beamten ihre Nachforschungen abgeschlossen hatten. Nach zwei Stunden auf unbequemen Drehstühlen gemeinsam vor zwei Monitoren hatten sie die Wege aller 74 Boote nachvollzogen, die am gestrigen Sonntag den Hafen von Sotogrande verlassen hatten.

69 Boote waren im Laufe des Nachmittags oder abends in den Hafen zurückgekehrt. Von den restlichen fünf Yachten war eine nach *Almerimar* bei *Almería* weitergesegelt, eine lag in *Puerto Banús* bei *Marbella* im Hafen und eine weitere hatte den *Puerto Deportivo Novo Sancti Petri* angelaufen. Eine andere war auf dem Weg über den Atlantik in Richtung Karibik. Aufgrund ihrer Größe und/oder Abfahrtszeit passte keines davon auf die Ute. Das letzte Boot hingegen passte perfekt.

Dieses Gefährt gab den dreien ein Rätsel auf. Es war nicht in den Hafen zurückgekehrt. Seine Spur verlor sich um 19:33 Uhr im Gebiet zwischen der Meerenge und Barbate. Es war anscheinend vom Erdboden – beziehungsweise vom Meer – verschluckt worden. Der gelbe Punkt ging einfach aus. Gegen 20:10 Uhr näherte sich von Marokko aus eine *Lancha* – ein Schnellboot dem Gebiet, wo das Boot verschwunden war, um kurz anzuhalten und dann weiter nordwärts Richtung *Sanlúcar de Barrameda* zu fahren und hinter Barbate aus dem Sichtbereich des SIVE zu verschwinden.

„Diese Lancha ist verständlicherweise höchst spannend für uns, Don Ignacio. Haben wir irgendeine Chance, herauszufinden, wie die weitere Route dieses Schnellbootes war?"

*„Lo siento, per no* – es tut mir leid, nein. Sobald es aus unserem Radius ist, kann es überall hin sein. Den Guadalquivir hoch in Richtung Sevilla, nach Portugal oder in die USA. Es kann wirklich überall und nirgends sein."

Felipe hatte eine Idee und meldete sich zu Wort: „Und wenn wir wenigstens alle Häfen an der andalusischen Atlantikküste kontaktieren und uns erkundigen, ob gestern Abend eine Lancha bei denen eingelaufen ist?"

Rafa und Ignacio schüttelten zeitgleich die Köpfe. „Sie müssen entschuldigen, Don Ignacio, mein junger Kollege ist noch recht frisch im Dienst. Er hat nicht mitbekommen, dass Schnellboote, wie die Drogenmafia sie verwendet, seit Jahren in Spanien zur Eindämmung der Drogenkriminalität verboten sind." Er wandte sich direkt an Felipe. „Wenn man sie findet, werden sie sofort beschlagnahmt und vernichtet, und das ist recht ärgerlich, weil jeder der drei 300-PS-Außenborder-Motoren 30- bis 40-Tausend Euro kostet. Seither sieht man solche Boote in Spanien nicht mehr an Land. Sie starten in Marokko, liefern ihre todbringende Fracht nachts an irgendeinem Strand ab und verschwinden sofort wieder zurück nach Nordafrika. Du kannst die Hafenmeister gerne kontaktieren, Felipe, die werden dich aber auslachen. Die müssten uns sowieso melden, wenn sie ein solches Boot in ihrem Hafen gesehen hätten. So und jetzt haben wir genug von Ihrer kostbaren Zeit in Anspruch genommen."

Felipe und Rafa bedankten sich bei Ignacio für die schnelle Hilfe, nahmen Grüße an Isabella entgegen und verabschiedeten sich kollegial, um den Rückweg nach Conil zu Felipes Dienststelle anzutreten.

„Dann wollen wir mal zusammenfassen, was wir bisher wissen", sagte Rafa. „Hamza Al Azzouzi holte am gestrigen Sonntag um 9 Uhr morgens seine beiden Kinder Alba und Álvaro von der Mutter Ute Schilling in Málaga ab, um mit ihnen einen Segeltrip von Sotogrande aus zu unternehmen, wo er eine Ferienwohnung hat und wo sein kleines Segelboot liegt. Wo er danach mit den Kindern hin ist, entzieht sich noch unserer Kenntnis. Vielleicht waren sie Mittagessen in seinem Apartment. Um 14:40 Uhr segelt er mit den Kindern aus dem Hafen von Sotogrande, um dann um 19:33 Uhr zwischen der Meerenge und Barbate zu verschwinden, das heißt zu sinken. Was denkst du dazu, Felipe?"

„Nun ja, wir wissen ja auch von den *Guardacostas* – von der Küstenwache, dass es einen Notruf in der Gegend gab. Der kam vermutlich von eben diesem Boot, also ist es vermutlich gesunken. Vielleicht hat der Vater das Boot selbst versenkt oder ist als unerfahrener Segler gekentert? So oder so werden die Kinder samt Vater vermutlich ertrunken sein. Furchtbar. Ich freue mich nicht darauf, das der Mutter mitzuteilen. Vielleicht sollten wir zur Sicherheit einen Suchtrupp mit Tauchern anfordern und das Gebiet absuchen lassen? Nicht auszudenken, wenn wir die Todesnachricht überbringen und nachher leben die doch noch!"

„Immer ruhig mit den jungen Pferden, Felipe. Richtig, wir haben eine Info von *Guardacostas*. Die kann sich aber auf jedes x-beliebige Boot beziehen. Außerdem war eine gute halbe Stunde nach der vermeintlichen Havarie ein Schnellboot in der Nähe. Das könnte Überlebende aufgenommen haben, oder? Vielleicht war das sogar von Anfang an so geplant?

Vielleicht sollte es wie ein Unglück mit drei Toten aussehen und in Wirklichkeit war es ein geschicktes Ablenkungsmanöver, um Hamza und seinen Kindern ein Leben ohne die Mutter zu ermöglichen. Keine voreiligen Schlüsse. Als Erstes müssen wir mit den *Guardacostas* sprechen und einen Kontakt zum Kapitän des Schiffes herstellen, der den Notruf empfangen hat. Ruf da bitte sofort an", sagte Rafa, während ihr Citroën C4 sich durch die kurvigen Steigungen der N-340 kurz vor *Tarifa* in Höhe des *Mirador del Estrecho* – des Aussichtspunkts der Meerenge von Gibraltar quälte. Unter einer Hochspannungsleitung lud ein kleiner Kiosk mit einer in lindgrüner Farbe gestrichenen Fassade zum Verweilen und Hinüberschauen auf den benachbarten Kontinent ein.

Felipe tippte auf die Nummer aus seiner Anrufliste, die er heute bereits einmal gewählt hatte. Sein Handy war mit der Freisprechanlage verbunden und so hörte Rafa das Gespräch mit. Der diensthabende Beamte meldete sich und gab ihnen die Handynummer des Kapitäns des Containerschiffs, der den Notruf abgesetzt hatte.

„Der Kapitän soll laut der Küstenwache Osteuropäer sein. Hoffentlich spricht der Typ Englisch, mit Spanisch dürfen wir jedenfalls wohl nicht rechnen", befürchtete Felipe.

„Wir versuchen es einfach. Den Notruf hat er ja absetzen können, also wird man irgendwie mit ihm reden können", sagte Rafa.

Nach dreimaligem Tuten nahm Vitali Ushakov, Kapitän des Containerschiffs OOCL SPAIN, das Gespräch an.

*„Vitali on the line. Who's speaking?"*

„Hello Mr. Ushakov, thank you for having a moment for us. This is the Spanish police speaking. We have a few questions regarding the accident off Barbate that you reported yesterday."

„I don't have much time. We will soon be entering the port of Valencia. But how can I help you?"

„We are interested in the call for help yesterday off the Strait of Gibraltar, what was going on?

„What can I say? It was very strange. Kind of mysterious."

„What exactly do you mean?"

„We received radio messages on the emergency frequency 121.5 MHz. At first, they couldn't be understood at all. Then, despite the noise and the tearful whining, we heard the three obligatory words Mayday, Mayday, Mayday more or less clearly and took the whole thing seriously."

„What else did you hear?"

„It was super difficult to understand. Maybe the noise made it scarier somehow. The distorted voice kept screaming in panic about beasts from hell and that this was his just punishment. You could hear children or women crying in the background. And then someone was shouting Fuck you, Orcas, I will kill you, Orcas! at the top of his voice like a heavy metal singer. Do you know Megadeath or AC/DC? Sounded just like that."

„Uh, we don't, but I get what you are trying to say. And then? Did you answer? Was there some kind of conversation?"

„Sure did we answer, but there was no reaction and we didn't spot any ship. Until ..."

„Until what ...?"

*„After a small eternity we saw a red distress signal in the sky. A few kilometres ahead."*

*„And then you went there and looked?"*

*„Uh, no. You don't know much about seafaring, do you? You have to imagine it like this: The OOCL SPAIN is a Megamax class ship. It doesn't get much bigger than that. With a capacity of 25,000 insulated containers and a length of 400 meters and a width of 60 meters, we are currently the second largest container ship in the world. Our braking distance is greater than the territory of Andorra.*

*Seriously: In rotation we serve the ports of Shanghai, Xiamen, Hong Kong, Yantian, Cai Mep, Singapore, Piraeus, Hamburg, Rotterdam, Zeebrugge, Valencia, back to Piraeus, Abu Dhabi, Singapore and Shanghai in 84 days. Even if we had wanted to, we couldn't have stopped the ship fast enough. Of course, we immediately radioed the coast guard, who were also nearby."*

*„Okay, thank you for your help. Maybe we'll get in touch again."*

Rafa schaute Felipe skeptisch an. „Wieso *Fuck you, Orcas?* Soll das etwa heißen, dass Killerwale das Schiff attackiert und versenkt haben? Was ist das denn für ein Bullshit? So einen Schwachsinn habe ich noch nie gehört!"

„Vielleicht ist das gar nicht so verrückt, Rafa. Mein Cousin Diego ist Fischer in Barbate und hat mir auch von aggressiven Orcas erzählt."

„Dein Cousin sollte dringend weniger kiffen und mit den Pilzen aufhören. Na ja, wir sollten dem trotzdem nachgehen, wie seltsam das auch klingt. Wir haben noch nichts und jede Spur kann uns weiterhelfen. Machen wir uns schlau und sehen, was wir rausbekommen. Vereinbarst du ein Treffen für uns mit deinem Cousin, bitte? Am besten gleich morgen früh als Erstes."

„Klar, mach ich doch gern."

„Und ich habe da vielleicht auch noch eine Idee. Ich war vor ein paar Jahren, als meine Familie noch lebte, in Tarifa auf einer Whalewatching-Tour. Die Leute da hatten wirklich Ahnung von Walen und Orcas. Die könnten uns sicher auch weiterhelfen", sagte Rafa, als sie das weiße Verkehrsschild kurz vor dem Ortseingang von Tarifa passierten, dass dem Reisenden auf der N-340 den Weg wies.

Am Kreisverkehr ging es links nach Tarifa und Puerto oder rechts nach Vejer de la Frontera und Cádiz. Hinter dem Schild verwandelte sich die kilometerlange, kurvige Bergstrecke in eine zur Küste abfallende, lange Rampe, die plötzlich den Blick auf das Kleinod Tarifa und seinen atemberaubenden Hausstrand Los Lances freigab, der auf einer Länge von gut vier Kilometern und einer Breite von 120 Metern feinsten weißen Sand zu bieten hatte und schließlich an der Punta-Paloma-Düne, der größten Wanderdüne Europas, in einen Pinienwald überging, der von weißen Tauben bevölkert war. Rafa war gespannt, was sie in Tarifa über die seltsamen Angriffe der Killerwale herausfinden würden.

## Kapitel 10

### Tarifa – Montag, 17. Juli

In Tarifa hatte man die Costa del Sol hinter sich gelassen. Hier begann die andalusische Atlantikküste mit ihren Traumstränden und idyllischen kleinen *Pueblos*, die zwar nicht mehr als Geheimtipp durchgingen, aber zumindest in der Nebensaison noch nicht völlig von Touristen überlaufen waren.

Eines dieser Städtchen war Tarifa. Es hatte knapp 20.000 Einwohner und lockte Touristen mit seiner verwinkelten, historischen Altstadt an, die hinter der *Puerta de Jerez* – dem Tor von Jerez begann und unterhalb der Burg *Castillo de Guzmán* lag. Zwischen den Straßen *Nuestra Señora de la Luz* und *Santisima Trinidad* war sie voller versteckter Plätze, Bars, Clubs, Restaurants und Geschäfte. Der Namensgeber der Burg, *Guzmán El Bueno* – Guzman der Gute, hatte im Jahr 1294 tragische Berühmtheit erlangt, als islamische Stämme versuchten, Tarifa einzunehmen und die Stadt belagerten. Guzmáns Sohn geriet in die Hände der Feinde und man stellte Guzmán vor die Wahl: Übergabe der Stadt oder Hinrichtung des Sohnes. Guzmán soll, ohne zu zögern, sein Schwert von der Burg hinabgeworfen haben, damit der Feind seinen Sohn damit töten könne. So bewahrte Guzmán die Stadt vor der feindlichen Übernahme und wurde zum Sinnbild für Standfestigkeit und Tapferkeit. Ob das der Sohn damals wohl auch so gesehen hatte, fragte sich Rafa.

Spannender als die alten Kamellen war für die meisten Touristen aber der coole salzige Vibe, den die Stadt atmete. Tarifa war Europas Kitesurf-Mekka und lockte Surfer aus aller Welt an, da der Düseneffekt der Meerenge ganzjährig guten Wind garantierte. Die jugendliche und positive Energie merkte man nicht nur an den unzähligen bunten Kites, die überall an der *Playa Los Lances* zu sehen waren, sondern auch in den Surferläden, Bars und Clubs der Stadt. Tarifa war jung, fresh und cool. Tarifa war *angesagt*.

Neben den Surfern kamen auch Naturfreunde in die kleine Stadt, die insbesondere während der Sommermonate auch für ihre Whalewatching-Touren bekannt war. Die verschiedenen Anbieter wie Marina Blue Whale Watching, Best Whale Watching oder finnn Whale Watching hatten ihre Boote und Läden allesamt im Hafengelände von Tarifa, welches Rafa und Felipe ansteuerten: Am ersten Kreisverkehr fuhren sie links von der Autobahn N-340 ab. Auf ihrer rechten Seite passierten sie den Friedhof und erreichten bald einen zweiten Kreisverkehr, an dem sie rechter Hand einen LIDL-Supermarkt und viele Reisebusse sahen, die hier kostenlos parkten. Sie steuerten ihr Fahrzeug nach dem Kreisverkehr über die *Calle Coronel Francisco Valdés* hinab in Richtung Stadtzentrum und passierten Karims Parkplatz. Hier konnte man noch immer für einen Euro pro Stunde günstig parken, und parken war in Tarifa im Sommer so eine Sache. Kurz danach stoppten sie an einer roten Ampel an der Kreuzung mit der *Calle Batalla del Salado,* die rechts am blauen dreistufigen Brunnen in die Neustadt führte, während links das markante mittelalterliche sandstein-farbene Stadttor *Puerta de Jerez* den Eingang zur Fußgängerzone der Altstadt markierte. Die Inschrift *Muy noble muy leal y heroica ciudad de tarifa ganada a los moros reinando Sancho IV el Bravo en 21 de septiembre de 1292* – Zu Ehren der sehr edlen, sehr treuen und heldenhaften Stadt Tarifa, die unter Sancho IV. dem Tapferen am 21. September

1292 von den Mauren erobert wurde – erinnerte an die Eroberung der Stadt.

Nach einem Moment schaltete die Ampel auf Grün und sie folgten der Straße, die in einem Bogen um die Altstadt führte und schließlich an der Plaza Miramar durch ein weißes Tor in den Hafen führte. Im Hafengebiet hielten sie sich rechts, grüßten freundlich die Kollegen von der *Policia Portuaria* – der Hafenpolizei –, die auf den Kofferraum ihres Dienstwagens gelehnt die Autokolonne beobachteten, die im Bauch der riesigen blauen Tarifa Jet DFDS-Fähre nach Tanger verschwand, und parkten dank Felipes Uniform den Wagen im Hafengebiet, was dort eigentlich verboten ist.

„Lass uns mal darüber zu dem Verein mit der blauen Flosse und den vielen Ns gehen, Felipe", sagte Rafa.

„Ah, ich glaube, ich sehe den Laden. Wieso gerade zu denen, Rafa?"

„Nenn es Sentimentalität oder nenn es Erfahrung. Als ich damals mit meiner Familie hier war, habe ich mich vorher schlau gemacht. Es gibt mehrere Anbieter, aber finnn ist der älteste Laden von allen hier und die hatten damals mehrere Boote und eins davon mit einem Glasboden oder besser gesagt mit langen Guckfenstern unter Wasser. Ziemlich coole Sache für Kids.

Die Gründerin hat Ende der 90er-Jahre das Whale Watching in Tarifa quasi erfunden. Ich meine, sie hieß Kristina Meier oder so ähnlich und sie ist eine *Nórdica* – eine Nordeuropäerin. Sie soll ihren alten Job als Unternehmerin nach einer Ausfahrt in die Straße von Gibraltar spontan aufgegeben und dann eine Stiftung zum Schutz der Meeressäuger gegründet haben. Eine spannende Frau, die mit Herzblut bei der Sache war und nicht den Profit, sondern die Forschung und den Tierschutz in den Vordergrund gestellt hat und von April bis Oktober mit ihrem Team Touristen an ihrer Leidenschaft für Delfine, Grindwale und Orcas teilhaben lässt. Ich glaube, wenn hier jemand weiß, ob an der Geschichte der Boote versenkenden Killer-Orcas etwas dran ist, dann ist das sie."

Die beiden Ermittler betraten das Hafenoffice der Walforscher durch eine der beiden weißen Eingangstüren. Mittig im Raum befand sich ein ovaler, ebenfalls weißer Counter, hinter dem die beiden freundlich von zwei jungen Damen angelächelt wurden. Links und rechts an den Wänden des Raumes befanden sich weiße Billy-Regale gefüllt mit allerlei Tinnef wie Orca-Schlüsselanhängern, Orca-Tassen, Postkarten, finnn-Einkaufstaschen aus Stoff und diversen Flyern und Delfinpostern.

Das dunkelhaarige der beiden Mädels war gut gebräunt und trug ein beige-farbenes und schulterfreies Top, die Bräunungsstreifen ihres Bikinis sorgten dafür, dass es aussah, als hätte sie kleine, weiße Dreiecke oberhalb des Tops auf der Höhe ihrer Brüste. Zwischen ihren Locken stachen Muschel-Ohrringe an goldenen Creolen hervor – eine attraktive junge Dame. Sie sprach Felipe direkt an: „Hola, Besuch von der Guardia Civil. Hab ich etwa was falsch gemacht, Señor?"

Felipe schaute nach links zu Rafa und merkte, dass er in der Gegenwart der jungen Dame unsicher und rot wurde. Er hoffte, dass Rafa das Gespräch an sich zog, doch sein Begleiter wirkte seltsam abwesend, wie hinter einem Vorhang, und starrte nach links in die Regale der kleinen *Tienda* – des kleinen Shops, wo man Kuscheltier-Schildkröten und -Delphine kaufen konnte und ein kleiner, braunhaariger Junge gerade eine solche Schildkröte in die Hand nahm.

Die junge Frau starrte Felipe fragend an. Er richtete den Blick zu ihr und antworte: „Also, es ist so, tja, hmmm … Wir wollten eigentlich nur … also, nein, Sie, äh du … ähh … hast natürlich nichts falsch …. ähhh …"

Das stümperhafte Gestottere ließ Rafa aus seiner Trance erwachen. Er schüttelte sich kurz und übernahm das Gespräch: „Verzeihen Sie. Es ist sehr heiß heute und mein Kollege und ich haben lange nichts getrunken. Wir hätten in Verbindung mit einem Kriminalfall ein paar Fragen zu Orcas. Ist Ihre Chefin da und hat sie vielleicht ein paar Minuten Zeit für uns? Das würde uns sehr helfen. Wir waren zufällig in der Gegend und müssten sonst extra noch einmal aus Conil herkommen, um sie kurz zu sprechen."

„Sie hat sich eben per Schiffsfunk angemeldet, da sie gerade von einer dreistündigen Orca-Tour zurückkommt. Ob sie Zeit für Sie hat, können Sie sie also gerne gleich selbst fragen. Schauen Sie, dort neben der Hafenmole ist die *Vision* schon zu sehen. Sie ist das größere unserer beiden Boote mit Platz für bis zu 100 Personen und einem Glasboden, der Unterwassersicht bietet."

Die beiden dankten und gingen hinaus aus dem Laden, vorbei an der defekten öffentlichen Toilettenanlage, die bestialisch stank, zum Anlegeplatz an der Mole.

Während sie durch die heiße Juli-Luft gingen und die salzig-ölige Hafenluft atmeten, sahen sie das olivgrüne Patrouillenboot *Rio Iro* in den Hafen einfahren. Die *Rio Iro* war das dritte Hochgeschwindigkeitsboot, das die Guardia Civil in den letzten beiden Jahren für den Kampf gegen

Drogenhandel und illegale Einwanderung in Dienst stellen konnte. Benannt war es nach einem Flüsschen in Conils Nachbarstadt Chiclana. Das Aluminiumboot war 14 Meter lang und erreichte mit seinen beiden innenliegenden 1.800-PS-Motoren eine Geschwindigkeit von 60 Knoten, etwa 110 Stundenkilometer, vergleichbar mit den schnellsten Booten der Drogenschmuggler. Das machte es zu einem Rekordhalter: Die Guardia Civil hatte die drei schnellsten Polizeiboote der Welt. Sie wurde im Kampf gegen die Drogenschmuggler endlich mit Hightech aufgerüstet. Felipe bewunderte kurz das knapp zwei Millionen Euro teure Wunderwerk und schaute dann zu Rafa herüber. „Was war denn eben in der *Tienda* plötzlich los mit Ihnen?"

Rafa blickte traurig zu seinem Gesprächspartner. „Manchmal holt mich die Vergangenheit schmerzlich ein, Felipe. Menschen können ihre Vergangenheit nicht ungeschehen machen. Die Vergangenheit ist wie ein Rucksack, den man stetig und ewig mit sich trägt. Und ich habe viele schwere Dinge drin, in meinem Rucksack. Wenn du älter bist, wirst du das vermutlich leider verstehen."

„Aha. Was war denn konkret?"

„Als ich vor ein paar Jahren mit meiner Familie hier war, hatten wir eine Teilnahme an der Orca-Tour gebucht. Die kann man nur in den Sommermonaten machen. Es war ein Tag wie heute. Gute 30 Grad. Die Abfahrt sollte um 12:30 Uhr stattfinden, aber die Maschine des Schiffs war kaputt und daher wurde es verlegt. Wir mussten ewig warten. Mein Sohn bat seine Mutter um einen Pullover, er hatte damals einen wunderschönen, flauschigen türkis-farbenen Hoodie von Made in Conil. Ich habe ihn gefragt, warum er bei über 30 Grad einen Pullover anziehen will. Er antwortete, ihm sei kalt und er wolle das halt so. Da wurde ich neugierig. Wir saßen draußen vor der *Tienda* auf wackeligen Holzbänken. Mein Sohn ging hinein und kam nach wenigen Minuten zurück. Die Bauchtasche des Hoodies war ausgebeult. Ich wusste sofort, was los war, und habe eine Plüsch-Schildkröte aus seiner Bauchtasche gefischt. Dann habe ich ihn gefragt, ob er noch ganz bei Trost sei, und gesagt, dass ich ihn jetzt eigentlich anzeigen müsste. Ich habe ihm die Konsequenzen erklärt: für den Eigentümer des Ladens und für ihn, vom Vorstrafenregister bis zum Führungszeugnis und zum schlechten Gewissen. Ich war damals noch aktiver Polizist, der Garant für Sicherheit und Recht und Gesetz, und mein eigener Sohn hatte gestohlen. Was für eine Katastrophe! Die Kollegen der Hafenpolizei standen auch damals hier an der Einfahrt. Ich habe gedacht, eigentlich musst du allein aus erzieherischen Gründen jetzt mit deinem Sohn zu den Kollegen gehen, ihn aufs Revier fahren lassen und ihm eine Lektion erteilen, damit das nie wieder passiert. Besser früher als später. Aber ich habe es nicht getan, wir wollten den Ausflug zu den Walen nicht verpassen. Ich war damals so wütend auf ihn. Scheiße, was würde ich dafür geben, wenn ich meinem Sohn noch einmal sagen könnte, wie sehr ich ihn liebe, Schildkröte hin oder her." Rafas Stimme versagte.

Felipe antwortete: „Ach so, deshalb warst du eben so komisch, als der kleine Junge im Laden stand mit so einer Schildkröte in der Hand. Wahnsinn, das tut mir sehr leid."

„Es ist lange her. Da muss ich durch, wie es aussieht", sagte Rafa und trottete betrübt weiter zum Pier, wo nach wenigen Minuten das Boot anlegte und unzählige Touristen ausstiegen. Schließlich kam ihnen die zierliche und trotz ihres fortgeschrittenen Alters erstaunlich fitte Walfrau von Tarifa entgegen, die sie schon aus der Ferne auf dem

Oberdeck neben dem Kapitän hatten stehen und glücklich lächeln sehen. Sie ließ sich schnell überreden, die Beamten auf einen Kaffee in die Tapasbar *Damajuanas Tapas del Sur* auf die nahegelegene, palmengesäumte Fußgängerzone *Alameda* zu begleiten. Sie setzten sich auf die Barhocker an einem der Sherry-Fässer vor dem Eingang in den Schatten eines Sonnenschirms. Auf einer Schiefertafel wurde als Tagesgericht *Albondigas de Atún* – Hackbällchen aus Thunfisch feilgeboten. Das Fass war noch voller leerer Teller und zerknüllter Servietten von den Vorgängern. Rafa stapelte alles zusammen und stellte es auf das benachbarte, in der prallen Sonne stehende Fass. Als er fertig war, steckte die Walfrau ihre vom Meer ausgeblichene, braune Oakley-Sonnenbrille in die kurzen schwarzen Haare und schaute fragend drein. Rafa begann das Gespräch: „Danke, dass Sie sich kurz Zeit für uns nehmen."

„Sehr gern. Worum geht es denn?"

„Was können Sie uns über Orcas erzählen?"

„So einiges. Hier in der Meerenge von Gibraltar finden wir die höchste Konzentration von Meeressäugern weltweit vor. Die Meerenge ist nur 14 Kilometer breit und 1000 Meter tief, aber hier leben sieben verschiedene Arten von Meeressäugern. Der Schwertwal, auch Orca, Killerwal oder lateinisch *Orcinicus Orca* genannt, ist die größte Delphinart. Er wird Schwertwal genannt, weil die Rückenflosse der Männchen wie ein Schwert aussieht und bis zu zwei Meter lang wird. Die Tiere werden bis zu zehn Meter groß, wiegen in der Spitze über drei Tonnen und ernähren sich von Fischen, Robben, anderen Walen und hier vor allem von Thunfischen, die sie in kleinen Gruppen jagen, wobei sie bis zu 90 km/h schnell schwimmen. Die Population in der Straße von Gibraltar schätzen wir insgesamt auf knapp 50 Tiere."

„Und in letzter Zeit gab es Probleme? Sind die Tiere aggressiv?"

„Worauf wollen Sie hinaus?"

„Gut, lassen Sie uns zur Sache kommen. Gestern Abend, ungefähr um die gleiche Zeit wie wir jetzt haben, ist eine kleine Segelyacht mit einem Vater und seinen beiden Kindern zwischen Gibraltar und Barbate verschwunden. Es gab einen Hilferuf per Funk und eine Signalrakete wurde abgeschossen. Das Mysteriöse ist, dass im Funkspruch von einem Orca-Angriff auf das Boot die Rede war. Ist das im Bereich des Möglichen? Können Orcas wie Moby Dick Schiffe versenken? Entschuldigen Sie, wenn die Frage lächerlich klingt und wir Sie wegen solchem Seemannsgarn belästigen!"

Die Dame seufzte tief, stützte ihr braun gebranntes Gesicht auf ihre Hände und schaute die Männer mit traurigen Augen an.

„Das ist ja furchtbar. Es tut mir sehr leid, das zu hören. Noch vor ein paar Jahren hätte ich Sie ausgelacht und Ihnen gesagt, dass Sie diesen Fabelmärchen keinen Glauben schenken sollten, aber leider häufen sich die Angriffe der Tiere auf Boote in letzter Zeit tatsächlich. Seit dem Sommer 2020 kommt es auf einmal immer wieder zu Vorfällen zwischen Orcas und Segelbooten in der Straße von Gibraltar. Alleine im August 2020 zählten die spanischen Behörden über 50 Angriffe. Die Attacken dauerten teilweise über eine Stunde und jedes zweite Boot war danach manövrierunfähig und musste Hilfe von den *Guardacostas* anfordern, um wieder an

Land zu kommen. Im Jahr 2021 gab es hier 185 Zwischenfälle mit Orcas und Booten und im Jahr 2022 waren es knapp 200. Die Orcas haben unzählige Boote zerstört und versenkt. Gott sei Dank sind dabei trotzdem bisher noch keine Menschen umgekommen … zum Glück."

„Erstaunlich, vermutlich ist das aber nur eine Frage der Zeit, fürchte ich, oder?"

„Ich hoffe nicht! Die Orcas sind meine Babys. Es sind nur knapp 50 Tiere in der Meerenge. Wunderbare und wunderschöne Tiere, die unter Schutz stehen. Die spanische Regierung bemüht sich um den Schutz der Meeressäuger. Sie hat für Boote unter 15 Metern Länge eine riesige maritime Sperrzone zwischen dem Hafen Barbate und dem Kap Trafalgar eingerichtet. Das ist der Bereich, wo die meisten Angriffe stattfinden. Außerdem stellt die Regierung seit kurzem der Öffentlichkeit Online-Karten zur Verfügung, in denen die Gefahrenzone kenntlich gemacht ist."

„Wie das?"

„Ganz einfach: Es werden die Angriffe auf Boote der letzten Tage dokumentiert und ausgewertet und zusätzlich wurden mit unserer Unterstützung sechs Orcas mit Trackern ausgestattet, damit wir immer wissen, wo sie sich befinden."

„Ein beeindruckender Aufwand. Und hilft das?"

„Na ja, alles hilft ein bisschen. Und was mir besonders wichtig ist: Bisher gibt es weltweit keinen einzigen Fall, wo ein in Freiheit lebender Orca einen Menschen getötet hat. Es sind viele Boote versenkt worden, ja. Aber bisher ist noch kein Segler gestorben."

„Bis gestern", sagte Felipe.

Die alte Dame seufzte tief. „Haben Sie eine Ahnung, was in den Seglerforen seit dem Auftauchen der Orca-Angriffe los ist? Die tauschen sich aus, wie man die Tiere am besten *töten* kann. Die diskutieren, ob man die Tiere am effektivsten mit Leuchtspurmunition, normalen Schusswaffen oder gar mit Sprengstoff vertreibt. Verstehen Sie? Sprengstoff gegen unter Naturschutz stehende Meeressäuger!"

„Wir können Ihre Empörung nachvollziehen", sagte Rafa mitfühlend. „Aber ganz ehrlich, wenn ich mit meiner Familie auf einer kleinen Nussschale draußen im Atlantik wäre und eine Horde Orcas würde versuchen mein Boot zu versenken und uns alle in Lebensgefahr bringen? Nehmen wir an, ich hätte meine Desert Eagle und Leuchtspurpistole am Mann? Würde ich da am Ende über Artenschutz nachdenken oder eher über das Überleben meiner Frau und Kinder?"

„Das ist furchtbar, was Sie da sagen, und so denken vermutlich viele! Zu solchen Situationen darf es gar nicht kommen, dafür arbeiten wir ja."

„Darin stimmen wir überein. Warum glauben Sie eigentlich, dass die Tiere seit dem Jahr 2020 plötzlich durchdrehen? Das haben sie doch seit Jahrtausenden nicht gemacht. Gibt es ein neues Unterseekabel oder irgendetwas, was sie aggressiv macht?"

„Das weiß bisher niemand. Es gibt nur verschiedene fragwürdige Theorien. Unsere Station beschäftigt im Gegensatz zu den diversen Wettbewerbern, die ebenfalls Whalewatching-Touren anbieten, einen Meeresbiologen. Ich habe die verschiedenen Erklärungsversuche mit Jörn schon tausendmal diskutiert."

„Und die wären?"

„Mache sagen, dass es kein Zufall ist, dass die Tiere sich seit dem Jahr 2020 so auffällig benehmen. 2020 fing es langsam an mit ersten Angriffen und 2020 ist das Ende der Corona-Epidemie. Teilweise heißt es, die Tiere seien durch den wenigen Schiffsverkehr in Folge des geringen Welthandels an Ruhe gewöhnt worden. Das plötzliche Hochfahren und der Lärm unter Wasser hätten sie gestresst und zum Angriff auf Schiffe getrieben. Andere denken, dass Corona-Impfstoffe über menschlichen Urin ins Wasser gelangt sind und die Orcas verrückt machen."

„Das klingt logisch. Jedenfalls, wenn man total bescheuert ist."

„*Ich* habe mir das nicht ausgedacht und auch nicht gesagt, dass ich daran glaube."

„*Muy bien* – schon klar."

„Andere glauben an den Spieltrieb der Tiere. Orcas jagen im Verbund. Das trainieren sie in Gruppen. Orca-Mütter bringen ihren Jungen so etwas bei und die machen das dann nach. Es gibt Berichte, dass eine Gruppe Orcas in den 1980er-Jahren erbeutete Lachse vor dem Verzehr eine Zeit lang auf dem Kopf balancierten. Nach ein paar Jahren hörte das dann plötzlich auf.

Die Attacken könnten auch eine Übung von Jagdtaktiken sein. Jörn denkt, dass Orcas, wenn sie große Wale angreifen, zuerst auf die Rückenflosse gehen, damit die Wale unbeweglich werden und nicht mehr navigieren und ausweichen können. Außerdem sagt er, die große Rückenflosse der Wale sei der am leichtesten zu zerstörende Teil und ähnele in gewisser Weise der Finne der Segelboote.

Andere denken, die Orcas wollen Rache an den Fischern nehmen. Sie müssen wissen, die Orcas ernähren sich hier primär von kleinen Thunfischen. Die greifen sie gerne von den Netzen und Angelleinen der Fischer ab. Durch den Raubbau an Thunfischen mussten die Fangquoten aber immer weiter gesenkt werden und die Fischer wissen kaum noch, wie sie ihre Familien ernähren sollen. Manche Fischer werden da schon mal übergriffig und attackieren die Orcas, wenn sie ihnen einen Thunfisch abspenstig machen wollen. Das merken sich die Orcas und rächen sich. Es gibt auch noch diverse andere, absurdere Theorien."

„Danke, das hilft uns sehr."

„Gerne. Ich würde mich im Gegenzug freuen, wenn Sie das mit der versenkten Yacht vorerst nicht an die große Glocke hängen würden."

„Das können wir Ihnen leider nicht versprechen. Wir melden uns vielleicht noch mal bei Ihnen."

## Kapitel 11

## Conil de la Frontera – Montag, 17. Juli

Nachdem Felipe Rafa abgesetzt hatte, ging er nach Hause, um kurz darauf mit einem eiskalten Cruzcampo und einer in der Mikrowelle aufgewärmten *Tortilla Española* - *Kartoffelomlette, Aceitunas* – Oliven und ein paar Scheiben *Jamón Serrano* – spanischen Schinkens auf die Dachterrasse seines Stadthauses im Fischerviertel von Conil zu steigen. Trotz der Uhrzeit lag eine schwüle Hitze über dem Ort. Die Schweißperlen liefen von seiner Stirn und tropften auf seine trotz seines Alters muskulöse Brust. Er rollte die kalte Flasche Bier über seine Stirn und genoss den kitschigen orange-pinken Sonnenuntergang und den Blick über den Strand in Richtung des Leuchtturms von Conil, der *Faro Cabo Roche* hieß und die Einfahrt zum Hafen bewachte.

Der lange Tag hatte Rafas Energie aufgefressen. Nach dem Essen auf der Dachterrasse ging Rafa hinab und fiel ohne jegliche Art der Körperpflege auf sein Bett und wurde bald von einem unheimlichen Traum heimgesucht. Er wälzte sich und schwitze so stark, dass er sein Kopfkissen wenden musste, weil es klatschnass war.

In seinem Albtraum befand er sich auf einem sinkenden Boot, umgeben von einem Meer aus Flammen, das den Himmel mit einem gespenstischen Glühen erfüllte. Zwei Kinder, hilflos und verängstigt, fielen über Bord in die lodernden Flammen, ihre verzweifelten, schrillen Schreie um Hilfe verhallten ungehört, bis plötzlich ein schwarzer Teufel aus der Tiefe emporstieg.

Rafa spürte eine unerklärliche Verbindung zu diesen Kindern, als ob er ihre Angst und Verzweiflung selbst durchlebte. Ihre Gesichter ähnelten denen seiner eigenen Kinder. Sein Herz hämmerte wild. Er wollte sie retten. Durch die Hitze hindurch kämpfte er sich vorwärts zum Bug, die Flammen loderten höher, aber er konnte nicht zulassen, dass diese unschuldigen Seelen in der Hölle verloren gingen.

Er streckte seine Hand aus, um die Kinder zu ergreifen, aber sie waren außer Reichweite. Der Teufel zog die Kinder fort, hinab mit sich in die Tiefe.

Ein Gefühl der Ohnmacht durchströmte ihn, als wäre er in einem Albtraum gefangen, aus dem es kein Erwachen gab. Die Flammen züngelten an seiner Haut, aber er kämpfte weiter, getrieben von einem unerklärlichen Drang, das Unvermeidliche abzuwenden.

Doch egal, wie sehr er sich anstrengte, die Kinder entglitten seinen Händen und ihre Schreie schwanden in der Nacht. Rafa wachte mit einem Schweißausbruch auf, sein Herz pochte wie wild, und die schrecklichen Schreie hallten in seinem Kopf wider. Er trank Mineralwasser aus der roten Lanjarón 1,5 Liter Plastikflasche neben seinem Bett und legte sich wieder hin, doch der verstörende Traum ließ ihn nicht los.

Er hatte gehört, dass Träume oft rätselhafte Botschaften trugen oder Vorahnungen waren. Er verstand diese Botschaft (noch) nicht, aber was der Traum ihm auch immer sagen wollte, beunruhigte ihn zutiefst.

# Kapitel 12

## Conil de la Frontera – Dienstag, 18. Juli

Erschöpft von der kurzen Nacht und dem wenig erholsamen Schlaf wurde Rafa vom Klappern der Fensterläden geweckt. Das ruhige Sommerwetter der letzten Wochen sollte enden und zwei oder drei Tage *Levante* standen vor der Tür. Rafa zog sich seine Joggingsachen an und lief über die *Calle Salmonete* - Straße Meerbarbe und die *Calle Armargura* – Straße Bitterkeit vorbei an Titus Bar die *Calle Fuente Vieja* – Straße zur alten Quelle hinab zur *Playa,* wo seine Waden von dem durch den Wind aufgepeitschten Strand kribbelten. Wie üblich lief er den Strand hinauf in Richtung Hafen. Die Gezeiten waren günstig, aufgrund des niedrigen Wasserstandes würde er am Ende der Playa de la Fontanilla um die Felsnase herum bis zum Ende des Playa Fuente del Gallo laufen können. Schon aus der Ferne sah er einen Mann mit langen grauen Haaren auf den Felsen an der Engstelle sitzen. Im Sommer war dies der Platz, wo unzählige Kinder mit Eimerchen Krebse fingen. Das an den Felsen an ein massives Vierkantholz genagelte Schild *„Yo no soy jugete* – Ich bin kein Spielzeug", auf dem man einen durchgestrichenen Krebs in einem Eimer sah, ignorierten die Kleinen selbstredend. Wer wollte es ihnen verübeln. Die Herbststürme würden den Holzbalken ohnehin wie ein Streichholz zerreißen und das Schild auf die Felsen werfen. Als Rafa sich bis auf ein paar Meter genähert hatte, erkannte er den Alten. Es war der Münzsammler, der sonst mit seinem Metallsuchgerät den Strand abschritt und mit seiner Edelstahlschaufel lange Linien in den Sand malte, um zu markieren, welche Abschnitte er bereits abgesucht hatte. Der

Münzsucher schaute mit geschlossen Augen in Richtung der Morgensonne. Seine gelockte graue Mähne wehte im Wind. Wegen seiner Haare und 0mächtigen Koteletten sah er aus wie eine Mischung aus einem Löwen und James Hetfield von Metallica. Auf seinem Gesicht und seiner faltigen Haut lag ein entspanntes Lächeln, das Rafa an sein Zusammentreffen mit der Walfrau gestern erinnerte. Sie hatte ebenfalls von innen heraus diese tiefe Zufriedenheit ausgestrahlt, wie es die Menschen tun, die ihr Leben am Meer verbringen, dachte Rafa. Der wunderbare Anblick des Meeres, die meditative Wirkung des Sounds der Wellen, die frische und salzige Luft. All das hatte eine zutiefst beruhigende und entspannende Wirkung, die zu einem Gefühl von Wohlbefinden führte. Das milde Klima und die Sonne taten vermutlich ihr Übriges für die Stimmung der von der Natur reich beschenkten Bewohner dieser Gegend, glaubte Rafa.

Hinter der Felsnase begann der schmalere und düstere Strandabschnitt, der durch die sandstein-farbene Steilküste begrenzt war. Über die Klippen hingen lose Drahtzäune mit darin hängenden Holzpfählen, die einst am Rand der Steilküste gestanden hatten. Die Sonne erreichte diesen Strandabschnitt am frühen Morgen noch nicht und die bedrohlichen Klippen, von denen jederzeit Felsen herunterfallen konnten, dominierten die Szenerie.

Rafa ließ die Geschehnisse des gestrigen Tages Revue passieren. Was hatten sie herausgefunden?

Nicht viel, und das war schlimm, denn nach 24 Stunden sanken statistisch die Chancen ganz erheblich, verschwundene Kinder noch zu finden. Sie wussten, dass Hamza Al Azzouzi mit seinem Segelboot samt den beiden Kindern gegen 14:30 Uhr aus dem Sporthafen von

Sotogrande gesegelt war, um dann gegen 19:33 Uhr draußen vor der Küste von Barbate vom Radar zu verschwinden, nachdem er einen mysteriösen Funkspruch abgesetzt hatte, der auf einen Unfall mit Orcas hindeutete. Einige Zeit später passierte ein Schnellboot aus Marokko die Gegend, hielt kurz an und fuhr dann nach Westen aus der Sichtweite des spanischen Überwachungssystems.

Lagen die Kinder tot auf dem Meeresboden, könnte er nichts mehr für sie tun. Wenn dem so wäre, würde die Guardia Civil ihre Leichen vermutlich in den nächsten Tagen an die Oberfläche bringen. Isabella sollte Taucher anfordern. Er musste sich also darauf konzentrieren, dass es hinter dem Unglück einen Plan gab. Wo würde Al Azzouzi mit den Kindern untertauchen? Wo kannte er sich gut aus und würde nicht auffallen?

Rafa nahm sich vor, seinen Rechner zu checken: Hatte er vielleicht ein Hotel gebucht, einen Mietwagen? Was war mit seinen Kontoverbindungen, hatte er mit der Kreditkarte etwas bezahlt, das Aufschluss über seinen Aufenthalt geben konnte? Hatte er hohe Bargeldsummen abgehoben, was war mit seinen Handydaten vom Provider?

Zudem musste er mit der Familie von Azzouzi und seinen Freunden und Kollegen aus der Firma sprechen. Er würde herausfinden, was für ein Mensch Al Azzouzi war, dachte er, als er an der La Ola Bar und der Casa Diego zurück nach Hause joggte und die weiße Silhouette des idyllischen Fischerdorfs Conil de la Frontera vor ihm erschien. Um die Wahrscheinlichkeit eines Unfalls mit Orcas zu bewerten, sollte er aber auch noch mit Felipes Cousin sprechen. Er wollte sich nicht allein auf die Erzählungen der Walfrau von Tarifa verlassen und die Verabredung stand ohnehin. Zu

Hause angekommen schmiss er die durchgeschwitzten Klamotten in den Wäschekorb in der Küche und stieg nackt die Stufen zur Dachterrasse hinauf. Da seine Dachterrasse eine der höchsten im Viertel war, bot sie nicht nur einen fantastischen Blick, sondern es konnte ihn hier auch niemand beobachten. Er stellte sich unter die Dusche, die er hier hatte anbringen lassen, als er das Haus endlich hatte zurückkaufen und renovieren können, und genoss das kalte Wasser.

Für ein paar Themen, die er heute abklappern wollte, würde er eine Dienstmarke gut gebrauchen können. Er müsste nach dem Termin in Barbate in den Stützpunkt der Guardia Civil und mit Isabella reden. Mal sehen, ob er sich Felipe noch einen weiteren Tag ausleihen dürfte.

## Kapitel 13

## Málaga – Dienstag, 18. Juli

Der Stadtteil Malagueta der andalusischen Mittelmeermetropole Málaga erwachte an einem sommerlichen Morgen mit einer sanften Meeresbrise.

Das Viertel hatte von oben betrachtet in etwa die Form eines Tortenstücks: Es wurde im Süden von der Hafenspitze des Hafens von Málaga begrenzt, im Osten von der *Playa Malagueta* mit seiner Strandpromenade, die von zahlreichen Hochhäusern gesäumt wurde, im Westen befand sich das Hafenbecken mit der *Muelle Uno* – der Mole Nummer Eins, im Nordwesten die *Plaza de Toros* – die Stierkampfarena und im Nordosten schließlich das luxuriöse Grandhotel Miramar. Seine optimale Lage am Strand in unmittelbarer Nähe zum *Centro historico* – zur Altstadt machte das mondäne Viertel voller moderner Hochhäuser zu einem der beliebtesten *Barrios* – Viertel der Stadt. An diesem bisher unschuldigen Morgen wartete es ruhig auf das warme Sonnenlicht, das der Sommertag bringen sollte.

Entlang des *Paseo Marítimo* – der Strandpromenade erstreckte sich eine atemberaubende Szenerie. Der goldene Sandstrand von Malagueta wurde von den ersten Sonnenstrahlen erleuchtet. Jogger und Frühaufsteher genossen ihre morgendlichen Spaziergänge am Ufer, bevor die Hitze des Tages einsetzte. Es sollte heute heiß werden. Fischerboote schaukelten leicht im ruhigen Wasser, und die Möwen kreisten über dem Hafen, auf der Suche nach Beute.

Die kleinen Cafés und Bars an der Strandpromenade bereiteten sich darauf vor, ihre Türen zu öffnen. Kleine, blau lackierte Eisengitter grenzten die Standpromenade präzise von den benachbarten Beeten voller Blumen und zehn Stockwerke hohen Kokospalmen ab. Der Duft von frischem Kaffee mischte sich mit salziger Meeresluft. Ein paar Einheimische saßen bereits draußen und genossen ihr Frühstück, begleitet vom leisen Rauschen der Wellen, als Sargento Martinez und Cabo Rodriguez vor der Wohnung von Sr. Azzouzi im Hochhaus auf dem *Paseo Marítimo* den älteren Herren vom Schlüsseldienst baten, die Wohnung zu öffnen.

Der schwere, eiserne Riegel der Wohnungstür knarzte, als der Mann mit den flinken Fingern sie mit einem stoischen Gesichtsausdruck öffnete. Sie baten ihn, hier am Eingang der Wohnung auf sie zu warten. Ein düsteres Schweigen umgab die beiden Beamten, als sie die Schwelle überquerten und in die Totenstille der Wohnung eindrangen. Der Gedanke an das, was sie finden könnten, schwebte wie ein drohender Schatten über ihren Köpfen. Wenn die Kinder hier waren, würden sie entweder nicht mehr leben oder noch schlafen, denn es war totenstill.

Der Raum roch wie eine Tankstelle nach Benzin. Die Taschenlampen der beiden Polizisten durchschnitten die Finsternis, anscheinend waren die Rollläden herabgelassen. Ein unheimliches Knarren begleitete ihre Schritte auf dem abgenutzten Holzboden, als sie vorsichtig weiter in die Wohnung vordrangen. Im Lichtkegel kamen herausgerissene Schubladen im Wandschrank des Flurs zum Vorschein. Im Wohnzimmer türmten sich Berge aus Büchern und Kleidung. Hier hatte jemand etwas gesucht. Daneben stand ein geöffneter Rollkoffer, in dem sich ein Plastikkanister befand. Darauf stand eine Art Wecker.

Martinez zog die Augenbraue hoch und rief: „Das gefällt mir gar nicht!", als plötzlich erst ein Zischen und dann eine ohrenbetäubende Explosion die Stille durchbrach. Die Luft flirrte vor Hitze, während der Druck der Explosion sie gegen die Wand des Flurs schleuderte. Ein blendender Feuerball erleuchtete die Umgebung.

Martinez, der vorangegangen war, erwischte es am schlimmsten. Die Druckwelle zerfetzte seine Eingeweide, die brennende Flüssigkeit setzte seinen aufgerissenen Leib in Brand.

Rodriguez klebte immer noch an der Wand und riss die Hände vor das Gesicht, um sich zu schützen. Vergeblich – der Knall ließ seine Trommelfelle platzen. Die brennenden Uniformen der Polizisten waren in Fetzen gerissen, ihre Haut von Brandblasen gezeichnet. Die Hitze der Explosion hatte ihre Gesichter verunstaltet, die Augen geschwärzt, die Haare versengt. Der beißende Geruch von verbranntem Fleisch hing in der Luft. Nur der Mann vom Schlüsseldienst, der an der Eingangstür gewartet hatte, war wohlauf, denn man hörte ihn schreiend die Treppe hinunter flüchten.

Martinez war bereits tot, als Rodriguez sich mühsam auf den Ellenbogen stützte. Blut sickerte durch die aufgerissene Kleidung. Er brannte lichterloh, als er sich panisch und hilfesuchend umsah. Die Wohnung, die sie betreten hatten, war gerade in dem Moment in Flammen aufgegangen, als sie sie durchsuchen wollten.

Er könnte sich ins Badezimmer flüchten und den Brand mit einem nassen Handtuch löschen, aber was, wenn dort noch eine Überraschung auf ihn wartete?

*Nein, nur raus hier. Runter zum Strand.* Rodriguez stolperte taub und halb blind aus der Wohnung. *Nur raus hier.* Brennend rannte er die Treppe des Hochhauses hinab, um sich im Sand des Strandes zu wälzen und die Flammen zu löschen. Er versuchte sich im Rennen durch das Treppenhaus die Uniform auszuziehen, aber die war teilweise bereits in seine Haut hineingebrannt. Als er an den Fetzen des Hemdes zog, sah er mit dem Auge, das ihm geblieben war, wie er dabei einen Lappen seiner eigenen Haut aus seinem gegrillten Körper herausriss.

## Kapitel 14

### Barbate – Dienstag, 18. Juli

Der Hafen von Barbate lag ruhig da, als Rafa González und Cabo Felipe sich dem türkisfarbenen Gebäude des Yachtclubs näherten. Auf der ersten Etage erwartete sie Diego Vidal, Felipes Cousin und Kapitän eines 25 Meter langen Katamarans, wie er den beiden gleich mit Stolz berichten würde.

Die Holztür zum Yachtclub schwang auf, und Rafa und Felipe traten in einen eleganten Raum mit nautischer Dekoration. Der Boden war mit maritimen Teppichen bedeckt, und die Wände zierten Bilder von Segelschiffen auf hoher See. In der Ecke spielte leise spanische Gitarrenmusik, während das gedämpfte Licht durch die großen Fenster einen atemberaubenden Blick auf den Hafen gewährte.

Die beiden Männer fanden Diego Vidal auf dem Balkon, wo er mit Rafael Aragonés, dem Leiter der Hafenwerft, sprach. Diego, ein gestandener Mann mit kurzen grauen Haaren, wandte sich den Neuankömmlingen zu und lächelte.

*„Rafa, Felipe, buenos dias!* Schön, dass ihr gekommen seid", begrüßte er sie herzlich.

Die beiden Männer setzten sich auf den Balkon, von dem aus sie einen klaren Blick auf die vielen Boote und Segelschiffe auf dem funkelnden Wasser im Hafen hatten. Diego begann zu erzählen, wie er jahrelang *Boquerones* im Golf von Cadiz gefischt hatte, bevor er sein Boot für touristische Ausfahrten umgebaut hatte. Seit ein paar Jahren bot er Ausfahrten entlang der Steilküste des Naturparks *Breñas y marismas de*

*Barbate,* Sunset-Fahrten und Ausfahren zu den Stellnetzen der *Almadraba* an, wo man beobachten konnte, wie die großen Thunfische gefangen wurden.

Rafael Aragonés war ein kräftiger Mann von beeindruckender Statur. „Seit einiger Zeit haben wir hier ein großes Problem", begann er, während er auf den Hafen deutete. „Die Orcas zerstören Segelboote und ich habe alle Hände voll zu tun, die Schäden zu reparieren. Ich komme momentan einfach nicht mehr hinterher und muss die Segler und meine Stammkunden, die Fischer, immer länger vertrösten. Ich habe gerade 33 Boote auf dem Trockenen, die ich reparieren soll. Fast alle sind Opfer der Orcas geworden und haben zerstörte Ruder. So was habe ich früher nie erlebt. Vor zwei Jahren fing es plötzlich an und es nimmt kein Ende."

Diego nickte zustimmend. „Es ist wirklich seltsam. In all den Jahren auf See habe ich so etwas noch nie erlebt. Orcas sind eigentlich harmlose und freundliche Meeresbewohner."

Cabo Felipe runzelte die Stirn. „Aber warum greifen sie denn dann aggressiv an und zerstören Segelboote, wenn sie friedliche Wesen sind?"

Diego Vidal lehnte sich in seinem Stuhl zurück und starrte hinaus auf das ruhige Wasser, während er überlegte. „Ich habe mit einigen Fischerkollegen gesprochen", begann Diego, „und sie berichten, dass wir Fischer mal wieder als Sündenböcke herhalten sollen. Es gibt Umweltschützer, die uns die Schuld an dem Verhalten der Tiere geben. Wir fangen in der Meerenge Thunfisch. Wir stehen dafür mitten in der Nacht auf, arbeiten 12 bis 15 Stunden im Schweiße unseres Angesichts, wir bahnen uns in der Dunkelheit den Weg durch meterhohe Wellen und Arbeiten unter Lebensgefahr.

Wir ziehen die wenigen Fische, die wir wegen der europäischen Fangquoten überhaupt noch fangen dürfen, mit hunderte Meter langen Leinen aus der Tiefe, um unsere Familien zu ernähren. Beim Einholen der Leinen schreien die Winsen wie eine rostige Kreissäge. Dieses Geräusch ruft die Orcas auf den Plan und ein ums andere Mal pflücken die Viecher uns die Thunfische von der Leine und wir werden um unseren gerechten Lohn gebracht und unsere Familien gehen mal wieder leer aus. Da wäre es nachvollziehbar, wenn der ein oder andere die Orcas mit illegalen Mitteln fernhalten würde – aber so ist es nicht. Die Orcas fressen die Thunfische so tief unten von der Leine ab, dass wir eh nichts dagegen tun können. Außerdem respektieren wir Fischer das Meer und die Orcas."

„Das tut mir leid", sagte Rafa. „Ich dachte, für unseren andalusischen Premium-Tuna hier gibt es weltweit Abnehmer und die Japaner zahlen bis zu 10.000 Euro pro Kilo Thunfisch."

„Das klingt vielleicht viel, aber für uns bleibt da trotzdem fast nichts übrig. Ein Boot, eine Mannschaft, Diesel, Steuern, Fangquoten, die uns nur den Fang ganz weniger Tiere erlauben – wir sind am Limit. Deswegen habe ich mein Boot ja auch zu einem Touristendampfer umbauen lassen."

„Eine klasse Idee, finde ich. Die wunderschöne Steilküste hier verdient es, gezeigt zu werden. Außerdem ist das ein guter Impuls für das so arg gebeutelte Barbate, hier braucht es dringend Tourismus und Jobs. Die Jugend hat ja sonst nur die Wahl zwischen Weggehen oder Drogenmafia. Aber zurück zum Thema: Wenn es nicht die Fischer sind, die die Orcas aggressiv gemacht haben, was ist es dann? Habt ihr eine Theorie?", fragte Rafa.

„Wenn wir das genau wüssten! Manche gehen davon aus, dass die Tiere von einem Parasiten befallen sind und unter Toxoplasmose leiden, was sie aggressiv macht, aber wir glauben das nicht. Die Segler berichten uns unisono, dass die Orcas bei den Angriffen überhaupt nicht aggressiv wirken. Sie zerstören zwar die Ruder der Boote, aber sie tun das mit einer Art freundlicher und ruhiger Gelassenheit. Und jetzt verrate ich euch das Geheimnis, wie man die Tiere am besten stoppen kann: Wenn ich mit meinem Segelboot draußen bin und die Orcas kommen, dann spiele ich mit ihnen. Ich stoppe das Boot, springe rein und schwimme mit ihnen. Sofort lassen sie vom Ruder ab. Sie wollen mich nicht verletzen, sie tun weder mir noch anderen Menschen etwas. Sie hassen uns nicht und wollen keine Rache. Sie sind durch und durch friedliche Lebewesen und wir müssen alles tun, um sie zu beschützen, und einfach abwarten, bis sie die Lust an diesem Spiel wieder verloren haben. Wenn wir anfangen, sie anzugreifen und mit Waffen zu vertreiben, werden sie uns das nicht verzeihen und dann werden sie nicht friedlich bleiben."

„Wie bitte? Sie erzählen uns hier, dass Sie mit Orcas *schwimmen und mit ihnen spielen*?", fragte Rafa schockiert.

„Es gibt *keinen einzigen* Fall weltweit, wo Orcas *Menschen* direkt angegriffen haben. Sie versenken Boote, ja. Aber sie mögen uns Menschen. Für sie ist das Abbeißen der Ruder eine Art Spiel oder Training für die Jagd auf Wale. Das macht sie aber nicht zu unseren Feinden."

Rafa überlegte, während er auf das glitzernde Wasser starrte. „Das habe ich gestern von der Walfrau in Tarifa schon einmal so ähnlich gehört. Wir nehmen also mit, dass es tatsächlich stimmt, dass Orcas neuerdings Segelboote angreifen und die

Ruder zerstören und das quasi jeden Tag. Und wir verstehen, dass sie trotzdem wundervolle Tiere sind, die wir schützen müssen. Leider werden sich wohl nicht viele Nachahmer finden, die bei einem Angriff freiwillig ins Meer zu ihnen springen, um sie zu stoppen."

„Davon ist wohl auszugehen. Man hält mich sogar für verrückt, weil ich das mache."

„Tja, es braucht dafür jedenfalls viel Mut. Uns reicht das fürs Erste. Vielen Dank für eure Zeit."

Rafa erhob sich und die beiden verabschiedeten sich. Auf dem Weg zurück zum Auto klingelte Rafas iPhone. Isabella rief an. Ohne Vorwarnung schrie sie in schrillem Tonfall: „Rafa, wo zum Teufel steckst du?!"

„Isa, ist alles okay bei dir?"

„Ein Scheiß ist okay! Du sagst mir jetzt *sofort,* wo du steckst!"

„Cariño, ich bin mit Felipe auf dem Weg zu dir. Wir haben im Hafen von Barbate mit seinem Cousin zum Thema Orcas recherchiert. Sehr informativ, ich erzähle dir alles später. Was ist denn los?"

„Gott sei Dank! Ihr kommt sofort und ohne Umwege zu mir nach Conil in die *Comandancia.* Etwas Schreckliches ist passiert," sagte sie, bevor sie das Gespräch beendete.

## Kapitel 15

## Conil de la Frontera – Dienstag, 18. Juli

Die schwüle Morgenluft hing, wie ein unsichtbarer Schleier über der *Avenida de la Música*, als Rafa zusammen mit Felipe das Revier der Guardia Civil in Conil betrat. Der Zweckbau aus den 50er-Jahren wirkte abgenutzt, die vergitterten Fenster ließen wenig Licht ins Innere. Vor dem Eingang wehte die spanische Flagge am Fahnenmast, und zur rechten Seite führte eine Rampe zu einem Parkplatz, der von Bananenpalmen und pinken Oleanderpflanzen gesäumt war.

Mit energischen Schritten erklomm Rafa die zehn Treppenstufen und grüßte die Empfangsdame mit einem zwinkernden Lächeln. „Hola, Maité! Wie geht es heute?"

Sie erwiderte den Gruß mit einem Augenzwinkern. „Jetzt, wo ich dich sehe, Rafa, wird es sicher ein guter Tag. Aber geh schnell rein zu Isabella. Sie ist außer sich vor Sorge."

Rafa tat wie ihm geheißen und öffnete die Tür. Schnell betrat er vor Felipe das Revier. Bevor er sich weiter umsehen konnte, wurde er bereits von Isabella am Eingang erwartet. Ohne Umschweife befahl sie Felipe, vorzugehen und in ihrem Büro zu warten, und zerrte Rafa in einen dunklen Kopierraum, wo sie ihn mit wilder Leidenschaft küsste und ihre Hände dabei in seinen Haaren festkrallte.

Überrascht und gleichzeitig erregt ließ Rafa den Kuss geschehen. Seine Hände kneteten ihren perfekt geformten Arsch. Normalerweise verhielt sich Isabella in der *Comandancia* professionell und kühl. Diese spontane Leidenschaft weckte seine Neugier. Als sie sich voneinander lösten, sah Rafa sie fragend an.

„Was ist los, Isabella? So kenne ich dich gar nicht. Wobei ich zugeben muss, dass mir deine neue Art sehr gefällt", fügte er verschmitzt hinzu.

Isabella atmete tief durch und erzählte mit ernster Miene: „Rafa, das ist nicht der Moment für Späße! Es gab einen Mordanschlag auf zwei unserer Kollegen in Málaga. Einer ist tot, der andere schwer verletzt. Das Ganze ist gerade eben bei der Durchsuchung der Wohnung von Hamza Al Azzouzi passiert und seine Wohnung in Sotogrande ist fast zeitgleich in die Luft geflogen."

Rafa erstarrte. Die Realität löschte die Flamme der Leidenschaft wie ein eiskalter Wind. „Verdammt, das ändert alles. Glaubst du jetzt, dass wir einen Fall haben und dass wir rausbekommen müssen, wer hinter alledem steckt?"

Isabella seufzte. „Du hast recht. Es ist ein verdammter Albtraum, Rafa."

## Kapitel 16

### Conil de la Frontera – Dienstag, 18. Juli

Mit ernster Miene schauten Isabella Rafa und Felipe über ihren Schreibtisch an. „Um ein Haar hätte ich euch in den Tod geschickt. Das nehme ich diesem Arschloch, wer auch immer es getan hat, persönlich übel."

„Was meinst du mit *in den Tod geschickt*, Isa?", fragte Rafa.

„Na, seit gestern Abend haben wir den Durchsuchungsbeschluss. Es ging dann ausnahmsweise mal schneller als erhofft. Ich wollte Felipe heute Morgen nach Sotogrande schicken, um die Durchsuchung des Apartments von Al Azzouzi durchzuführen. Und dich, Rafa, hätte ich gebeten mitzukommen. Mir fehlen gerade die Leute wegen einer großen Operation in Sachen Korruptionsbekämpfung. Wenn ihr früher gekommen wärt und nicht erst in Barbate zum Whalewatching, wärt ihr heute Morgen in Sotogrande in die Luft geflogen und draufgegangen wie der arme Kollege Martinez, Gott hab ihn selig, oder zur lebenden Fackel geworden wie Rodriguez."

„Was glaubst du, Isa? Warum hat Al Azzouzi das getan? Es sieht aus, als wollte er seine Spuren verwischen. Aber ist das wirklich der Hintergrund?", fragte Rafa nachdenklich.

„Auf den ersten Blick wirkt es so, ja. Aber auf den zweiten Blick? Das wäre kontraproduktiv, denke ich. Wenn er mit den Kindern irgendwo untertauchen will, braucht er Anonymität. Dann muss ihm daran gelegen sein, dass Gras über die Sache wächst. Er verschwindet heimlich, still und leise, und bald stellen wir die Suche ein und niemand denkt mehr an die verschwundenen Kinder. Die Mutter macht ein paar Aufrufe in der Presse und tingelt durch die Talkshows, die Fotos der Kinder landen auf einer Milchflasche, was weiß ich noch alles, aber schließlich kann das Thema keiner mehr hören und die Sache gerät in Vergessenheit. Umso mehr, wenn nicht klar ist, ob es eine Entführung oder ein tragisches Schiffsunglück war", sagte Isabella leise.

„Traurig, aber wahr. Zwei Wohnungen in die Luft zu sprengen und einen Guardia Civil zu töten, ist nicht wirklich dazu geeignet, den Fall unter dem Radar zu halten und schnell zuzumachen", antwortete Rafa bedrückt.

„Vielleicht hat er die Entscheidung, dass die Mutter das Sorgerecht bekommen hat, nie akzeptiert und dadurch einen Hass auf den Staat und die Polizei entwickelt. Es sieht damit leider so aus, als wollte er nicht heimlich untertauchen, sondern mit großem Tamtam abtreten und seine Kinder und möglichst viele andere Menschen mit in den Tod reißen. Wie kann man so viel krankes Selbstmitleid in sich haben? Wie kann man zu so etwas fähig sein?"

„Na ja, wenn er sich und die Kinder töten wollte, hätte er das aber einfacher haben können, Isa. Dafür hätte es keine Bomben und auch keine Bootsfahrt auf den Atlantik inklusive Notrufe gebraucht. Ziemlich viel Aufwand für einen Selbstmord, denkst du nicht?", fragte Rafa.

„Also hält er sich vielleicht für so genial, dass er mit der Sache durchkommt, *obwohl* er die Wohnungen sprengt und Polizisten tötet? Wer weiß schon im Detail, wie weit die Überwachungstechnik und das SIVE sind und dass wir nördlich von Barbate praktisch keine Ahnung haben, wohin ein Boot fährt, wenn es seinen Transponder ausschaltet?

Jedenfalls ganz schön kranke Nummer", warf Felipe ein.

„Ja, das sind wahrscheinlich krankhafte Züge. Vielleicht hat er eine psychische Störung, vielleicht ist er ein Narzisst oder so was? Wir wissen zu wenig über ihn", sagte Isabella.

„Und wie machen wir jetzt weiter?", fragte Rafa.

„Die Kriminaltechnik untersucht die beiden ausgebrannten Wohnungen. Wir erwarten morgen erste Ergebnisse. Ich fürchte aber, dass da nichts Brauchbares zu Tage kommen wird.

Ich habe außerdem Cabo Torres mit einer Hintergrundrecherche zu Al Azzouzi beauftragt, er checkt seine Konten, seine Mails und sein Social Media. Euch würde ich bitten, zu seiner Arbeitsstelle zu fahren und dort etwas über ihn in Erfahrung zu bringen. Was erzählt sein Chef, was sagen seine Kollegen? War er aufbrausend? Rachsüchtig? Vielleicht hat er in der Mittagspause bei ein paar Wein mal über seine Exfrau und seine Pläne geplaudert? Vielleicht hatte er ja auch einen Firmenrechner, den ihr mitnehmen könnt."

„Vergiss bei all dem aber bitte das Wichtigste nicht, Isa."

„Und das wäre deiner Meinung nach?", sagte Isabella in Richtung von Rafa.

„Na, wir müssen den Meeresboden nach den Kindern und dem Wrack absuchen lassen. Wir müssen wissen, ob sie da unten sind. Die Mutter braucht endlich Gewissheit. Wir schulden ihr das. Du musst die Taucherstaffel anfordern."

„Die Anfrage nach den Tauchern habe ich natürlich bereits erledigt. Die Froschmänner meinten aber, das könnte ein paar Tage dauern. Tiefer als 40 Meter kommen die nicht runter und der Atlantik ist an dieser Stelle gut 1.000 Meter tief. Da können unsere Jungs in Neopren nichts ausrichten, wir brauchen einen Tauchroboter oder ein U-Boot und die sind gerade schwer zu bekommen. Das eine ist gerade vor Teneriffa im Einsatz und kommt nicht vor nächster Woche zurück, das andere taucht vor Mallorca und ist noch später verfügbar."

„Das ist ja bitter. Ich freue mich nicht darauf, der Mutter zu erklären, dass ihre Ungewissheit noch bis nächste Woche andauern wird, nur weil wir keinen passenden Tauchroboter haben."

„Du schaffst das schon, Rafa."

„Alles klar, wir machen uns dann auf den Weg zu seinem Büro."

„Ich habe euch bereits angekündigt, man erwartet euch. Das Büro befindet sich in Málaga an der Strandpromenade in der Nähe der alten *Tabacalera* – der Tabakfabrik kurz vorm Hafen. Die genaue Adresse schicke ich Felipe aufs Handy."

## Kapitel 17

### Málaga – Dienstag, 18. Juli

Das Bürogebäude der Grupo AGP stand majestätisch in der ersten Strandlinie von Málaga. Die moderne Glasfassade funkelte im Sonnenlicht, Kokospalmen säumten den weiß gekachelten Vorplatz. Rafa González und Felipe Fonseca betraten das Gebäude und fanden sich in einem eleganten Foyer wieder.

Nach kurzer Wartezeit wurden sie von einer älteren Dame abgeholt und mit dem Aufzug in die fünfte Etage gebracht. Auf dem Flur kamen ihnen zwei Männer in Anzügen entgegen, die sie kaum wahrnahmen und hektisch über irgendeinen Immobiliendeal diskutieren. Der eine hatte lange graue Haare, die er zu einem Dutt hinter dem Kopf gebunden hatte, der andere eine kurze rote Mähne und eine leicht gerötete Gesichtsfarbe.

*Vermutlich hoher Blutdruck*, dachte Rafa, der nur Fetzen des Gesprächs der beiden verstand „Bei den PropCos ja, aber bei den OpCos auf keinen Fall. Sind denn die LuxCos endlich eingetragen? Keine Ahnung, aber wir müssen an die Verzahnung denken. Vollzugstag … bla bla bla … nein, Besitzübergang … aufschiebende Bedingung? Nein, auflösende Bedingung … Ihr Sharedeal-Heinis macht immer alles unnötig kompliziert …" Die beiden Männer gestikulierten wild, bis schließlich der eine sagte, dass das aktuelle Projekt das nervigste aller Zeiten sei. Darin waren sie sich einig, bis sie im Aufzug verschwanden, der sie in die Etage minus eins fuhr.

In der fünften Etage wurden sie hinten rechts am Ende eines Ganges in einen großen Besprechungsraum geführt. Man servierte den Ermittlern Kaffee und bald erschienen der Leiter der Abteilung Recht & Compliance, ein gewisser Fabiano Hernández, und sein Vertreter Raúl Zamora.

Rafa und Felipe stellten sich vor und lobten das schöne Gebäude: „Schön haben Sie es hier, so sieht es bei uns in den *Cuarteles* der Guardia Civil leider nicht aus. Unsere Büros stammen meist noch aus den 50er- und 60er-Jahren."

„Vielen Dank für das Kompliment. Ja, wir sind auch sehr glücklich hier. Seitdem sich immer mehr internationale Technologieunternehmen wie Google hier ansiedeln und Málaga das Silicon Valley Europas genannt wird, boomt diese Stadt. Gerade die Gegend um den *Paseo de la Farola*, die *Calle Pacífico* und *La Malagueta* sind sehr beliebt. Da ist es nicht selbstverständlich, dass wir in dieser Lage in einem solch wegweisenden Gebäude arbeiten dürfen. Aber natürlich ist ein Bürogebäude auch eine Art Visitenkarte. Gerade für eine Baufirma wie unsere, wäre es nicht hilfreich, wenn wir in einer schiefen Bruchbude sitzen würden. Das hat auch unser sonst manchmal etwas knauserige Chef Señor de la Torre verstanden", sagte Fabiano Hernández und schaute dabei seinen Kollegen Zamora verschmitzt an.

„Gut. Lassen Sie uns anfangen. Wir sind wegen Ihres Angestellten Hamza Al Azzouzi hier. Wie wir schon telefonisch mitgeteilt haben, verdächtigen wir ihn, mehrere Straftaten begangen zu haben", eröffnete Rafa das Gespräch.

Hernández und Zamora hörten aufmerksam zu, während die Ermittler die Details des Falls darlegten. Rafa und Felipe fragten nach Al Azzouzis beruflichem und persönlichem Hintergrund, um einen lockeren Einstieg in das Gespräch zu finden, obwohl sie die Antworten, die kommen sollten, bereits kannten.

Hernández erklärte, dass Al Azzouzi Architektur in Málaga studiert hatte und für die Grupo AGP gearbeitet hatte, bis er vor zwei Wochen fristlos gekündigt wurde. Der Grund waren fehlerhafte Spesenabrechnungen.

„Wegen eines Fehlers in einer Spesenabrechnung feuern Sie so einen wichtigen Mitarbeiter? Ich dachte, er hätte für Ihre Firma in den letzten Jahren mehrere Großprojekte an Land gezogen? Da muss doch mehr dahinterstecken!"

„Lassen Sie uns das so sagen: Sr. Al Azzouzi war in der Tat ein sehr erfolgreicher Mitarbeiter, es ist uns nicht leichtgefallen, uns von ihm zu trennen. Aber Ehrlichkeit, Vertrauen, Einsatz und Opferbereitschaft sind die zentralen Werte hier in der Grupo AGP. Es ist kein Zufall, dass ich Ehrlichkeit zuerst genannt habe."

„Das heißt bitte was?"

„Wer in der Akquise tätig und mit Kunden unterwegs ist, der reicht auch mal größere Spesenrechnungen ein. Der geht auch mal teuer essen, der geht danach auch mal in Bars. Das ist alles okay. Die Kunden sollten dabei jedoch anwesend sein."

„Sie sagen, dass Ihr ehemaliger Mitarbeiter Spesenquittungen für private Vergnügungen gefälscht hat?"

„Er war gefühlt jeden Abend in den besten Läden essen und danach in Bars. Seit der Trennung von seiner Frau ist es mit ihm den Bach runtergegangen. Er hat Trost in den falschen Dingen gesucht. Das ist bedauerlich, aber erst mal nicht strafbar. Nur soll er das selbst zahlen und nicht auf Spesenbelege Leute schreiben, die nicht dabei waren. Das ging nicht lange gut."

„Verstanden. Seine Kündigung hat also rein gar nichts mit dem aktuell laufenden Übernahmeangebot für ihren Wettbewerber Ferrocamino zu tun, ist das korrekt?"

Fabiano Hernández und Raúl Zamora sahen sich fragend an und runzelten die Stirn. „Woher wissen Sie davon? Und was könnte sein Verschwinden damit zu tun haben?"

„Nun ja, man liest ja so einiges dieser Tage. Es heißt, dass Ferrocamino die feindliche Übernahme gerne abwehren möchte und dazu nach jedem Strohhalm greift. Unter anderem liest man, dass einige Führungskräfte der Grupo AGP in letzter Zeit neue Jobs bei Ferrocamino angeboten bekommen haben."

„Bitte verstehen Sie, dass wir dazu keine Auskunft geben können."

„Das können und müssen Sie sogar. Wir ermitteln hier bezüglich des Verschwindens zweier kleiner Kinder."

„Also gut, sagen wir mal so: Es wäre denkbar, dass einzelne Angestellte dieser Firma lukrative Jobangebote erhalten haben, ja. Das ist für sich genommen nicht ungewöhnlich."

„Es sei denn, diese Angebote kommen vom Wettbewerber und sind so gut dotiert, dass die Leute teilweise das Doppelte verdienen."

„In einer solchen Situation muss Ferrocamino natürlich eine gewisse Risikoprämie zahlen, das ist anzunehmen. Auch eine Change-of-control-Klausel wäre zu erwarten."

„Eine was?"

„*Change of control*. Eine Art Sonderkündigungsrecht, wenn die Übernahme durchgeht, kombiniert mit einer saftigen Abfindung, nach der man wohl nicht mehr Arbeiten gehen muss. Aber was hat das alles mit Sr. Al Azzouzi zu tun?"

„Wissen Sie, ob er ebenfalls ein Angebot erhalten hat? Immerhin hat er in letzter Zeit die größten Deals an Land gezogen und war eine Art *Rainmaker* – eine Geldmaschine. Da wäre es doch nachvollziehbar, wenn man auch versuchen würde ihn abzuwerben. Abzuwerben oder verschwinden zu lassen."

„Das weiß ich beim besten Willen nicht, aber ich glaube bei aller Rivalität nicht, dass jemand so weit gehen würde, ihn zu ermorden."

„Vielleicht denken Sie mal darüber nach und melden sich, wenn Ihnen dazu etwas einfällt. Das war es dann aber auch schon von uns. Könnten wir zum Abschluss bitte noch sein Büro sehen?"

„Sein *ehemaliges* Büro. Gerne. Der Raum wird aber nun schon seit ein paar Tagen von seiner Nachfolgerin genutzt. Das wird Ihnen nicht helfen. Wir haben seine persönlichen Sachen zusammengesammelt. Die können sie nachher gerne mitnehmen." Hernández deutete wortlos auf eine Pappschachtel auf einem Kaffeewagen vor der Tür des gläsernen Besprechungsraums.

„Und sein Rechner?"

Hernández und Zamora erklärten, dass Al Azzouzis Dienstrechner zwar vorhanden war, aber über keine Festplatte verfügte, da alle relevanten Daten in der Cloud gespeichert waren. Eine Kopie der Unterlagen wäre auf einem USB-Stick bereits in der Pappschachtel. Das nötige

Passwort für den Stick würde aus Datenschutzgründen separat an die Guardia Civil geschickt werden.

Die Ermittler fragten nach Freunden oder Bekannten von Al Azzouzi im Unternehmen, doch die Antwort war ernüchternd: Er galt als Einzelgänger, hatte keine engen Bindungen. Niemand wollte sein Freund gewesen sein. Der Verdacht, dass er seine Kinder entführt oder getötet haben könnte, wog schwer.

„Könnten wir denn bitte kurz mit Señor de la Torre sprechen? Sr. Al Azzouzi war für die Akquise diverser Großprojekte verantwortlich, da hat doch auch Ihr CEO sicher Kontakt zu ihm gehabt!"

„Das mag für Sie logisch erscheinen, dem ist aber nicht so. Auch die Bewerbung und Umsetzung von Milliardenprojekten laufen bei uns ohne direkte Einbindung des Vorstands. Der erteilt die Freigabe und dann wird das arbeitsteilig von den zu involvierenden Fachabteilungen umgesetzt. Der Vorstand kann nicht jeden Mitarbeiter und jedes Projekt kennen. Dafür ist unser Laden zu groß."

„Können wir ihn bitte trotzdem kurz sprechen?"

„Das wird leider nicht funktionieren. Er schläft vermutlich gerade."

„Warum?"

„Er befindet sich mit dem Leiter Investor Relations auf Roadshow in Asien."

„Was ist das denn?"

„Eine Roadshow? Man könnte es vielleicht eine mobile Art des Marketings nennen, bei dem Unternehmen potentielle Investoren besuchen. Wenn Sie mehr dazu wissen wollen, können wir gerne einen Termin mit Investor Relations machen."

Die beiden Ermittler lehnten dankend ab, baten aber noch um ein Gespräch mit Al Azzouzis Sekretärin. Die freundliche Dame war attraktiv für ihr fortgeschrittenes Alter, ihre Aussagen wirkten belanglos und lieferten keine neuen Erkenntnisse: höflicher und gutaussehender Chef, immer Blumen zum Geburtstag und zu Weihnachten, hatte viel zu tun.

Nachdem sie sich förmlich verabschiedet hatten, verließen die Ermittler das Gebäude der Grupo AGP. In ihren Händen hielten sie die Pappschachtel mit den persönlichen Habseligkeiten von Hamza Al Azzouzi – eine Schachtel, die vielleicht Antworten auf die Fragen barg, die in den Schatten der Vergangenheit verborgen lagen. Die Frage war, ob sie auch Antworten auf den Verbleib der vermissten Kinder geben würde.

# Kapitel 18

## Conil de la Frontera – Dienstag, 18. Juli

Nach drei endlos langen Stunden kamen Felipe und Rafa am späten Nachmittag in Conil an. Felipe schloss den Wagen ab, ging mit der Pappschachtel unter dem Arm in die *Comandancia* der Guardia Civil und winkte Rafa zum Abschied.

Die Sonne schien noch unerbittlich auf die weißgetünchten Häuser von Conil de la Frontera, als Rafa den Parkplatz der *Comandancia* verließ. Ein leichter Salzhauch wehte von der nahegelegenen Küste herüber, und die engen Gassen des südspanischen Küstenstädtchens waren mit dem sanften Murmeln der Menschen erfüllt.

Rafa schlenderte zur Markthalle von Conil, einem Ort, der leider wenig Charme besaß. Kein Vergleich zum Markt von Cádiz, Jerez oder Sevilla. Quadratisch, praktisch, gesichtslos – Neonröhren erhellten den Innenraum, die Klimaanlage summte leise. Nur die Hälfte der Marktstände war geöffnet, und doch strömte ein Duft von frischem Obst und Gemüse durch die Halle, auf deren Dach nach Wunsch der Stadtverwaltung so bald wie möglich ein *Mercado Gastronómico* – ein Food-Court entstehen sollte.

In der zweiten Reihe fand Rafa einen Stand mit einer guten Auswahl frischen Gemüses. Er kaufte reife Tomaten, eine weiße Zwiebel, eine große rote und zwei grüne Paprikas, eine Chili-Schote, Stangensellerie, zwei Gurken und ein paar Knoblauchzehen. Er bezahlte seine Einkäufe, packte sie sorgfältig in eine Tüte und verließ die Markthalle.

Zu Hause angekommen, öffnete er ein kaltes Bier und begann mit der Zubereitung seiner Leibspeise – *Gazpacho*. Die gekaufte Menge an Zutaten sollte für vier Portionen reichen und sich in den nächsten Tagen gut im Kühlschrank halten.

Die Küche füllte sich schnell mit den Aromen von sonnenverwöhntem Gemüse und frischen Kräutern. Das Rezept war einfach:

Rafa schnitt *1,5 Kilo Tomaten*, hackte die *weiße Zwiebel* und *drei dicke Zehen Knoblauch*, würfelte die *große rote Paprika* und die *zwei grünen* und entkernte die *Chili-Schote*. Mit einem Schwung zog er das Messer durch den *Stangensellerie*, schnitt ein daumendickes Stück ab und zerkleinerte *die zwei Gurken*. Dann fügte er die Zutaten in einen Mixer. Ein großer Schuss natives andalusisches *Olivenöl* und ein Schuss *Fino Tio Pepe* – trockener Sherry aus Jerez, *eine Prise Salz, ein Hauch Pfeffer*, und noch ein *Schuss Wasser* für die perfekte Konsistenz und die Gazpacho war bereit, um im Kühlschrank auf die richtige Temperatur gebracht zu werden. Es gab einfach nichts Besseres im Sommer!

Da Rafa schon jetzt Hunger verspürte, goss er sich eine kleine Schüssel davon mit zwei Eiswürfeln ein und garnierte sie mit fein gehackter Paprika und Zwiebel und frischem Koriander. Er nahm die Schale und ein Glas mit eiskaltem, bernsteinfarbenem Fino mit hoch auf die Dachterrasse seines Hauses. Die Sonne ließ die Wellen des Atlantiks glitzern, während er jeden Löffel der erfrischenden Gazpacho genoss und dem Rauschen des Meeres lauschte. Die Dachterrasse bot einen Blick auf die weiten Horizonte, die Unendlichkeit des Ozeans, die das Gefühl der Freiheit in ihm weckten.

Nach dem Essen nickte er nach den Strapazen des Tages kurz weg, von den Sonnenstrahlen gewärmt und mit dem

Geschmack des Südens auf den Lippen, bis ihn das Klingeln seines iPhones weckte. Es war Ute Schilling.

„Hola, Señora Schilling. Ich hätte mich auch gleich bei Ihnen gemeldet."

„Hola, haben Sie schon irgendetwas für mich? Sie haben doch gesagt, Sie halten mich immer auf dem Laufenden."

„Verzeihen Sie, natürlich. Ich war seit unserem Treffen gestern Morgen durchgängig im Einsatz, das können Sie mir glauben. Leider habe ich noch keine guten Nachrichten."

Rafa berichtete ausführlich von den Ermittlungen in Sotogrande und Algeciras, von den Hinweisen auf den Untergang des Segelbootes, dem Funkspruch, den abgefackelten Wohnungen und dem Besuch beim Arbeitgeber.

„Wir müssen also die Möglichkeit in Betracht ziehen, dass Ihr Ex-Mann entweder sich und die Kinder getö... äh ... also, dass er allem ein Ende gesetzt hat, oder aber der Untergang der Yacht ist ein Täuschungsmanöver und er hat sich abgesetzt.

Haben Sie noch irgendeine Idee, wo wir suchen könnten? Hatte er Freunde hier in Spanien, wo er sich verstecken könnte oder die etwas wissen könnten? Gab es irgendwen in Marokko, zu dem er einen so engen Draht hatte, dass derjenige das mit ihm durchziehen würde?"

„Er war ziemlich familienverbunden. Nicht so wie Sie und ich uns das vorstellen. Blut war für ihn viel dicker als Wasser. Er war sehr eng mit seinem großen Bruder Jamal, sein anderer Bruder und die Schwestern stachen nicht so hervor. Und die Eltern? Das sind erzkonservative alte Leute, nicht nett zu mir, aber nicht boshaft. Denen würde ich das nicht zutrauen."

„Und hier in Spanien?"

„Er war ein Workaholic. Hatte nur Zeit für die Firma. Zumindest habe ich ihm immer geglaubt, dass er fünf bis sechs Tage die Woche lange arbeiten und abends Kunden ausführen musste, wer weiß wohin. Ich frage mich mittlerweile, ob ich ihn überhaupt gekannt habe."

„Ja, wen kennen wir schon wirklich? Selbst wenn man Jahre zusammen verbracht hat, wundert man sich plötzlich. Das kann ich verstehen. Aber mir scheint, ich sollte mir diesen Jamal einmal genauer ansehen. Wo wohnt er? Haben Sie eine Adresse?"

„Soweit ich weiß, lebt er noch in Marrakesch, wie die Eltern von Hamza. Er betreibt dort ein Hotel, wir haben ihn im Sommer vor zwei Jahren einmal besucht. Ich suche Ihnen den Namen des Hotels raus. "

„Perfekt, ich melde mich in den nächsten Tagen. Halten Sie durch", sagte Rafa.

Während seiner Zeit bei der Guardia Civils *Unidad de Acción Rápida* (UAR) war er an verschiedenen Einsätzen in Afrika beteiligt gewesen, insbesondere im Rahmen internationaler Missionen zur Terrorismusbekämpfung, zum Beispiel in Mali, wo die UAR die UN-Truppen der MINUSMA bei der Bekämpfung von Aufständen und terroristischen Bedrohungen unterstützte. Auch war er zweimal in der Sahelregion dabei. Er hatte dabei eine Ausbildung zum Kampftaucher und im Nahkampf erhalten. Auf einige Dinge, die dort geschehen waren, war er nicht stolz, aber alles war immer im besten Interesse Spaniens gewesen. *Todo por la patria* – Alles für das Vaterland.

Schlimmer war, dass er damals nicht zu Hause gewesen war. Während er in Afrika Terroristen bekämpft hatte, war seine Familie von gierigen Immobilienspekulanten ermordet worden, damit diese *noch ein* Hotel in Conil bauen konnten. Er wollte seine Heimat beschützen und hatte seine Familie im Stich gelassen. Das würde er sich nie verzeihen. Seine Eltern hatten es auch nicht getan und eigentlich hatten sie recht.

Ein seltsamer Gedanke kam in ihm hoch: Wenn die Familie eines Guardia Civil getötet und sein Haus abgefackelt wird, arbeiten die Kollegen eigentlich doppelt präzise. Daniela Leona hatte den Brandanschlag damals gestanden. Warum hatten seine Kollegen keine Hinweise auf das Verbrechen gefunden?

Der Einsatz eines Brandbeschleunigers lässt sich doch nachweisen. Gab es damals vielleicht Mitwisser? Er musste sich nach seiner Rückkehr nach Spanien als Erstes die Akten von damals besorgen und nachsehen, wer ermittelt hatte und was übersehen worden war.

## Kapitel 19

### Unbekannter Ort – Mittwoch, 19. Juli

Die Hitze lastete auf den kleinen Körpern von Alba und Álvaro, während sie in dem stickigen Raum gefangen waren. Der Lehmboden unter ihnen fühlte sich an wie glühende Kohlen, und die dünnen Wände des Hauses boten kaum Schutz vor der brennenden Sonne.

Alba versuchte, mutig zu sein und ihren jüngeren Bruder Álvaro zu beruhigen, obwohl sie selbst vor Angst ganz üble Bauchschmerzen hatte. „Es wird alles gut, Álvaro", flüsterte sie mit zitternder Stimme. „Wir müssen nur geduldig sein und darauf warten, dass jemand kommt, um uns zu retten."

Álvaro klammerte sich an seine Schwester, seine kleinen Hände zitterten vor Furcht. Die beiden Kinder spähten durch das zugemauerte Fenster, das nur einen winzigen Einblick in die Welt außerhalb des Gefängnisses aus Lehm bot. Eine staubige Straße erstreckte sich vor ihnen, als zwei ungepflegte Gestalten in zerrissenen Klamotten vorbeischlurften, ihre Worte in einer fremden Sprache, die die Kinder nicht verstanden.

Alba presste ihre kleinen Hände gegen das Fenster, als ob sie durch die festen Wände hindurchgleiten könnte, wenn sie es sich nur fest genug wünschte. Tränen sammelten sich in ihren Augen, aber sie zwang sich, stark zu bleiben. sie durften die Hoffnung nicht verlieren.

Die Stimme von einem der Männer drang gedämpft von draußen durch die Wände. Alba und Álvaro lauschten angestrengt, obwohl sie kein Wort verstanden. Ihre Fantasie malte düstere Bilder, wer diese Männer sein könnten und was sie mit ihnen vorhatten.

Ein stechender Schmerz in Albas Magen erinnerte sie daran, dass sie seit Stunden nichts gegessen hatten. Sie schluckte den Kloß in ihrem Hals hinunter und versuchte, sich darauf zu konzentrieren, ihren Bruder zu beruhigen. „Bald wird Mama kommen und uns hier herausholen. Ganz bestimmt."

Álvaro nickte, aber seine Augen füllten sich erneut mit Tränen. Die Unsicherheit und die Angst lasteten schwer auf den erschöpften Geschwistern, aber noch waren sie nicht bereit aufzugeben.

## Kapitel 20

### Marrakesch – Donnerstag, 20. Juli

Ryanair-Chef O'Leary schimpfte über die Shitshow bei seinem Lieblingsflugzeugbauer Boeing, der gerade mit Qualitätsmängeln zu kämpfen hatte, und dünnte aufgrund der Verspätungen bei Flugzeugbestellungen weniger nachgefragte Strecken aus, so auch die Strecke von Málaga nach Marrakesch.

Rafas Mitleid für den irischen Wüterich hielt sich in Grenzen. Er flog heute mit Iberia von Jerez nach Marrakesch. Der 55-minütige Zwischenstopp in Madrid erwies sich als knapp, aber machbar, obwohl er in Madrid zum Terminal 4s einen weiten Weg inklusive Fahrt mit der Flughafenbahn zu bewältigen hatte und durch die Passkontrolle musste. Pünktlich um 15:50 Uhr hob der Airbus A-321 Neo in nordöstlicher Richtung ab.

Der Pilot grüßte aus dem Cockpit. Er stellte sich als Juán Delgado vor, berichtete von angenehmen 32 Grad in Marrakesch und bereitete die Passagiere auf einen entspannten Flug vor.

Rafa hatte Appetit und suchte nach der Menükarte, die Iberia in den neuen Fliegern leider abgeschafft hatte. Er sollte den QR-Code am Sitz vor sich scannen, wozu er aber keinerlei Lust verspürte. Digitalisierung und Nachhaltigkeit konnten auch nervig sein. Er kannte das Menü ohnehin auswendig und hoffte einfach, dass es sich nicht seit seinem letzten Flug geändert hatte.

Er hatte die Wahl zwischen einem erstaunlich guten *Sándwich de jamón*, einem *Sandwich vegetal con queso* und einem Hotdog.

Das Schinkenbaguette überzeugte mit fluffigem und erstaunlich frischem Brot, ausreichend leckerem, iberischen Schinken und einem Tropfen spanischen Olivenöls. Das Salat-Käsebaguette war ebenfalls lecker und dazu vielleicht noch gesund. Ein Sandwich in der Kombi mit einer Dose Cola, *Cerveza Alhambra* oder *Mahou cinco estrellas* für faire EUR 9,95 waren ein akzeptabler Deal heutzutage.

Den Hotdog hingegen bestellten seiner Meinung nach nur Wahnsinnige. Die zu groß geratene, halbwarme und obszön aussehende Wurst steckte in einem zu kleinen süßen Brötchen und wurde von Ketchup, neongelbem Senf und Gurken ertränkt. Es war nahezu unmöglich, den Gummipimmel herunterzuwürgen, ohne sich mit den diversen Soßen einzusauen, und danach fühlte man sich sicher wie eine Mastgans.

Glaubte er jedenfalls oder hatte ein Freund mal berichtet. Oder woher wusste er das eigentlich so genau? War er selbst einmal schwach geworden? Egal. Er würde den Fehler jedenfalls nicht wiederholen.

Rafa einigte sich mit sich selbst auf ein Salatsandwich und eine Cola. Das war die vernünftigste Wahl.

Als die freundliche Stewardess mit den langen schwarzen Haaren und dem übergroßen Haarreif im Manga-Stil vor ihm stand, hörte er sich selbst wie ferngesteuert ein Schinkenbaguette und ein Alhambra-Bier bestellen. Verdammt. Die guten Vorsätze waren wieder dahin.

Während er den Kopf über seine eigene Sturheit schüttelte, blickte er von seinem Platz auf Sitz 9A durchs Fenster hinunter und bemerkte, dass die Maschine gerade exakt die Küstenlinie von Barbate, Conil und Tarifa auf die Meerenge von Gibraltar entlangflog. Die weißen Strände und die riesigen Dünen von Bolonia und Tarifa leuchteten unübersehbar und wunderschön im Kontrast zum tiefblau glitzernden Meer. Ein wunderbarer und seltsam idyllischer Anblick, der so gar nicht dazu passen wollte, dass dort unten Abertausende Flüchtlinge auf dem Meeresboden lagen, ertrunken, von Schleppern über Bord geworfen und von Haien zerfetzt, dass dort jeden Tag Drogenschmuggler tonnenweise ihr todbringendes Gift nach Europa schafften und immer skrupelloser gegen Konkurrenten und auch gegen die Polizei vorgingen. Und nun waren dort auch noch zwei unschuldige Kinder verschwunden. Hatten sie die gefährliche Überfahrt in einem kleinen Segelboot überlebt oder würden die schlimmsten Albträume der Mutter wahr werden und ihre kleinen Körper lagen dort unten auf dem Meeresgrund?

Die Manga-Stewardess riss ihn aus seinen Gedanken, als sie sein Essen brachte. Das Schinkenbaguette schmeckte in der Tat so gut, wie er es in Erinnerung hatte, und wer wusste, wann er solche Köstlichkeiten wieder bekommen würde. Marokko war nicht gerade als Paradies für Schweinefleischgerichte und Bierliebhaber bekannt.

Er verzehrte das Essen mit Genuss und hing seinen Gedanken nach, bis ihn die Durchsage des Piloten aus seinen Gedanken riss. Sie würden gleich landen: elektrische Geräte ausschalten, Blenden hoch, anschnallen, Waschräume nicht mehr aufsuchen – bla bla bla.

Was erwartete ihn an seinem Ziel? Marrakesch war neu für ihn, er war noch nie dort gewesen. Er kannte in Marokko nur die Hafenstadt Tanger auf der anderen Seite der Meerenge und die Hauptstadt Rabat.

Die Berbermetropole Marrakesch am Fuß des Atlasgebirges war bekannt für ihre weitverzweigte Altstadt, die Medina, die eine Fülle von historischen Sehenswürdigkeiten, traditionellen *Souks* – Märkten –, Moscheen und Palästen beherbergte. Der zentrale Platz der Medina, der *Djemaa el Fna*, war als riesiges Gewusel aus Händlern, Akrobaten, Schlangenbeschwörern und Musikern bekannt. Bei dem Gedanken, in diesem Chaos die Kinder finden zu wollen, lief ihm ein Schauer über den Rücken.

## Kapitel 21

### Marrakesch – Donnerstag, 20. Juli

Der Flughafen Marrakesch-Menara gefiel Rafa auf Anhieb. Die weiß-goldene Fassade, die hohen Decken und die zahlreichen Mosaike und arabischen Muster verliehen ihm ein modernes und elegantes, aber doch traditionelles Flair. Dieser Flughafen stellte große spanische Airports wie Madrid, Málaga oder Palma in den Schatten.

Das Laufband war kaputt, aber nach fünf Minuten Gehweg erreichte er die Passkontrolle. Der Beamte hinter Glas hatte zwei Fragen für ihn, die er ihm laut hörbar auf Englisch entgegenbrüllte, während er sich stirnrunzelnd die diversen Stempel in Rafas Pass ansah: *„1) What's your hotel? 2) What's your job?"*

Die erste Frage war einfach zu beantworten: *„I'm staying in the Marrakesch Rose Garden."* Rafa hatte sich für drei Nächte in das Hotel des Bruders von Hamza Al Azzouzi einquartiert. Die Unterkunft war eine Art Kongresshotel mit großer, von Palmen gesäumter Poollandschaft, Rosenvorgarten und 384 Zimmern. Es lag am Rande der Altstadt von Marrakesch.

Die zweite Frage war schwieriger zu beantworten. Was sollte er sagen? *Ich bin ein ehemaliger Bulle, der Undercover unterwegs ist, um von ihrem marokkanischen Vater, dessen Bruder Hotelmanager in Marrakesch ist, entführte Kinder zurück nach Spanien zu bringen?*

*„I'm a Sales man!"* Die Antwort reichte dem Beamten, er stempelte den Pass und winkte Rafa durch.

Hinter der Einreisekontrolle befanden sich die Gepäckbänder. Sein Koffer drehte bereits Runden auf Band drei. Da er nicht in offizieller Mission unterwegs war und keine Dienstmarke mehr hatte, wartete seine Desert Eagle währenddessen in Conil im Tresor auf ihn. Das mulmige Gefühl, seine Waffe in den nächsten Tagen schmerzlich zu vermissen, stieg in ihm hoch.

# Kapitel 22

## Marrakesch – Donnerstag, 20. Juli

Rafa trat auf den geschäftigen Vorplatz des Flughafens von Marrakesch. Er hatte mehr Chaos erwartet. Aber es wirkte alles perfekt geordnet. Trotzdem war er unruhig. Er wusste, warum er hier war: Álvaro und Alba – zwei Kinder, die spurlos verschwunden waren. Das verzweifelte Gesicht der Mutter würde ihn auch weiterhin nicht ruhen lassen. Jetzt war er hier, um sie zu finden. Vielleicht war er den Kindern sogar schon sehr nah.

Ein Taxi brachte ihn durch die belebten Straßen von Marrakesch zum Hotel Marrakesch Rose Garden. Das große Kongresshotel am Rande der Medina wirkte im einfallenden Abendlicht elegant, ohne ungemütlich zu sein. Es war ein Ort, an dem Geschäftsleute und Touristen gleichermaßen verkehrten.

Rafa checkte für drei Nächte ein. An der Rezeption bat er um einen Termin mit dem Manager. Die Rezeptionistin, die laut Namensschild Fatima hieß und sich als die Schwester des Managers Jamal herausstellte, fragte nach seinem Anliegen. Rafa gab vor, ein Tourismusmanager zu sein, der Golfreisen an der Costa del Sol organisierte und nun nach Marrakesch expandieren wollte, um seinen Kunden etwas Neues anzubieten. Er hoffe auf eine Zusammenarbeit mit dem Hotel und würde, passende Konditionen vorausgesetzt, gerne Kontingente für seine Golfkunden reservieren.

Die Rezeptionistin ging in Richtung eines Raums hinter dem Empfang und sprach auf Französisch mit einem Mann, den Rafa nicht sehen konnte.

*„Jamal, il y a un type qui dit être organisateur de tournées de golf à la coste del sol. Il veut s'étendre à Marrakech et te parler d'une collaboration et de contingents de chambres. As-tu du temps pour lui? Demain peut-être?"*[4]

Der Mann antwortete: *„Demain, je pars en excursion dans le désert à 5.30 heures, tu sais. Dis-lui que j'aimerais le rencontrer dans l'après-midi. Vers 15 heures, d'accord?"*[5]

Die junge Dame kam zurück und bot Rafa ein Treffen für 15 Uhr am nächsten Tag an. Er willigte ein und bat noch um einen Mietwagen für den morgigen Tag. Er bekam den Schlüssel für einen weißen Jeep Renegade in die Hand gedrückt, der auf dem Hotelparkplatz stand.

Für heute war alles gut gelaufen. Bevor er weiter nach Antworten suchte, brachte er sein Gepäck auf das Zimmer und gönnte sich einen Moment der Ruhe. Er bestellte einen Rindfleischburger an der Poolbar und ließ sich ein eiskaltes Alhambra-Bier in einer braunen Glasflasche für umgerechnet 8,50 Euro geben. Es gab hier also immerhin in Luxushotels Bier. Das schmackhafte handgeformte Burger-Patty war mit reichlich gehackter, glatter Petersilie gewürzt, ungewöhnlich, aber lecker. Ein sehr guter Burger, der schnell verspeist war. Die Gedanken wirbelten in seinem Kopf, er

---

[4] Jamal, hier ist ein Typ, der sagt, er sei Organisator von Golftouren an der Costa del Sol. Er will nach Marrakesch expandieren und mit dir über eine Zusammenarbeit und Zimmerkontingente reden. Hast du Zeit für ihn? Morgen vielleicht?
[5] Morgen mache ich um 5:30 den Ausflug in die Wüste, du weißt doch. Sag ihm, ich treffe ihn gerne am Nachmittag. Zum Beispiel um 15 Uhr, okay?

rauchte einen Zigarillo, während sein Blick unauffällig über den Poolbereich glitt.

Schräg rechts vor ihm räkelten sich zwei Schönheiten auf einem Daybed in der Sonne. Ihren überlauten Gesprächen konnte er ihre Namen entnehmen. Sie nannten sich Sam und Natascha. Dunkles Haar, braungebrannte Haut, sexy Bikinis, die so knapp waren, dass Rafa vermutete, sie hätten in den 80ern als Stirnbänder durchgehen können.

Er nippte wieder an seinem Bier und versuchte professionell zu wirken, was schwer war, wenn man einen Anblick wie diesen vor sich hatte. Sam, die auf dem Bauch lag, bewegte sich und streckte sich, als hätte sie gerade einen anstrengenden Yoga-Kurs hinter sich. Natascha dagegen schien tief in Gedanken versunken – oder sie meditierte über die richtige Pflege von Haarspitzen, dachte Rafa. Man konnte nie wissen.

„Der Typ da drüben starrt uns an", sagte Sam plötzlich – gerade so laut, dass Rafa sie hören konnte – und blinzelte über ihre Sonnenbrille in seine Richtung.

„Welcher Typ?" Natascha hob nur leicht den Kopf. „Der mit dem leeren Bier? Ach, komm schon. Der sieht aus, als würde er gleich ein Buch über seine Gefühle schreiben."

„Vielleicht ist er ein Schriftsteller oder so was", sagte Sam nun, als hätte sie plötzlich Interesse an dem Thema gefunden. „Oder ein Künstler. Künstler sind immer so … introvertiert und mysteriös. Ich steh total auf Künstler."

Natascha drehte sich auf die Seite und musterte ihn prüfend.

„Nee, ich wette, der ist Privatdetektiv."

Rafa zuckte innerlich zusammen. *Mist. Die haben mich durchschaut.*

„Privatdetektiv? Echt jetzt?" Sam lachte. „Und was will er hier aufklären? Wer die Sonnenliege zu lange blockiert?" Sam kicherte.

Rafa beschloss, dass es an der Zeit war, einzugreifen, bevor die beiden eine Theorie entwickelten, die ihn in einen irren Fall von gestohlenem Badetuch verwickelte. Er stand auf, straffte seine Schultern und ging langsam in Richtung der beiden.

„Entschuldigung, die Damen", sagte er. „Ich konnte nicht umhin, eurem Gespräch zu lauschen. Ich bin tatsächlich Privatdetektiv."

Die beiden sahen ihn überrascht an, bevor sie gleichzeitig in schallendes Gelächter ausbrachen.

„Na klar", sagte Natascha und tippte sich an die Sonnenbrille.

„Und ich bin die Königin von Marokko."

Rafa setzte sein Pokerface auf. „Eure Hoheit, Ihr habt sicher nichts dagegen, wenn ich mich jetzt zurückziehe."

Es war ohnehin schon 23 Uhr und Rafa machte sich müde auf den Weg ins Bett. Er bestellte nur noch ein letztes Bier an der Poolbar. Der Barkeeper schaute ihn traurig an und teilte mit, dass er leergetrunken worden sei und heute kein Bier mehr hätte. Rafas Blick ging nach links zu einer der zahlreichen von unten angestrahlten Palmen.

Ein gutaussehender, dunkelblonder Mann Anfang 60 mit Pranken wie ein Bär stand auf einem Stuhl und klemmte gerade eine Bluetooth-Box in den Baum, was Rafa verwunderte, da das Hotel ja anscheinend Nachtruhe verordnen wollte. An der Bar lehnte ein Kerl wie ein Baum, etwa Mitte 40, mit Drei-Tage-Bart, Glatze und einem blauen Fußball-Trikot – Schalke? –, der sich die gesamten Bierreserven der Poolbar, gut und gerne 70 Flaschen von drei verschiedenen Marken, gesichert hatte. Die Flaschen standen fein sortiert auf einem Tisch vor ihm. Der Typ in der Palme rief zu seinem Kumpel rüber: „Gib Gas, Ötte!", woraufhin dieser auf seinem Handy auf Play drückte. Laute Musik drang aus dem Lautsprecher „Wir sagen: Daaaaaaaaaaaaaaaaaaaanke schön – 40 Jahre die Flippers."

„Sauber, Tommy!", rief der Hüne neben ihm. Der Barkeeper ließ kopfschüttelnd das Rollo an der Poolbar hinunter und machte Feierabend. Vom Knall des heruntergelassenen Rollos aufgeschreckt, rannte ein Typ Anfang 50 herbei, der aussah wie Käpt'n Iglo mit roten Haaren. Er bettelte um einen letzten Aperol Spritz, bekam aber eine Abfuhr: *„Tomorrow, Sir, tomorrow."* Ohne zu fragen, schnappte er sich zwei Biere aus dem Vorrat des Schalkers und ging zu einem kleinen Typen mit Militärschnitt herüber, den er als Rolle bezeichnete.

Rafa beobachtete die Szene und schaute fragend zu seinem Nebenmann, der die Situation schnell begriff: *„One beer for you too, my friend? Here have one on me ..."* Freundlich waren sie ja, die Deutschen, aber ihr Musikgeschmack ... der war schwer zu ertragen.

Rafa nickte dankend und verabschiedete sich auf sein Zimmer. Seine letzte Amtshandlung war ein kurzer Smalltalk mit einem freundlichen Herrn aus Irland, dann ging es sofort ins Bett. Er musste morgen früh raus. Er hatte sich den Wecker seines iPhones auf 5 Uhr gestellt, aber wie üblich wachte er von selbst kurz davor auf.

Nach dem Aufwachen war sein Kopf voller Gedanken. Was hatte Jamal vor? Warum fuhr er vor der Arbeit so früh los? Wohin ging sein Ausflug? Zum Versteck der Kinder? Wollte er nicht gesehen werden? Das würde die frühe Uhrzeit erklären. Er war entschlossen, die Kinder zu finden – koste es, was es wolle.

Er machte sich einen Kaffee mit heißem Wasser und Instant-Pulver im geräumigen Hotelzimmer und ging dann durch die langen Flure und die Lobby zum Parkplatz und setzte sich in den Jeep. Die Wartezeit, bis Jamal erschien, überbrückte er mit leiser Musik aus seinem Handy und startete das neue Album von Antonio José: *„Te llevo pensando todo el dia. Te voy a dar la noche perfecta* – Ich denke schon den ganzen Tag an dich, ich werde dir die perfekte Nacht schenken. Von wegen, diese Nacht war nicht perfekt. Sie war viel zu kurz. Das Fenster geöffnet, aschte er raus auf den Boden. In der stockfinsteren Dunkelheit sah man nur den roten Punkt des brennenden Zigarillos im Wageninnern.

Pünktlich um 5:30 Uhr erschien ein Minibus, der Jamal und mehrere andere Personen abholte. Rafa startete den Motor und folgte dem Bus durch die leeren Straßen der marokkanischen Metropole. Anfangs waren noch einzelne Fahrzeuge zu sehen, dann ging es immer weiter aus der Stadt hinaus und er ließ sich weiter zurückfallen. Es war schwer, unerkannt zu bleiben. Dafür war viel zu wenig los, aber er konnte jetzt auch nicht aufgeben, er musste es riskieren. Er war vielleicht so nah dran.

Nach einer Dreiviertelstunde fuhr der Bus in ein Wüstencamp: ein kleines, einstöckiges Lehmgebäude in der

Mitte, darum verteilt Olivenbäume und ein Schotterparkplatz. Die Menschen stiegen aus dem Bus. Hinter Rafa kam ein zweiter Bus auf das Gelände gefahren. Aus dem Lehmhaus kamen Menschen mit Tee- und Kaffeekannen und bauten ein einfaches Frühstück auf. Was war das hier?

Rafa stieg aus und wurde wie alle anderen freundlich begrüßt. Er trank einen Apfeltee und wurde gefragt, ob er bereits gezahlt habe. Er verneinte und zückte sein iPhone. Zwei Mal auf die rechte Taste gedrückt und das Kartenlesegerät buchte 140 Euro ab. Die Preise hier wurden anscheinend in Euro berechnet, sonst wären sie nicht so glatt. Er hatte immer noch keine Ahnung, was hier und jetzt abgehen würde. Kamelreiten in der Wüste? Quadfahren?

Nach wenigen Minuten kam ein junger Kerl mit kurzgeschorenem Haar und wies alle an, in die Busse zu steigen.

Nach sehr kurzer Fahrt wurden sie inmitten der stockdunklen Wüste herausgelassen und in Gruppen von zehn eingeteilt. Rafa versuchte Jamal dicht auf den Fersen zu bleiben. Vor sich sah er einen rechteckigen Weidenkorb stehen und Menschen hektisch umherrennen. Die Körbe waren mit großen Tauen an Pick-ups befestigt.

Plötzlich wurde die Stille durch ein lautes Grollen unterbrochen. Ein Gasbrenner wurde angeworfen und in der dunklen Nach strömte heiße Luft in einen roten Heißluftballon. Danach kam das Geräusch aus allen Richtungen. Es mussten über 100 Ballons sein, die nun gleichzeitig gestartet wurden. Gelbe, orangefarbene, rote und pinke Ballons begannen sich zu füllen und waren das einzig Sichtbare in der stockfinsteren Nacht in der Wüste.

Schon kam der Befehl, in den geflochtenen Weidenkorb unter dem Ballon zu klettern. Rafa stand am Rand des Korbs, seine Hände fest um das Geflecht gelegt, während der Ballon langsam bis auf 1.200 Meter in die Höhe stieg. Die ersten Strahlen der Morgensonne brachen am Horizont hervor, tauchten die Erde in goldene, rote und orangefarbene Töne, als würde das Land unter seinen Augen zu neuem Leben erwachen. Unter ihm erstreckte sich die unendliche Weite der Wüste, ein Ozean aus Sand, der in sanften Dünen und steinernen Erhebungen vor ihm lag.

Rafas Herz schlug schneller, als der Ballon lautlos über die Wüste glitt, nur das leise Fauchen der Flammen durchbrach gelegentlich die Stille. Es war, als würde er für einen Moment alles hinter sich lassen, alle Sorgen, alle Erinnerungen – nur die endlose Weite des Himmels und der Sand unter ihm. Marrakesch lag weit entfernt im Dunst, eine flimmernde Silhouette am Horizont, und hinter ihm erhoben sich die schneebedeckten Gipfel des Atlasgebirges, kühn und erhaben.

Er spürte die Freiheit mit jeder Faser seines Körpers, spürte den Atem des Windes, der ihn trug, und die unendliche Leere, die dennoch vor Schönheit und Geheimnis überquoll. Für eine Stunde war er eins mit dem Himmel und der Erde, schwebte über einer Welt, die sich so fremd und doch so vertraut anfühlte.

Der Ballon trug ihn durch die aufgehende Sonne, durch ein Meer aus Farben und Schatten, die in ständiger Bewegung waren, so lebendig wie das Schlagen seines eigenen Herzens.

Nach einer Stunde stand die Landung an. Die Ballons waren über dem Boden noch gut 30 km/h schnell und sausten in wenigen Metern über die Geröllwüste. Unter ihnen waren

Kinder zu sehen, die Ziegen hüteten und den Ballons nachjagten und wohl auf ein paar Münzen von den Touristen hofften. Unverdorbene Kinder, die sich nicht trauten, den Fremden zu nahe zu kommen, und doch auf ein paar Almosen spekulierten.

Als der Ballonfahrer den Befahl gab, sich hinzuhocken und gut an den roten Tauen im Korb festzuhalten, wurde es aufregend. Dann rummste es laut und der Korb samt Passagieren kippte auf die Seite und die überglücklichen Touristen kletterten heraus und wurden zu den Autos gebracht, die sie zurückbringen sollten.

Es war ein unvergesslicher und unerwarteter Verlauf des Vormittags gewesen. Leider hatte ihn sein Ausflug seinem Ziel, die Kinder zu finden, kein Stück nähergebracht. Müde von dem wenigen Schlaf genehmigte Rafa sich eine kurze *Siesta* vor seinem Meeting mit Jamal Al Azzouzi um 15 Uhr.

Er wurde wieder von Albträumen geplagt. In seinem Traum saß er vor Jamal und wollte etwas sagen, aber als er sprechen wollte, fielen ihm auf einmal die Zähne aus. Er stammelte und verschluckte sich an ihnen, bekam keine Luft. Da kamen plötzlich seine beiden toten Kinder aus der Dunkelheit und klopften ihm auf den Rücken und strichen über seine Haare. Schweißgebadet wachte er auf.

13:57 Uhr. Noch eine Stunde.

## Kapitel 23

### Marrakesch – Freitag, 21. Juli

Pünktlich um 15 Uhr klopfte Rafa an die Tür des Büros des Hotelmanagers. Die Luft roch nach exotischen Blumen, der Raum war schlicht, aber elegant im arabischen Stil eingerichtet. Rafa setzte sich in den schweren Ledersessel und trug sein angebliches Anliegen vor.

„Es freut mich, Sie kennenzulernen. Mein Name ist Rafa González. Als Tourismusmanager bin ich ständig auf der Suche nach neuen Partnerschaften", begann Rafa. „Ich organisiere Golftouren an der Costa del Sol in Andalusien und möchte nun auch hier in Marrakesch expandieren. Ich denke, eine Zusammenarbeit mit Ihrem wunderschönen Hotel könnte für beide Seiten sehr vorteilhaft sein."

Jamal, ein Mann von beeindruckender Statur, lauschte aufmerksam. „Golftouristen sind sicherlich eine interessante Zielgruppe", stimmte er zu. „Bisher haben wir uns jedoch nicht speziell um solche Gäste gekümmert."

Rafa nickte verständnisvoll und begann, die Vorteile von Golfern zu erläutern. „Sie sind in der Regel zahlungskräftig und bereit, für gute Dienstleistungen auch viel Geld auszugeben. Unter drei Runden Bier und einem guten Steak nach der Runde machen die es eigentlich nie", sagte Rafa lachend. „Nach einer aktuellen Studie ist Spanien mit rund 1,2 Millionen Golftouristen das Reiseziel Nummer eins für den internationalen Golftourismus. Die Hauptquelle dieser Touristen ist das Vereinigte Königreich, gefolgt von Deutschland, Schweden und Frankreich. Der durchschnittliche Aufenthalt der Golfer beträgt 11,9 Tage, verglichen mit den 7,4 Tagen, die der normale Tourist in Spanien verbringt. Marokko ist unser Nachbarland und nach dem Bau der zahlreichen neuen Plätze der logische nächste Golf Hotspot."

Jamal sah Rafa prüfend an und beschloss, seine Kenntnisse zu testen. „Welche Golfplätze in Andalusien sind, denn besonders beliebt? Und welche würden Sie hier in Marrakesch empfehlen?"

„Uns in Spanien ist nicht entgangen, dass hier um Marrakesch in den letzten Jahren 13 tolle Golfplätze entstanden sind. *Assoufid, Al Maade, Noria, Samanah* und *The Montgomier* müssen sich wahrlich auf internationalem Parkett nicht verstecken. Marokko hat unglaublich aufgeholt und wahre Kleinode geschaffen. Und das sage ich, der von der anderen Seite des Mittelmeers aus dem Land von legendären Golfspielern wie Seve Ballesteros, Jon Rahm und Sergio García stammt. Aus dem Land, in dem einige der prestigeträchtigsten Golfplätze der Welt wie *Valderrama, Finca Cortesin, Real Las Brisas, Sotogrande, PGA Catalunya, Alcanada* und andere beheimatet sind." Rafas Antworten schienen Jamal zufriedenzustellen, denn er lächelte anerkennend.

Nachdem sie über Zimmerpreise und mögliche Kooperationsmöglichkeiten gesprochen hatten, entschieden sie sich, in Kontakt zu bleiben. Rafa überreichte eine gut gefälschte Visitenkarte, die ihn als Chef des angeblichen Unternehmens Golf-Travel-Spain auswies. Er hatte sich nicht die Mühe gemacht, sich eines falschen Namens zu bedienen. In Spanien hieß jeder Dritte González.

Als Rafa kurz darauf das Büro verließ, spürte er eine Mischung aus Erleichterung und Enttäuschung. Das

Kennenlernen war erfolgreich verlaufen, Jamal vertraute ihm nun ein wenig. Rafa musste geduldig sein. Er hatte gehofft, die Kinder schnell zu finden, aber eigentlich war ihm klar, dass er nicht wirklich hatte, damit rechnen dürfen, die Kinder am ersten Tag sofort zu finden. Er müsste Jamal auf den Fersen bleiben und ihn die nächsten Tage beharrlich beschatten, bis er ihn zu Álvaro und Alba führen würde …

# Kapitel 24

## Marrakesch – Freitag, 21. Juli

Es war gegen 20:00 Uhr, als Jamal sich mit seiner Schwester von den Mitarbeitern am Hotelempfang verabschiedete und in ein Taxi stieg. Ohne zu zögern, folgte Rafa ihnen, indem er sich ebenfalls in ein wartendes Taxi setzte.

Die Fahrt durch die belebten Straßen von Marrakesch war nervenaufreibend, denn der Verkehr wurde dichter und halsbrecherischer, je näher sie dem Stadtzentrum kamen. Nach fünf Minuten erreichten sie die Altstadt, und Rafa konnte sehen, wie Jamal und seine Schwester aus dem Taxi stiegen. Am Haltepunkt fanden sich unzählige wild in den Boden gerammte Holzstäbe, an deren Ende rote marokkanische Flaggen mit grünem Pentagramm angebracht waren. Von dort führte ein gerader Weg zum zentralen Platz Djemaa el Fna – dem Platz der Gehängten. Der Gestank von Eselpisse begleitete die Fußgänger, denn am rechten Rand des Weges standen unzählige Eselkarren, die auf Touristen warteten, und die Esel pissten hier Tag ein und Tag aus auf den immer gleichen Asphalt.

Auf dem riesigen Platz wurde es langsam voller. Oben auf den Dachterrassen der Restaurants bestaunten unzählige Touristen das wilde Treiben aus sicherer Entfernung. Rafa folgte Jamal und seiner Schwester beharrlich durch die Menschenmenge, vorbei an Saftverkäufern, Gauklern und Schlangenbeschwörern. Es war sehr voll und unmöglich, Abstand zu den vielen zu Menschen halten. Ein sehr dichtes Gedränge. Er ging weiter und folgte ihnen über den Gewürzmarkt und den Goldmarkt in immer kleinere Gassen der Altstadt. Jegliche Orientierung hatte er längst verloren.

Während er ihnen unauffällig nachging, überkam ihn plötzlich ein Gefühl der Beklemmung. Er hatte das Gefühl, selbst verfolgt zu werden. Die verschleierten Gesichter der Frauen um ihn herum schienen böse Freude zu zeigen, und er spürte, wie die Gassen immer noch enger und enger wurden. Teilweise waren sie nicht mal mehr einen Meter breit. Der Geruch von exotischen Gewürzen und frischem Obst vermischte sich mit der Wärme des späten Nachmittags, während die Stimmen der Händler und Kunden ein lebhaftes Gemurmel bildeten. Geschäfte voller Antiquitäten wechselten sich ab mit Geschäften voller süßer Backwaren, Fußball-Trikots, goldener Lampen, bunter alter Türen, Teppiche. Alles gab es hier. Früher hätte er nach Fake-Fußball-Trikots der *Selección* – der spanischen Nationalmannschaft oder von Messi oder Haaland für seinen Sohn Ausschau gehalten. Die Menschenmassen schoben Rafa durch die engen Gassen, ob er wollte oder nicht.

Rafa bemühte sich trotz des Kuddelmuddels, die beiden Ziele im Auge zu behalten, ohne von ihnen bemerkt zu werden, während er ihnen durch das schier endlose Labyrinth aus engen Gassen folgte. Der süßliche Duft von Minze, Gewürzen und Holzfeuern mischte sich mit der Wärme, die die Steinmauern der Häuser ausstrahlten. Über ihm spannten sich schmale Streifen des Nachthimmels, wo unzählige Sterne wie winzige Funken glühten.

Die beiden Einheimischen gingen mit einer Selbstverständlichkeit durch die Gassen, die Rafa neidisch machte. Er wusste, dass er dabei war, sich hoffnungslos zu verirren, trotzdem ließ er sich tiefer und tiefer in das Herz der Medina ziehen.

Nach einer Viertelstunde öffnete sich der Weg plötzlich zu einem kleinen Platz. Vor ihnen erhob sich ein altes Gebäude, dessen schlichte rote Fassade kaum erahnen ließ, was sich dahinter verbarg. Das Schild „*Ksar El Hamra*" schimmerte dezent im Licht der Laternen. Die beiden Zielpersonen traten ein, und Rafa zögerte nur einen Moment, bevor er ihnen folgte.

Das Innere des Restaurants war ein kleines Paradies. Ein Patio mit mosaikverzierten Wänden öffnete sich vor ihm, beherrscht von einem majestätischen Springbrunnen, der leise murmelnd in der Mitte thronte. Die Luft war erfüllt vom Duft frischer Orangenblüten, die von den niedrigen Bäumen herabkamen, deren Äste sich wie ein schützendes Dach ausbreiteten. Hier war die Welt still und doch lebendig, wie ein verborgenes Juwel inmitten der Geschäftigkeit Marrakeschs.

Rafa setze sich in eine Ecke des Innenhofs und bestellte eine Chicken Tajine. Sein Essen wurde nach einiger Zeit in einem schweren Tontopf serviert. Die Kombination aus den zarten Aromen von Zitrone und Olive verschmolz mit der würzigen Tiefe des saftigen Hühnchens. Dazu trank er ein Casablanca Bier, das kühl und leicht prickelnd die perfekte Ergänzung war. 70 Dirham, etwa 7 Euro, erschien ihm in diesem Moment fast zu wenig für diese Erfahrung.

Während er aß, begann Musik zu spielen – ein sinnliches, langsames Trommeln, das sich wie ein Flüstern in die Gespräche der Gäste mischte. Eine Bauchtänzerin trat in den Patio, ihr schimmernd grünes Kostüm fing das sanfte Licht der Laternen ein. Ihre Bewegungen waren fließend, fast hypnotisch, und Rafa konnte sich nicht entscheiden, ob er der

Tanzenden zusehen oder den Glanz der Sterne über dem Patio bewundern sollte.

Die beiden Personen, die er verfolgte, beendeten ihr Essen und erhoben sich schließlich. Rafa ließ Geld auf dem Tisch zurück und folgte ihnen, als sie durch die schwere Holztür nach draußen verschwanden.

Die Nacht empfing ihn wieder, diesmal mit einem leichten Wind, der wie eine Einladung in der Luft lag. Die beiden verschwanden erneut in den verwinkelten Gassen, und Rafa folgte ihnen weiter, wie ein Schatten zwischen den Schatten als sich plötzlich von hinten eine bedrohliche Gestalt schnell auf ihn zubewegte. Instinktiv griff er nach seiner Pistole, doch zu seinem Entsetzen stellte er fest, dass er sie ja nicht dabeihatte.

Schon durchzuckte ihn ein stechender Schmerz im Rücken. Er wirbelte herum, um den Angreifer zu sehen, doch alles, was er wahrnahm, war ein Schatten, der sich schnell zwischen den Menschen verlor. Seine Beine gaben nach, und er sank auf die Knie, ihm schwand das Bewusstsein.

## Kapitel 25

## Marrakesch – Samstag, 22. Juli

Rafa öffnete langsam die Augen und spürte einen dumpfen Schmerz in seiner linken Seite hinten am Rücken. Sein Kopf pochte, als würde jemand gegen seine Schläfen trommeln. Die Erinnerungen an den gestrigen Vorfall in der belebten Medina von Marrakesch drängten sich in sein Bewusstsein: der blitzschnelle Angriff, der stechende Schmerz, die Ohnmacht.

Als seine Augen sich an das gedämpfte Licht gewöhnt hatten, sah er einen marokkanischen Polizisten am Fußende seines Bettes stehen, seinen Blick auf Rafa gerichtet, durchdringend und fragend zugleich.

*„Vous vous êtes enfin réveillé, Monsieur González?* – Sind Sie endlich aufgewacht, Herr González?", fragte der Polizist auf Französisch, während er sich näherte. Dann fuhr er in gebrochenem Spanisch fort: „Können Sie mir sagen, was gestern passiert ist?"

„Danke der Nachfrage, mir geht es einigermaßen gut. Mich interessiert vor allem, wo ich hier bin und wer Sie sind."

„Sie befinden sich im Universitätskrankenhaus *Ibn Tofail* in Marrakesch in der Obhut der Polizei seiner Majestät König Mohammed VI. Mein Name ist Mohammed Mansour. Und jetzt würde ich gerne von Ihnen wissen, warum ein Mitglied einer spanischen Sondereinheit hier in unserem beschaulichen Marrakesch niedergestochen wird!"

„Das kann ich Ihnen leider auch nicht sagen, ich habe den Täter nicht gesehen. Nur einen Schatten habe ich im Gewühl der Altstadtgassen wahrgenommen."

„Dann anders: Warum sind Sie hier? Bei der Einreise haben Sie angegeben, dass sie von Beruf *Salesman* sind. Im Hotel haben Sie sich als Tourismusmanager ausgegeben. Die Frage ist aber, was wollen Sie wirklich in Marrakesch? Sie sind doch nicht hier, um Golfreisen zu verkaufen!"

„Natürlich bin ich das. Sie sind nicht ganz auf dem Laufenden. Ich bin schon seit ein paar Jahren in Rente und was gibt es da Schöneres, als sich um den Golfsport zu kümmern und die aufregenden marokkanischen Plätze einer breiten Öffentlichkeit zugängig zu machen?"

„Ich mag es überhaupt nicht, verarscht zu werden. Natürlich weiß ich, dass Sie als Privatdetektiv arbeiten. Sie haben unsere Gastfreundschaft missbraucht und deshalb werde ich Sie in den nächsten Flieger nach Hause setzen."

Rafa gefiel die plötzliche Wendung des Gesprächs gar nicht. Er schaute überrascht und fragte: „Bei allem Respekt, ist das nicht ein bisschen überhastet? Bin ich überhaupt transportfähig?"

„Die Ärzte sagen, ja. Sie hatten unverschämtes Glück. Sie haben anscheinend eine Stahlplatte im Rücken, wo andere eine Wirbelsäule haben. Davon ist das Messer oder der Dolch oder was es war, in ihren Rückenmuskel abgerutscht und hat Sie nur relativ oberflächlich verletzt, aber leider eine Arterie erwischt. Wegen der Vielzahl der Menschen hatte der Angreifer wohl nicht den Mut, mehrfach zuzustechen. Sie haben aber viel Blut verloren. Die Ärzte haben Sie gestern operiert, aber Sie fliegen noch heute nach Hause."

„Dann hat meine alte Verletzung aus Algeciras wenigstens ein Gutes. Ich habe damals einen Drogendeal beobachtet und bin von einem Scharfschützen, der die Übergabe abgesichert hatte, abgeknallt worden", erklärte Rafa, um Sympathie zu schinden. „Hat lange gedauert, bis ich wieder laufen konnte."

„Sie sind ja ein echter Held", sagte der Polizist und applaudierte höhnisch. „Das wusste ich aber auch schon. Trotzdem geht es jetzt heim."

„Einverstanden. Ich habe eh noch eine köstliche Gazpacho im Kühlschrank und die Bierpreise hier sind mir auf Dauer viel zu hoch. Aber lassen Sie mich Ihnen vor meiner Abreise noch eine hypothetische Frage stellen: Angenommen ein marokkanischer Vater hätte seine beiden Kinder aus Spanien entführt und würde sie hier in Marrakesch verstecken, würden Sie mir helfen, die Kinder zu finden?"

„Erzählen Sie mir mehr darüber."

Rafa berichtete vom Verschwinden der Kinder, dass die verzweifelte Mutter das Sorgerecht hatte, und davon, dass er Hamza Al Azzouzi suche und das Umfeld seines Bruders in Marrakesch überprüfen wollte.

Der Beamte schüttelte wütend den Kopf. „Sie machen es nicht besser, *Monsieur*. Wenn die Kinder einen marokkanischen Elternteil haben, wie Sie sagen, dann sind sie automatisch marokkanische Staatsbürger, unabhängig davon, wo sie geboren wurden.

Dass ein spanisches Gericht der Mutter das alleinige Sorgerecht zugesprochen haben soll, mag für Spanien gelten. Hier in Marokko ist dieses Urteil erst einmal nichts wert. Wir erkennen ausländische Urteile nur an, wenn sie nicht gegen die öffentliche Ordnung oder grundlegende Prinzipien des marokkanischen Rechtssystems verstoßen. Marokko liefert seine Staatsbürger niemals aus, das wissen Sie vielleicht. Was Sie hier andeuten, ist also der Versuch, zwei marokkanische Staatsbürger zu entführen und ihrem Vater zu entziehen. Selbstverständlich werden wir Ihnen dabei nicht helfen, sondern das zu verhindern wissen.

Außerdem haben Sie sich völlig verrannt. Der Hoteldirektor, Jamal Benaissa, hat keinen Bruder mit dem Namen Hamza. Er heißt nicht mal Al Azzouzi. Die Familie Benaissa ist eine sehr einflussreiche Familie in Marokko mit besten Kontakten zu seiner Majestät, die in der Vergangenheit Außenminister und andere wichtige Positionen in unserem Staat besetzt hat.

Wie kommen Sie darauf, dass Monsieur Benaissa, der Sie nebenbei als Hotelgast identifiziert und durch sein beherztes Eingreifen und das schnelle Stillen der Blutung gerettet hat, einen Bruder hat? Wo haben Sie diesen Unfug her?"

„Das hat mir die Mutter der Kinder erzählt, sie hatte mit ihrem Mann Hamza vor zwei Jahren den Schwiegervater besucht und ist beim Bruder Jamal im Hotel abgestiegen."

„Das kann nicht sein, vielleicht überprüfen Sie lieber mal den geistigen Zustand Ihrer Auftraggeberin, als hier in Marrakesch Unruhe zu stiften. Dazu werden Sie bald Gelegenheit haben: Wir haben Sie auf die 15:05 Uhr Ryanair-Maschine nach Málaga gebucht. Ein Beamter wird Sie in den Flieger begleiten, damit Sie sich nicht aus Versehen verlaufen. Unser Wagen holt Sie um Punkt 12 Uhr ab. Ihre Sachen aus dem Hotel haben wir besorgen lassen, sie stehen dort in der Ecke. Vergessen Sie besser nichts, Sie werden nicht zurückkommen können, um es zu holen, denn Sie werden mit einem mehrjährigen Einreiseverbot belegt! *Adieu, Monsieur González.*"

Betrübt ließ Rafa seinen Kopf auf das Kissen sinken. Sein Ausflug nach Marrakesch war ein Schlag ins Wasser. Wie sollte er das nur Ute Schilling erklären?

## Kapitel 26

### Marrakesch – Samstag, 22. Juli

Gegen Mittag trat ein älterer Beamter mit grauen Haaren, Drei-Tage-Bart und zu groß geratenen, schiefen Schneidezähnen in das Zimmer. Höflich begrüßte er Rafa, der schon angezogen auf dem Bett saß. Der Beamte nahm den Koffer und begleitete Rafa zu einem Polizeiwagen unten an der Krankenhauseinfahrt.

„Wie lange wird die Fahrt dauern?", fragte Rafa, der aus dem Fenster die palmengesäumten Alleen und die eleganten schwarzen Straßenlaternen bewunderte.

„Je nach Verkehr circa eine Viertelstunde, Sidi", sagte der ältere Mann freundlich. „Sehen Sie doch einmal dort rechts aus dem Fenster. Dort beginnt der Menara-Garten. Ein öffentlicher Stadtpark, über 100 Hektar groß. Er wurde 1156 von einem Berberstamm angelegt und ist UNESCO-Weltkulturerbe und Namensgeber des Flughafens von Marrakesch. Waren Sie während Ihres Besuches dort? Wenn nicht, müssen Sie das das nächste Mal unbedingt nachholen!"

„Danke. Das klingt sehr spannend, aber ich bin leider nicht zur Erholung hier gewesen."

„Und wofür sind beziehungsweise waren Sie hier, wenn ich fragen darf? Nicht jeder Besucher erhält die Ehre, von dem Polizeichef von Marrakesch persönlich aus Marokko rausgeschmissen zu werden. Und das noch frisch operiert. Sie will man echt loswerden, und zwar ganz schnell."

„Tja, ich will eigentlich nur einer Mutter helfen, ihre beiden Kinder wiederzufinden. Ein gewisser Hamza Al Azzouzi oder wie er auch immer wirklich heißen mag, hat sie letzten Sonntag in Sotogrande auf seine Yacht gepackt und seither sind sie verschwunden. Die Mutter sagt, ihr Ex-Mann sei der Bruder von Jamal Benaissa, aber das stimmt wohl nicht. Daher wollte ich hier nach den Kindern suchen, aber das hat nicht so gut geklappt."

„Ach, daher weht der Wind. Ich könnte Ihnen dazu etwas erzählen, aber ich habe keine Lust, auf dem letzten Meter meine Pension zu verspielen."

„Ich wäre für jeden Hinweis sehr dankbar und auf mein Schweigen können Sie sich verlassen."

„Das kann ich natürlich nicht, aber leider kann ich auch meinen Mund nicht halten. Also, sagen wir mal so: Angenommen, ich hätte als junger Polizist um die Jahrhundertwende, ja, ich glaube es war Ende der 90er-Jahre, in einem Mordfall ermittelt. Einem Mordfall, der bis heute ungelöst ist und damals ganz Marrakesch in Aufruhr versetzt hat. Sagen wir, eine einflussreiche Familie hat die Mutter verloren. Sie wurde in einem Zelt in einem Luxuswüstencamp getötet. Ihr Zelt wurde mit Benzin übergossen und angezündet und sie ist mit ihrem Liebhaber elendiglich verbrannt. Der einzige Zeuge, ihr Sohn, war seither wie vom Erdboden verschluckt. Der Ehemann, unser Hauptverdächtiger, war nachweislich zu diesem Zeitpunkt auf Dienstreise im Ausland. Auch einen Auftragsmord konnten wir ihm nicht nachweisen, auch wenn wir mehrfach in den Ermittlungen behindert wurden. Ich war damals sicher, dass es nicht der Ehemann gewesen ist. Er war viel zu mild, zu intellektuell, zu aufgeräumt für so eine Tat. Gerade vor den Augen des Kindes hätte er so etwas nicht gewollt. Ich habe ihm geglaubt, dass er seine Frau trotz allem geliebt hat."

„Was hat es mit dem Kind auf sich? Wieso nimmt man ein Kind überhaupt mit in die Wüste?"

„Nun, die Agafay-Wüste liegt vor den Toren der Stadt. Sie ist ein Spielplatz für die wohlhabenden Städter. Dort können Kinder ungestört Quad fahren. Die Sonnenuntergänge sind fantastisch. Die Mutter kam wohl regelmäßig hier hin. Hat den Sohn eine Quad-Tour machen und danach im Pool planschen lassen. Er war ja auch eigentlich schon mehr ein Teenie als ein Kind. Während der Quad-Tour hat sie sich selbst etwas *Wellness* gegönnt. Sie hat sich anscheinend jede Woche in einem der Zelte ordentlich durchficken lassen."

„Was damals sicher ein kleiner Skandal war?!"

„Das war damals wie heute eine Riesensache, ist aber nie rausgekommen. Ibrahim Mansour, der Vater von Mohammed Mansour, hat damals dafür gesorgt, dass dieses Detail nie bekannt geworden ist."

„Sehr spannende Geschichte. Und wie hieß der Junge?"

„Er hieß Hamza."

## Kapitel 27

### Conil de la Frontera – Samstag, 22. Juli

Nur mit einer weißen Boxershorts bekleidet, lag Rafa bäuchlings auf der Lounge-Garnitur auf der Dachterrasse seines Stadthauses und schaute mit sorgenvoller Miene auf den Atlantik hinaus. Auch dem Couchtisch standen eine Flasche Rotwein – Rioja Alta Gran Reserva 904 aus dem Jahr 2010 (Sein Hochzeitsjahr war ein exzellenter Jahrgang) und zwei ausladende Gläser mit dünnem Stiel. Ein leises „Autsch" entfuhr ihm, als Isabella den Verband an seinem Rücken löste, aus der braunen Iod-Flasche ein paar Tropfen Flüssigkeit auf ein Taschentuch gab und damit die Wunde abtupfte.

„Jetzt stell dich nicht so an, Rafa", sagte Isabella.

„Ich habe doch gar nichts gesagt!", entgegnete er mit gespielter Empörung.

„Das ist auch gut so. Sonst weigere ich mich, dir die nächsten Tage beim Desinfizieren der Wunde zu helfen."

„Ich werde mich zusammenreißen und tapfer sein. Vielleicht lenkt es mich ab, wenn wir rekapitulieren, wo wir stehen. Ich nehme an, dass ihr in den beiden abgefackelten Wohnungen nichts Brauchbares gefunden habt, was auf den Aufenthaltsort der Kinder hindeutet, oder?"

„Das ist leider richtig."

„Ihr hattet auch die *Escuela Preparatoria* – die Vorschule der Kinder kontaktiert, oder? Was war damit?"

„Die Kinder haben nichts Auffälliges erzählt. Wirkten ganz normal. Die Eltern beim Abholen ebenso. Also auch keine Spur.

Was wir mittlerweile endlich haben, ist das Ergebnis des Tauchroboters: Er hat trotz schwieriger Bedingungen unter Wasser das Wrack der Ute in 1.000 Metern Tiefe gefunden. Außerdem bestätigen die Aufnahmen ein Loch im Rumpf des Schiffes. In der Nähe lag ein verendeter Wal oder so was, aber in einem Radius von einem Kilometer um das Wrack lagen auf dem Meeresboden keine Menschen. Jedenfalls haben sie bei dem ganzen aufgewirbelten Sand keine entdeckt."

„Und an Bord des Schiffes in der Kajüte haben sie auch keine Menschen sehen können?"

„Die Sicht war wie gesagt schlecht. Die starke Strömung hat Sedimente und Schlamm vom Meeresboden aufgewirbelt. Sie konnten daher durch die kleinen Fenster nicht in das Innere der Yacht sehen."

„So ein Mist. Wann können sie denn wieder tauchen. Wann wird das Wetter besser?"

„Sie haben gesagt, dass sie morgen oder übermorgen noch mal runtergehen."

„Gut. Hoffentlich haben wir bald Gewissheit. Immerhin ist jetzt schon mal klar, dass SIVE richtig lag und dass das Boot tatsächlich untergegangen ist. Ohne SIVE hätten wir nicht mal gewusst, wo wir suchen müssen. Was haben wir sonst noch? Lass mich raten: Felipe hat bei den Daten vom Arbeitgeber nichts Spannendes gefunden?"

„So würde ich das nicht sagen. Ehrlich gesagt sind die Unterlagen sogar superspannend für mich, aber das hat nichts mit den Kindern zu tun."

„Ich verstehe dich gerade nicht."

„Also, wir haben in seinen E-Mails und seinen Belegen und Dateien keine Reisebuchungen, keine Kontobewegungen gefunden. Er hat auch kein Visum beantragt oder eine Wohnung im Ausland angemietet oder gekauft. Nichts dergleichen, aber die sonstigen Unterlagen sind für meinen anderen Fall zufälligerweise hochinteressant."

„Also verrätst du mir jetzt endlich, um was es bei deinem super geheimen Fall geht?"

„Ich würde ja gerne, *Cariño*, aber ich darf nicht. Sagen wir einfach, es geht um Korruption bis in die höchsten Stellen. Sogar innerhalb der Guardia Civil darf nur ein kleiner Kreis davon wissen, damit uns die Operation nicht um die Ohren fliegt."

„Ihr habt Angst vor einer undichten Stelle. Und da kannst du *mir* natürlich nicht vertrauen. Schon klar", sagte Rafa und zog eine Schnute wie ein eingeschnapptes Kleinkind. „*Ich* bin nicht die undichte Stelle, so viel kann ich dir versprechen. Aber mir kam im Flieger auf dem Weg nach Marokko so ein dummer Gedanke: Wer hat damals eigentlich den Brandanschlag auf mein Haus untersucht, bei dem meine Familie ..." Mit brüchiger Stimme fuhr Rafa fort: „... bei dem sie ums Leben gekommen sind?"

„Ich habe keine Ahnung, wieso?"

„Na, wenn das Haus eines Guardia Civil in Flammen aufgeht, wird doch eigentlich maximal gründlich ermittelt und jeder Stein umgedreht. Seit dem Geständnis von Daniela Leona damals wissen wir, dass es ein Brandanschlag und kein Unfall war. Die Baufirma ihres Mannes wollte ein neues Hotel in Conil errichten und brauchte dazu unter anderem auch mein Grundstück. Da die Drogenmafia bei dem Projekt mit von der Partie war und über das Hotel Gelder waschen wollte, half sie mit einem Brandanschlag auf mein Haus und zack, habe ich damals an die Baufirma verkauft. Ich konnte ja nicht ahnen, dass ich indirekt mit den Mördern meiner Familie Geschäfte gemacht habe. Ich wollte das Haus nur noch loswerden und habe mich dann in der Casa meiner Kindheit im *Barrio de los Pescadores* – im Fischerviertel niedergelassen.

Was verrückt ist, ist, dass die Ermittlungen nach dem Brand damals nicht ergeben haben, dass es sich um ein Verbrechen gehandelt hat und wer alles involviert war. Wie konnte das übersehen werden? Oder *wollte* man es nicht sehen? Ich will wissen, wer sich das damals angesehen hat. Und sprich bitte auch noch mal mit den Kollegen von der KTU."

„Willst du das Thema nicht langsam gut sein lassen? Das wird dich doch wieder völlig aufwühlen."

„Bitte tu es einfach. Es ist ja auch für die Zukunft nicht unwichtig, wenn ihr eine undichte Stelle haben solltet. Auch für die Frage, warum in Marrakesch ein Mörder auf mich gewartet hat. Wer wusste überhaupt, dass ich dorthin fliegen würde? Außer meiner Auftraggeberin, dir und Felipe niemand, oder?"

„Ach, Rafa. Du siehst jetzt bitte aber nicht hinter jeder Ecke einen Mörder, ja? In der Medina von Marrakesch wimmelt es nur so vor Taschendieben. Ist dir mal in den Sinn gekommen, dass es ein einfacher Raubüberfall gewesen sein könnte?"

„Bei aller Liebe, das ist Quatsch, Isa. Mein Geld hätten sie leichter haben können. Eher glaube ich, dass der Hotelmanager Jamal und seine Schwester den Anschlag beauftragt haben, vielleicht haben die mich doch sofort durchschaut? Ich dachte echt, sie hätten mir die Golfreisen-Nummer abgekauft. Habe ich mich irgendwie verraten? Ich weiß es nicht."

„In Ordnung, ich werde sehen, was ich machen kann. Aber was hast du denn in Marokko herausgefunden? Du hast ja anscheinend in ein Wespennest gestochen. Ich bin echt froh, dass du das überlebt hast und jetzt wieder bei mir bist."

„Ich habe anscheinend neun Leben, mein Schatz. Jetzt sind nur noch sechs übrig, wenn ich richtig gezählt habe. Langsam sollte ich ein bisschen besser auf mich aufpassen."

„Darauf bestehe ich!", sagte Isabella mit einem Lachen und gab ihm einen Kuss auf den Nacken.

„Es sieht wohl so aus, als ob Hamza Al Azzouzi unter falscher Identität in Spanien gelebt hat. Ich vermute, dass er in Wirklichkeit Hamza Benaissa heißt." Er ist in einer einflussreichen Familie in Marrakesch groß geworden. Dann hat er herausgefunden, dass die Mutter den Vater betrogen hat. Hamza konnte das vielleicht nicht ertragen und hat daher die Mutter und den Liebhaber in einem Zelt eingesperrt und es angezündet. So könnte es jedenfalls gewesen sein. Die Polizei konnte ihn damals nicht befragen, er hatte sich abgesetzt. Die Untreue der Mutter passte wohl nicht in sein Weltbild und das hat ihn so wütend gemacht, dass er auch vor Mord nicht zurückgeschreckt ist. Oder er hat den Täter beobachtet und wollte ihn nicht belasten und ist deshalb verschwunden."

„Also, im Ernst, Rafa, dafür braucht man kein konservatives Weltbild und keine traditionelle Erziehung. Eifersucht und enttäuschte Liebe sind das Mordmotiv Nummer eins auf der ganzen Welt in allen Gesellschaften, und Mütter können es eh niemandem recht machen. Aber wie schafft es ein wütender marokkanischer Teenager ohne Geld, spontan zu verschwinden und in Europa abzutauchen?"

„Das ist eine gute Frage. Als Flüchtling in einer *Patera* – in einem kleinen Holzboot über das Mittelmeer wäre eine Möglichkeit. Vielleicht hatte er auch was gespart, er kam ja aus bestem Hause. Aber er hat studiert – das geht nicht ohne Papiere. Es könnte sein, dass seine Familie ihn unterstützt und ihm vielleicht sogar die falschen Papiere besorgt hat. Sein Vater soll gute Kontakte haben. Da kann man den Sohn auch mal mit einem *echten* falschen Pass und genug Geld nach Spanien schicken", sagte Rafa.

„Warum hätten sie das tun sollen?", fragte Isa.

„Vielleicht, um ihn aus der Schusslinie zu nehmen, weil er seine eigene Mutter ermordet hat. Oder weil der Vater der Täter war und der Junge ein Zeuge und man nicht wollte, dass er mit der Polizei redet. Wenn man nur an den Vater rankäme, der könnte uns sicher etwas erzählen. Ich frage mich wirklich, wo wir jetzt noch ansetzen können. Ich bin raus aus Marrakesch und sollte ich da wieder auftauchen, schicken die mich stante pede mit dem nächsten Flieger zurück", grübelte Rafa.

„Ich würde vorschlagen, du konfrontierst morgen erst mal deine Auftraggeberin mit den Neuigkeiten."

„Soll ich sie fragen, warum ihre feine angeheiratete Verwandtschaft einen Mordanschlag auf mich gestartet hat?

Wäre auch ein guter Moment, um einen Gefahrenzuschlag zu verhandeln."

„Ich meinte eher, du zeigst ihr Bilder von dem verschwundenen Hamza von damals aus den Zeitungen in Marrakesch. Lass sie ihren Ex-Mann als Hamza Benaissa identifizieren. Wir prüfen parallel auch seine damalige Aufenthaltserlaubnis. Vermutlich hatte er ein Studentenvisum. Vielleicht finden wir die Unterlagen noch. Wenn sich dein Verdacht bestätigt, ergänzen wir die Fahndung nach Hamza Al Azzouzi um Hamza Benaissa und wir schalten Interpol ein. Da wird es ihm nicht helfen, dass er in Marrakesch lokal gut verdrahtet ist. In Marokko gibt es im Allgemeinen einen gut funktionierenden Polizeiapparat. Außerdem lass deine Auftraggeberin ihre Schwägerin oder ihren Schwiegervater in Marrakesch anrufen und mit den Vorwürfen konfrontieren. Die wollen ja vielleicht auch wissen, wo ihr Bruder bzw. Sohn und ihre Neffen bzw. Enkel sind, es sei denn natürlich, die sind gerade schon bei ihnen. Vielleicht verplappern sie sich ja", sagte Isa.

„Ja, das macht Sinn, aber irgendwie habe ich langsam das Gefühl, wir kommen in Marokko nicht weiter. Unsere Gegner sind zu mächtig."

„Na, na, na! So kenne ich dich ja gar nicht, Rafa. Du ruhst dich jetzt erst mal aus und erholst dich. Morgen ist auch noch ein Tag. Und vielleicht kann ich dir ja morgen auch schon mehr zu den beiden Typen sagen, die wir dringend verdächtigen, die beiden Wohnungen in Brand gesteckt zu haben."

„Ihr habt die Typen? Warum sagst du nichts?"

„Wir haben Videos von zwei Typen in einer roten Schrottkarre, die vor beiden Wohnungen gesehen wurden. Noch laufen sie frei rum, aber wir werden sie kriegen, und jetzt ruh dich endlich mal aus", sagte Isabella und begann, zärtlich Rafas Rücken und Nacken zu kraulen.

Die gelb-pinke Abenddämmerung legte einen honigfarbenen Schleier über das Fischerviertel der kleinen Stadt am Atlantik. Das Rauschen des Meeres im Hintergrund und die warme Brise luden den Moment sinnlich auf. Der Duft von Salz und Jasmin erfüllte die Luft.

Isabellas Lippen streiften über Rafas Ohr. Sie knabberte an seinem Ohrläppchen. Er spürte ihren heißen Atem und ihre nasse, gierige Zunge. Sein Herz begann schneller zu schlagen und er drehte sich langsam auf den Rücken und betrachtete sie voller Verlangen.

Langsam stand Isabella auf und zog ihren Slip aus, den sie achtlos beiseite warf. Ihr kurzer Rock hob sich im Wind, als sie sich wie in Zeitlupe wieder zu Rafa wandte, ein verschmitztes Lächeln auf den Lippen. Ohne ein Wort zu sagen, setzte sie sich auf seinen Schoß, ihre Wärme durchdrang seinen Körper und ließ sein Verlangen lodern.

„Du bist wunderschön", flüsterte er, und seine Hände fanden ihren Weg zu ihrer Taille. Ihre Lippen trafen sich in einem leidenschaftlichen Kuss, der die Luft zwischen ihnen elektrisierte. Sie verschmolzen in einem wilden Tanz der Liebe, während die Sterne hell über ihnen zu leuchten begannen und das Meer sanft im Mondlicht glitzerte.

Auf dieser Dachterrasse, hoch über dem glitzernden Ozean, ließen sich Rafa und Isabella von ihren Gefühlen davontragen, weit weg von der Hektik des Alltags und verschwunden Kindern, korrupten Politikern und Messermördern.

# Kapitel 28

## Málaga – Samstag, 22. Juli

Fabiano Hernández, der Leiter Recht und Compliance, und sein Stellvertreter Raúl Zamora warteten im Besprechungsraum in der fünften Etage der Hauptverwaltung der Grupo AGP in Málaga auf den Beginn der Videokonferenz und starrten auf den riesigen Bildschirm an der Wand mit einer kleinen Kamera mittig oben darüber.

Der Call begann pünktlich, der Bildschirm flackerte kurz, als Carlos Morales, der Ressortleiter für Unternehmenskommunikation, sein Gesicht zeigte. Dann erschienen auch der CFO Felipe Gallego und andere leitende Angestellte. Schließlich wählte sich auch Señor de la Torre, der Vorstandsvorsitzende der spanischen Baufirma, ein. Sein ernstes Gesicht und die stechenden Augen hinter einer runden Brille verrieten, dass dies keine gewöhnliche Besprechung sein würde.

„Señor de la Torre, Guten Tag", begrüßte Carlos ihn höflich.

„*Buenos días, Carlos.* Guten Tag, Señores!", erwiderte de la Torre knapp. „Ich danke für Ihren Einsatz am Wochenende und hoffe, Sie sind alle bereit. Wir haben wichtige Dinge zu besprechen und wenig Zeit."

Die Teilnehmer nickten zustimmend, und de la Torre fuhr fort: „Wie Sie alle wissen, stehen wir kurz vor dem Abschluss des Projekts One, kurz vor der Fusion mit unserem wichtigsten Wettbewerber. Wir haben die Rückendeckung unserer größten Aktionäre. Ich muss Ihnen nicht erklären, dass diese Fusion von entscheidender Bedeutung für die

Zukunft unseres Unternehmens ist. Dieser Deal wird in die Geschichte der spanischen Wirtschaft eingehen. ist. Es wird die größte Fusion der letzten 50 Jahre in Spanien, und Europas größte Baufirma wird entstehen. Umso wichtiger ist, dass wir perfekt vorbereitet sind und dass uns jetzt nichts, aber auch gar nichts dazwischenkommt."

Begeistere Wortmeldungen einiger Speichellecker sollten folgen. Die Teilnehmer besprachen Details und Implikationen der bevorstehenden Transaktion und berichteten dann vom Fortschritt in den jeweiligen *Workstreams*.

Gegen Ende änderte sich die Stimmung, als de la Torre ein weiteres Thema ansprach.

„In dieser Phase", begann de la Torre ernst, „ist das Thema Al Azzouzi das allerletzte, was ich brauchen kann. Ich musste in der Zeitung lesen, dass die beiden Wohnungen unseres ehemaligen Angestellten ausgebrannt sind. Polizisten sind gestorben und verletzt worden. Es wird außerdem vermutet, dass er seine eigenen Kinder entführt hat."

Carlos, Fabiano und Raúl tauschten besorgte Blicke aus, während de la Torre fortfuhr: „Wir arbeiten selbstverständlich mit der Polizei zusammen und sind maximal transparent. Ich möchte noch einmal mit allem Nachdruck darum bitten, dass das Thema nunmehr schnell und geräuschlos gelöst wird. Wenn auch nur der Hauch eines Verdachts entsteht, dass unsere Firma irgendetwas mit diesem Vorfall zu tun hatte, können wir die Fusion vergessen. Ich erwarte daher volle Fokussierung von Ihnen allen. Wir werden ab jetzt jeden Morgen um 9 Uhr, auch an den Wochenenden, einen Check-In Call abhalten, wo wir uns gegenseitig *alignen* können, so lange, bis das Thema zufriedenstellend *gefixed* ist."

Die Worte des Vorstandsvorsitzenden hingen schwer in der Luft, und die Teilnehmer schauten ob der Dringlichkeit der Situation angespannt – oder waren sie schlicht vom täglichen Termin im Kalender genervt? Niemand antwortete, einige Teilnehmer nickten. Als die Videokonferenz endete und sich die Teilnehmer verabschiedeten, schaute Hernández sorgenvoll auf das Bild seines Kollegen Morales und dachte: *Hast du oder hast du nicht, Carlos? Ich hoffe nicht.*

## Kapitel 29

### Unbekannter Ort – Samstag, 22. Juli

Die stickige Luft in dem düsteren Raum drückte schwer auf die kleinen Schultern von Alba und Álvaro, als sie auf dem kärglich mit Stroh bedeckten Lehmboden saßen und sich aneinanderklammerten.

Alba flüsterte ihrem kleinen Bruder beruhigende Worte zu, als die Kinder plötzlich von den dumpfen Klängen von Schritten alarmiert wurden, die sich dem Haus näherten. Ihre Herzen schlugen schneller vor Angst, als zwei zwielichtige und übelriechende Gestalten hereintraten. Mit finsteren Blicken warfen sie eine Tüte mit altem Brot und einen Sixpack Wasser in den Raum und wandten sich an die Kinder: „Jetzt hört uns mal gut zu, ihr Gören. Ihr schuldet uns was für eure Rettung. Wir wollen kein Lösegeld erpressen oder so, wir sind keine Gangster. Aber eure Eltern müssen sich schon ein bisschen an den Kosten beteiligen. Wir können das nicht umsonst machen, das versteht ihr bestimmt!"

Die Kinder nickten stumm.

„Wenn eure Eltern sich aber weigern sollten, müssten wir anderweitig Geld mit euch machen", knurrte der andere Mann finster. „Ihr werdet uns nun also endlich sagen, wer ihr seid und wie wir eure Eltern erreichen können. Wenn nicht, werden wir euch wohl oder übel an Leute verkaufen, die nicht so nett sind wie wir. Es gibt immer Typen, die Ideen haben, wie man mit kleinen Kindern viel *Spaß* haben kann, und die auch bereit sind, gut dafür zu bezahlen."

Die Kinder zitterten vor Angst. Álvaro begann zu weinen, und Alba nannte bereitwillig Namen und Adresse der Mutter, doch als die Männer nach der Telefonnummer ihrer Mutter fragten, grübelte sie.

„Wir kennen die Nummer nicht", flüsterte sie mit Tränen in den Augen. „Aber die Adresse haben wir doch gesagt. Bitte tut uns nichts und bringt uns da hin. Unsere Mutter bezahlt das ganz bestimmt."

„Ihr kennt die Scheiß-Telefonnummer eurer Mutter nicht? Ihr seid echt sehr, sehr dumme Kinder! Wollen wir mal hoffen, dass eure Mama euch überhaupt zurückhaben will!"

Die Männer knurrten vor Frustration, aber sie wussten, dass sie keine Zeit zu verlieren hatten. Sie verließen den Raum und knallten verärgert die Tür hinter sich zu, um ihre finsteren Pläne weiter zu verfolgen. Allein gelassen in der Dunkelheit, klammerten sich Alba und Álvaro aneinander, in der Hoffnung, dass Hilfe kommen würde, bevor es zu spät war.

## Kapitel 30

### Conil de la Frontera – Samstag, 22. Juli

Das Holzdeck im Restaurant *Cala Puntalejo* in Fuente del Gallo, am westlichen Stadtrand von Conil, bot einen herrlichen Ausblick über die Steilküste und den Ozean, denn es thronte auf einer Klippe hoch oben über dem Atlantik. Stilvolles Mobiliar und Palmen in Blumenkübeln sowie entspannte Lounge-Musik und die sehr versteckte Lage am Ende eines Wohngebietes in Fuente del Gallo abseits der Touristenströme machten den Laden zu einem Geheimtipp. Gut essen konnte man hier auch. Die Steaks und der Burger waren großartig. Manche behaupteten, dass die *Patatas Bravas* die besten von Conil seien – aber das war natürlich nicht richtig, denn die gab es immer noch im *Feduchy Playa*.

Sie ließ den Blick über das Meer schweifen. Die *Tres Piedras*, die drei Steine, lugten aus der Bucht von Fuente del Gallo hinaus und man konnte sich heute wieder sehr gut vorstellen, dass sie die Rückenstacheln eines Drachen oder Urzeitmonsters waren.

Früher hatte sie in diesem Lokal in der ersten Reihe unter einem schattigen Sonnensegel gesessen. Die Besucher hatten ihren makellosen Körper und ihre glamourösen Outfits bewundert. Manchmal hatten sich sogar Fans getraut, sie anzusprechen. Das war ihr aber nicht unangenehm gewesen. Sie machten ihr Komplimente, sie wollten Selfies mit ihr. Es waren gute Fans. Die Eigentümer und die Bedienungen hier kannten sie früher ebenfalls. Sie hatte den Laden mehrfach für Empfänge ihres Mannes gemietet. Sie wurde behandelt wie eine VIP. Sie war ja auch eine VIP. Damals.

Aber das war lange her. Vorbei. Heute erkannte sie niemand mehr. Und wer war schuld? Dieser miese Privatschnüffler Rafa González. Wie hatte sie damals nur auf die Idee kommen können, diesen Idioten anzuheuern? Er war maximal illoyal gegenüber seiner Auftraggeberin gewesen. Anstatt sie vor dem Gefängnis zu bewahren, war er es der sie in den Knast gebracht hatte. Und Loyalität war das Allerwichtigste. Da er an ihrer Verhaftung schuld war, ging auch ihre Flucht aus dem Kittchen auf seine Kappe. Die Flucht, die in einem Feuerball von explodierendem Laster in einer Schlucht endete und ihren ehemals perfekten Körper durch unzählige Narben für immer entstellt hatte. Außerdem war er ein verdammter Idiot. Sonst hätte er damals ihr großzügiges Angebot angenommen. Seine Familie wurde so oder so nicht wieder lebendig, aber sie hätte ihn unglaublich reich machen können. Und ihn am Leben lassen. So aber, so würde er seine gerechte Strafe bekommen. Früher oder später.

Die Bedienung näherte sich, erkannte sie aber nicht. Wie auch? Sie bestellte den Burger mit Pommes und ein Cruzcampo-Bier. 200 Gramm Rindfleisch. Sie musste nun nicht mehr auf ihre Figur achten. Im besten Fall war sie unsichtbar, wer ihr vernarbtes Gesicht sah, wandte sich peinlich berührt oder verängstigt von ihr ab. Ihr Leben war vorbei. Es gab nur noch einen Grund für sie, weiterzumachen: Sie wollte endlich die Rache, die ihr zustand. Rache an dem Mann, der ihr alles genommen hatte und ihr Leben zur Hölle gemacht hatte! Sie würde sein Leben zerstören, wie er ihres zerstört hatte. Und wenn es das Letzte wäre, was sie tun würde!

## Kapitel 31

### Conil de la Frontera – Sonntag, 23. Juli

Rafa González erwachte mit einem leichten Kopfschmerz. Lag das an dem sensationellen Rioja, den er zur Feier seines Überlebens aus dem Keller geholt hatte? Oder waren das noch die Nebenwirkungen der Medikamente aus dem Krankenhaus in Marokko? Egal. Die ersten Sonnenstrahlen fielen durch die halboffenen Fensterläden seines Stadthauses im Fischerviertel von Conil de la Frontera.

Er ging hinauf auf die Dachterrasse und beobachtete für einen Moment die tief über den weißen Häusern der Altstadt fliegenden Schwalben. Er hielt sein iPhone fest in der Hand und wählte die Nummer von Ute Schilling. Nach ein paar klingelnden Signalen nahm sie ab.

„Hallo?"

„Señora Schilling, hier spricht Rafa González. Ich würde Ihnen gerne ein Update geben."

„Oh mein Gott, Sr. González! Bitte sagen Sie mir, dass Sie sie gefunden haben."

„Ich war in Marrakesch, Señora Schilling, und habe dort Jamal und Fatima getroffen. Ich habe Undercover im Hotel Ihres Schwagers eingecheckt und mich als Golfreisender ausgegeben. Ich war vielleicht kurz davor, Ihre Kinder zu finden, bis ich in der Medina angegriffen wurde."

Ute unterbrach ihn, ihre Stimme voller Angst: „Angegriffen? Sind Sie verletzt, Rafa?"

„Man hat mir einen Dolch in den Rücken gestoßen und wollte mich wohl töten. Aber ich hatte Glück und habe nur einen Kratzer abbekommen, Señora Schilling. Aber dann hat die marokkanische Polizei – statt den Täter zu suchen – mich unter einem Vorwand abgeschoben und in den nächsten Flieger nach Spanien gesetzt, bevor ich weitere Fortschritte machen konnte. Ich habe jedoch wichtige Informationen über Ihren Ex-Mann."

Ute atmete hörbar aus, ihre Stimme klang erleichtert, aber immer noch angespannt.

„Und was haben Sie herausgefunden, Rafa?", fragte Ute.

„Ihr Ex-Mann heißt angeblich mit Nachnamen nicht Al Azzouzi, sondern Benaissa. Und es scheint, als ob er außer Landes gebracht und nach Spanien zum Studieren geschickt wurde, nachdem seine Mutter Ende der 90er-Jahre ermordet wurde und bevor er dazu von der Polizei befragt werden konnte. Seltsam, oder? Wissen Sie vielleicht irgendwas darüber?", fragte Rafa.

Utes Stimme zitterte. „Mein Gott, Rafa. Das ist ... das ist unfassbar. Ich weiß nicht, was ich sagen soll. Natürlich weiß ich, dass Hamzas Mutter sehr jung gestorben ist, angeblich bei einem Unfall. Es hieß immer, sie sei bei einem Camping-Ausflug durch ein Feuer, ausgelöst von einem defekten Gasbrenner, getötet geworden. Mehr wurde darüber nicht gesprochen, es war eine Art Tabu-Thema. Es ist ja auch klar, dass niemand Lust hat, über solche Themen zu sprechen. Aber dass es Mord war, das ist mir neu, und dass mein Mann eigentlich anders hieß und unter falschem Namen in Spanien gelebt hat, ist schwer für mich zu glauben. Darüber muss ich mit meiner Schwägerin sprechen."

„Und genau darum wollte ich Sie bitten. Machen Sie das und berichten mir, wie sich die Familie dazu äußert. Außerdem würde ich Ihnen gerne ein paar Fotos von damals per E-Mail schicken und Sie bitten, mir zu bestätigen, dass der Mann, den wir dort sehen, der junge Hamza Al Azzouzi alias Hamza Benaissa ist."

„Das mache ich und melde mich dann sofort wieder bei Ihnen."

„Danke, tun Sie das."

„Aber was wird jetzt aus meinen Kindern? Sie sagten gerade, Sie waren vielleicht dicht an ihnen dran. Wann werden Sie zurück nach Marrakesch fliegen und sie weitersuchen?"

„Ich kenne den Aufenthaltsort Ihrer Kinder leider nach wie vor nicht. Ich finde es nur seltsam, dass ich in Marrakesch fast umgebracht werde, sobald ich nach ihnen suche. Das kann etwas bedeuten, muss es aber nicht. Sehen Sie es positiv: Wenn Ihre Kinder dort sein sollten, sind Sie vermutlich in der Obhut Ihres Ex-Mannes und seiner Familie und damit in Sicherheit. Und dann werden wir sie im Laufe der Zeit auch finden. Glauben Sie mir, ich bleibe am Ball und werde mit meinen ehemaligen Kollegen die Suche nach den Kindern und Ihrem Ex-Mann vor allem auf Marrakesch konzentrieren, auch über Interpol. Dazu ist es wichtig, dass Sie ihn auf den Bildern identifizieren."

„Alles klar, ich sehe mir gleich die E-Mail an und melde mich."

„Sehr gut. Und wenn sich sonst irgendwas bei Ihnen ergibt, bitte auch."

# Kapitel 32

## Conil de la Frontera – Sonntag, 23. Juli

Die frische Meeresbrise und der Geruch von Frittierfett, welches vom Wind aus der Nachbarschaft herübergetragen wurde, machten Rafa bewusst, dass er Appetit hatte.

Er verließ sein Fischerhaus und spazierte durch die engen Gassen des *Barrio de los Pescadores* durch die *Calle Boquerón* hinauf zur *Plaza del Molino de Viento*. Die Gassen waren keine zwei Meter breit und wurden eingerahmt durch zweigeschossige, weiß gekalkte Häuschen links und rechts, die von Bougainvillea- und Oleandersträuchern überwuchert waren. Die Pinien auf der Plaza verströmten einen harzigen und herben Duft.

Seine Nachbarin Abuela Pilar, die von allen nur Pili genannt wurde, war gerade dabei, die üppig bepflanzten Blumenkübel vor ihrem Haus zu gießen.

Pilar war ein häufiger Name in Spanien und es war auch der Name einer der Hauptfiguren von Hemingways Roman *Wem die Stunde schlägt*, in dem Pilar die Frau des Anführers einer Guerillagruppe war, die mit der Hauptfigur, dem amerikanischen Sprengstoffexperten Robert Jordan, im spanischen Bürgerkrieg auf Seite der Republikaner kämpfte.

Rafa fragte sich, ob Pilars Eltern sie wohl nach der Figur in dem Buch benannt hatten, aber vermutlich war das Schwachsinn. Es war wohl eher so, dass Pilar vor dem Erscheinen des Romans im Jahr 1940 auf die Welt kam. Jedenfalls war Pilar trotz des frühen Verlustes ihres Ehemannes eine starke und entschlossene Frau, genauso wie

Hemingways Pilar, die ebenfalls ihren Ehemann – einen Stierkämpfer – verloren hatte.

Sie trällerte heute ein altes Fischerlied.

*Pez de platino fino, fino*
*Ven a dormir en mi gorro marino*
*Ven a dormir en mi gorro marino*

*Perla del día fría, fría*
*Ven a caer en mi bota vacía*
*Ven a caer en mi bota vacía*

*Un delfín que toque el violín*
*Voy a pescar con mi red marinera*
*Y me espera para bailar*[6]

Rafa lauschte dem launigen Gesang, während er langsam die Altstadt hinaufschlenderte. Auf der Plaza angekommen, setzte er sich auf die Terrasse der Bar El Molino. Er war der einzige Gast, wie fast immer morgens vor 10 Uhr. Antonio war gerade dabei, den Laden aufzumachen. Als er Rafa entdeckte, kam er mit einer *Cerveza* und einem *Café solo* vor die Tür und setzte sich zu ihm.

---

[6] Feiner, feiner Platinfisch
Komm, schlaf in meinem Fischerhut
Komm, schlaf in meinem Fischerhut
Perle des Tages kalt, kalt
Komm, fall in meinen leeren Stiefel
Komm, fall in meinen leeren Stiefel
Ein Delphin spielt die Fiedel
Ich gehe fischen mit meinem Seefahrernetz
Und er wartet auf mich, um zu tanzen

„*Rafa, que pasa pisha?* – Rafa altes Haus, was geht ab? Alles in Ordnung, du Arsch? Hast dich ewig nicht blicken lassen."

„Da bin ich mal zwei, drei Tage nicht hier und schon muss ich mich beschimpfen lassen? Ich will sofort dein *Libro de reclamaciones* – dein Beschwerdebuch sehen.

Spaß beiseite – ich freue mich auch, dich zu sehen, Antonio. Ich arbeite gerade an einem Fall und war eigentlich nur ein paar Tage unterwegs …"

„Aha, und wo war der Businesskasper so, dass er mich nicht besuchen konnte? New York, LA?"

„Nicht ganz. Eher an der Costa del Sol und in Marokko."

„Was willst *du* denn in Marokko?"

„Ehrlich gesagt frage ich mich das auch. Ich war kaum angekommen, schon hat man versucht, mich abzustechen, und die Polizei hatte nichts Besseres zu tun, als mich mit dem nächsten Flieger zurückzuschicken. Ich komme gerade bei einem Auftrag überhaupt nicht weiter …"

„Das tut mir leid zu hören. Worum geht es denn?"

Rafa gab ihm die Kurzfassung. „Wir ermitteln und ermitteln, aber der Typ und die Kinder sind wie vom Erdboden verschluckt. Ich traue mich kaum, der Mutter zu sagen, dass ich bisher nichts erreicht habe. Es ist frustrierend. Wenn du eine Idee hast, wo wir noch ansetzen können, sag gerne Bescheid. Du hast ja manchmal die besten Ideen."

Antonio legte seine Arme auf den Tisch und sprach in gedämpftem Ton. „Tja, was soll ich dir sagen? Ich kenne ja keine Details zu deinem Fall, also wie sollte ich helfen können? Allgemein würde ich immer sagen: Frage dich, was ist das Motiv für die Tat. Was will der Täter? Warum hat er das gemacht? Versetze dich, so gut es geht, in ihn hinein. So was nennt man heute Profiling! Wenn ich richtig informiert bin, ist das sogar ein Beruf. Profiler nutzen psychologische Kenntnisse, um das Verhalten und die Motivationen von Straftätern zu verstehen und so Fälle zu lösen."

„Danke, sehr hilfreich", sagte Rafa und gähnte gelangweilt. „Wir wissen leider quasi nichts über den Täter. Nicht mal, ob es einen gibt."

„Nein, im Ernst, das bringt einen oft wirklich zum Ziel. Und bedenke: Eigentlich geht es beim Motiv immer um dasselbe."

„Und das wäre?"

„Alle Lebewesen möchten Glück erreichen und Leid vermeiden", sagte Antonio und nahm einen Schluck von seinem Bier.

„Puuuh. Geht es noch etwas pathetischer? Hast du das aus deinem Yogakurs oder ist das das Motto zum Sonntag aus einer Klatschzeitschrift?"

„Rafa, zieh das bitte nicht ins Lächerliche. Der Satz stammt von Buddha. Denk mal drüber nach, da ist was dran."

„Nehmen wir mal an, du *hättest* recht: Was ist deiner Meinung nach Glück?"

„Was denkst du?"

„Vielleicht Gesundheit, Wohlstand oder so. Nein, warte: Wenn ich ehrlich bin, würde ich sagen, geliebt zu werden."

„Ja, exakt – die Liebe. Auch Straftäter sind nämlich Lebewesen. Sie handeln aus Liebe. Geld ist nie wirklich das

Motiv für ein Verbrechen, Geld hat keinen Selbstzweck. Manche sagen, das Mordmotiv Nummer eins ist die Hypothek auf dem eigenen Haus."

„Mag sein, aber es geht darum, die Familie nicht zu enttäuschen, das Haus nicht zu verlieren. Den Freunden etwas zu beweisen, eine Frau zu beeindrucken. Dinge zu tun, die einen glücklich machen oder von denen man sich das erhofft. Sie handeln *alle* in dem Glauben, dass sie dadurch etwas Gutes erreichen. Für sich selbst, für ihre Familie oder für irgendetwas, das sie für wichtig halten. Das sind die *echten* Motive."

Rafa schüttelte den Kopf und sah nachdenklich auf das türkis schimmernde Meer. „Das ist mir leider zu einfach, Antonio. Ich habe Dinge gesehen, die kein Streben nach Glück rechtfertigen kann. Es gibt Taten, die so grausam und sinnlos sind, dass sie nur aus reiner Bosheit geschehen sein können."

Antonio runzelte die Stirn. „Vielleicht sind diese Menschen einfach für einen Moment verloren, gefangen in ihrem eigenen Leid und in ihrer Verzweiflung. Sie sehen keinen anderen Weg."

„Verloren?" Rafa hob eine Augenbraue. „Oder doch einfach nur verkommen und *böse*? Diener des Teufels, besessen vom Bösen?"

Eine bedrückende Stille legte sich über den Tisch.

„Glaubst du an das absolute Böse, Antonio?", fragte Rafa schließlich.

„Glaubst du an den Teufel?"

Antonio zögerte. „Ich weiß nicht, ob ich an den Teufel glaube, aber ich glaube nicht, dass es Menschen gibt, die nur Böses wollen. Es muss immer einen anderen Grund geben, selbst wenn wir ihn nicht verstehen."

Ein Windstoß wehte eine leere Dose über die *Plaza*. Eine Wolke schob sich für einen Moment vor die Sonne. Es wurde merklich dunkel und kühler. „Aber was, wenn es doch keinen Grund gibt?" Rafa beugte sich vor, seine Augen fest auf Antonio gerichtet. „Was, wenn es Menschen gibt, die einfach nur Leid verursachen wollen? Die den Schmerz und das Chaos *genießen*?"

Antonio schwieg. „Vielleicht hast du recht, Rafa. Vielleicht gibt es solche Menschen. Aber wenn wir das glauben, was bleibt uns dann noch? Was bleibt uns, wenn wir das Böse als etwas Unvermeidliches akzeptieren?"

„Vielleicht nur der totale Kampf dagegen", antwortete Rafa leise. „Der ständige Versuch, das Gute zu schützen, selbst wenn wir wissen, dass wir das Böse niemals ganz besiegen können."

Rafa sah Antonio geradewegs in die Augen. „Weißt du, warum ich damals Polizist geworden bin? Nicht, weil ich die ganze Welt retten will. Ich weiß, dass ich das nicht kann. Stattdessen will ich die Menschen, die ich liebe, schützen. Und vielleicht, wenn ich genug von diesen Monstern stoppe, kann ich ihnen wenigstens ein bisschen Frieden bringen."

Antonio nickte langsam. „Das verstehe ich. Und ich hoffe, dass du damit Erfolg hast. Vergiss dabei nur nicht, dass auch Verbrecher Menschen sind. Wenn wir das aus den Augen verlieren, werden wir selbst zu dem, was wir bekämpfen."

„Schöne Worte", sagte Rafa. „Nach allem, was ich erlebt habe, bin ich da leider eher bei Rambo als bei deinem Buddha: *To survive a war, you gotta become war.*" Rafa stand auf. „Ich muss leider schon los. Es gibt Arbeit zu tun."

Antonio sah ihm nach, als er das Fischerviertel hinabging, und ein Gefühl der Beklommenheit legte sich über ihn. Antonio nahm einen letzten Schluck von seinem Bier und murmelte leise vor sich hin: „Möge Gott uns allen vergeben und vor dem Bösen schützen." Doch das Böse war da draußen im Schatten und wartete nur darauf, schon bald erneut zuzuschlagen.

# Kapitel 33

## Unbekannter Ort – Sonntag, 23. Juli

In der stickigen Lehmhütte saßen Álvaro und Alba gefangen. Die Stille wurde nur vom verzweifelten Geheule Álvaros durchbrochen. Die flackernde Kerze erhellte das dunkle Loch nur spärlich. In einer Ecke saßen die Geschwister, die Arme um die Knie geschlungen, die Gesichter von Angst gezeichnet. Draußen hörten sie das ferne Murmeln der Stadt, das gelegentliche Bellen eines Hundes und das Rauschen des Windes, der durch die engen Gassen pfiff. Die Hütte roch nach feuchter Erde und Verzweiflung.

Plötzlich hörten die Kinder schwere Schritte, die sich der Behausung näherten. Dann wurde ein Schlüssel im Schloss gedreht. Die beiden Entführer kamen herein und diskutierten leise, dann endlich wandten sie sich den Kindern zu und stellten Fragen. Die Kinder hatten ihre alte Adresse in Marbella genannt und berichtet, dass die Mutter seit der Trennung in Conil lebte, aber die Handynummern ihrer Eltern kannten sie nicht. Das war nicht das, was die Verbrecher erwartet hatten. Sie mussten nun einen anderen Weg finden, um an ihr Lösegeld zu kommen.

Die Gauner grübelten und zündeten sich eine Zigarette an. Roberto war groß und schlaksig, mit harten Gesichtszügen und einer tiefen Narbe, die sich über seine linke Wange zog. Diego war kleiner, mit dichtem Bart und stechenden Augen. Beide trugen einfache Kleidung, die in der Dunkelheit fast schwarz wirkte.

„Handynummer hin oder her, immerhin haben wir die Adresse der Mutter. Aber wo soll die Knete übergeben werden? Hier in unserem Viertel in Sevilla ist die Polizei ständig und überall und wenn wir das Geld zu uns nach Hause bestellen, können wir uns auch gleich auf dem Revier stellen. Wir brauchen einen Ort, der nicht zu uns führt, den sie nicht so leicht überwachen können und der für die Mutter und uns gut erreichbar ist."

Roberto überlegte kurz und nickte. „Die Mutter wohnt doch jetzt in Conil. Dort gibt es über dem Hafen einen alten Leuchtturm ... da kenne ich mich aus, ich war vor Jahren mal ein langes Wochenende da und hab es mir gutgehen lassen. Ja, das könnte funktionieren. Die Mutter bringt das Geld und wir lassen sie glauben, dass wir die Kinder freilassen, sobald wir die Knete haben."

„Und wie soll sie das Lösegeld übergeben?", fragte Diego, die Augen zusammengekniffen. „Wir können ihr nicht einfach sagen, sie soll es uns in die Hand drücken."

Roberto grinste kalt. „Wir lassen uns etwas einfallen. Wir könnten ihr zum Beispiel sagen, sie soll das Geld ins Meer werfen, und wir holen es mit der Lancha ab. Unser Boot ist uneinholbar schnell – niemand wird uns folgen können. Oder irgendetwas Ähnliches. Das klappt schon."

Diego lächelte zum ersten Mal seit Tagen. „Perfekt. Du hast recht. Das wird hinhauen. Wir schreiben einen Erpresserbrief, schneiden die Buchstaben aus Zeitungen aus, damit man unsere Schrift nicht erkennen kann. Sie wird alles tun, um ihre Kinder zurückzubekommen."

Roberto nickte und zog ein zerknittertes Exemplar des *Diario de Sevilla* aus seiner Tasche. Sie setzten sich an den wackeligen Holztisch und begannen, Buchstaben mit einer alten Schere auszuschneiden und sie auf ein Stück Papier zu kleben. Nach unzähligen Flüchen und einer halben Ewigkeit hielten sie den fertigen Brief in den Händen. Die aus Zeitungsbuchstaben zusammengeklebten Worte wirkten bedrohlich und anonym:

„An die Mutter von Álvaro und Alba,

wir haben die Kinder. Bringen Sie nächsten Donnerstag um 1.00 Uhr morgens 200.000 Euro in kleinen unsortierten Scheinen zum Leuchtturm am Hafen von Conil, wenn Sie sie lebend wiedersehen wollen. Dort folgen Sie genau weiteren Anweisungen. Keine Polizei. Sonst werden Sie für den Tod der Kinder verantwortlich sein."

Roberto faltete den Brief sorgfältig und steckte ihn in einen Umschlag. „Jetzt müssen wir nur noch sicherstellen, dass die Mutter den Brief bekommt und abwarten."

Als die Kinder vom Brief hörten, ergriff Verzweiflung von ihnen Besitz. Sie dachten, dass ihre Mutter niemals so viel Geld würden auftreiben können, und protestierten lauthals.

Einer der Männer näherte sich und gab Alba eine schallende Backpfeife. Das Kind schaute ihn mit weit aufgerissenen und angsterfüllten Augen an. Sie war in ihrem Leben noch nie geschlagen worden und traute sich nicht mal zu weinen.

„Du hältst jetzt schön dein Maul, junge Dame! Ich habe hier in der Ecke einen Knebel liegen, mit dem ich dich liebend gern zum Schweigen bringen würde, also überleg dir gut, ob du hier noch mal rumschreien und Lärm machen willst. Wir hatten darüber und über die Konsequenzen direkt nach eurer Ankunft gesprochen."

Angsterfüllt schüttelte Alba den gesenkten Kopf und flüsterte: „Ich werde brav sein und gehorchen, Señor."

## Kapitel 34

### Conil de la Frontera – Montag, 24. Juli

Nach dem Frühstück bei Antonio ließ Rafa den Blick über das unordentliche Schlafzimmer in seinem Zuhause schweifen. Bücher, Kleidungsstücke und Kaffeetassen zeugten von der letzten, wilden Nacht.

Rafa musste unweigerlich an Isabella denken. Eigentlich war es unromantisch von ihr gewesen, heute im Morgengrauen einfach abzuhauen. Aber vielleicht hatte sie ihm ja einen Gruß hinterlassen, einen Kussmund am Badezimmerspiegel oder wenigstens eine Nachricht auf dem Handy?

Ein sanftes Brummen ließ ihn nach seinem iPhone auf dem Nachttisch greifen. Es lag neben seiner Waffe, einer silbernen Desert Eagle. Ein Anruf. Auf dem Display blinkte der Name „Isabella" auf. Aha. Er schob das Symbol von links nach rechts und nahm den Anruf entgegen.

„*Buenos Dias, Cariño*", murmelte er verschlafen.

„Morgen, Rafa. Es tut mir leid, dich so früh zu stören, aber ich brauche deine Hilfe. Kannst du sofort in die *Comandancia* kommen?" Ihre Stimme klang angespannt und geschäftig.

„Was ist passiert? Und warum hast du dich rausgeschlichen nach dem wundervollen Abend, den wir hatten?" Rafa war nun hellwach. Aber Isa rief nicht ohne Grund an.

„Rafa, das hier ist dienstlich und ich bin gerade nicht alleine. Es haben sich ein paar Dinge ergeben und wir könnten deine Expertise gebrauchen. Es ist kompliziert …"

Rafa spürte, wie sein Puls sich beschleunigte. „Okay, ich bin gleich da."

Er sprang aus dem Bett unter die Dusche und zog sich hastig an. Draußen begrüßte ihn die klare Morgenluft und das geschäftige Treiben des Fischerviertels. Die ersten Touristen schlenderten bereits durch die engen Gassen in Richtung des Strands, doch Rafa hatte keine Zeit für die friedliche Idylle seiner Heimatstadt.

Er rannte hinab an die Uferpromenade zu seiner Garage, in der sein treuer Mercedes auf ihn wartete, und fuhr in Richtung *Comandancia* der Guardia Civil. Das Rauschen der Wellen begleitete ihn und lenkte seine Gedanken ab. Den weißen Kleinwagen, der ihm in einigem Abstand folgte, bemerkte er nicht.

An der *Comandancia* angekommen, sprintete er die Treppe hinauf an der Empfangsdame Maite vorbei, die ihm freundlich zunickte und rief: „Rafa, man erwartet dich im Besprechungsraum im Erdgeschoss!"

Drinnen angekommen, klopfte Rafa an die schwere Holztür des Besprechungsraum *Sala Uno* – Besprechungsraum eins und öffnete sie, als er nach einem Moment hereingebeten wurde. Auf dem Tisch lag eine Ledermappe mit Fotos und Dokumenten. Im Raum befanden sich neben Isabella auch sein verhasster alter Kollege Domingo Chorizo und zwei weitere ihm unbekannte Männer. Rafa fragte sich, ob Domingo noch fetter geworden sei. Er sah aus wie ein sitzendes Schwein. Die rosafarbenen Wangen hingen schlaff herab und sein Kopf ging direkt in seinen Oberkörper über, ein Ansatz von Hals war nicht mehr zu erkennen.

Der ältere der beiden fremden Männer erinnerte Rafa an Glen Close in der Verfilmung von 101 Dalmatiner. Er hatte rechts neben dem Seitenscheitel streng nach hinten gekämmte weiße Haare und links davon schwarze. Sein Gesicht hatte feine Züge und er trug eine rahmenlose Brille. Das Sakko seines grauen Maßanzugs lag über der Lehne des Stuhls neben ihm.

Daneben ein junger Kerl Mitte zwanzig, Typ Bibliothekar: runde Nickelbrille, pickelige Visage, sein verschmitztes Lächeln wirkte irgendwie nerdig. Vermutlich war der Typ super intelligent und bildete sich etwas darauf ein.

Der Glen-Close-look-a-like wandte sich Rafa zu. „Sr. González. Ich freue mich, Sie kennenzulernen. Mein Name ist Baltasar García. Ich bin Ermittlungsrichter. Isabella hier hat mir gesagt, dass ich mich absolut auf Ihre Loyalität und Verschwiegenheit verlassen kann. Hat Isabella damit recht?"

„Selbstverständlich. Isa hat eigentlich immer recht", sagte er und nickte Isabella schelmisch zu. „Ich bin nicht käuflich und behandle Dinge stets vertraulich. Ich glaube, das sollte sich mittlerweile rumgesprochen haben."

„In der Tat eilt Ihnen ein gewisser Ruf voraus, ja, aber ich fragte nach zwei Dingen: Ich fragte auch, ob Sie loyal sein werden."

„Guten Menschen und guten Sachen gegenüber bin ich absolut loyal, aber worum geht es hier?"

„Es geht um die *Operación Hormigón* – die Operation Beton. Sagt Ihnen das was?"

„Ich kenne aktuell nichts anderes als die *Operación Orca*."

„Gut, denn unsere Operation ist streng geheim. Hier vor Ihnen liegen unser Ermittlungsstand und die derzeitigen Ergebnisse", sagte er und öffnete eine Mappe.

„Was werde ich darin finden und warum weihen Sie mich gerade jetzt ein?"

„Die Kurzfassung ist die folgende: Wir ermitteln in einem der größten Korruptionsskandale Spaniens seit der Franco-Diktatur. Seit Anfang der 2000er-Jahre beheimatet unser kleines Spanien fünf der zehn größten Bauunternehmen Europas – mit der Grupo AGP an der Spitze – und das, obwohl der spanische Anteil an der Einwohnerzahl der Europäischen Union mit knapp unter 50 Millionen Einwohnern nur etwa 10 Prozent beträgt und wir uns geographisch in einer Randlage befinden. Was glauben Sie, woran das liegt?"

„Keine Ahnung. Bestimmt nicht, weil wir hier so gut bauen können", sagte Rafa lachend. „Unsere Autobahnen müssen ja bereits ein Jahr nach Einweihung schon wieder repariert werden."

„Es ist so: Spanien ist einer der größten Empfänger von Mitteln aus dem Europäischen Aufbau- und Resilienzfonds, der im Rahmen des Next Generation EU-Programms eingerichtet wurde. Über diesen Fonds erhält Spanien rund 140 Milliarden Euro, aufgeteilt in etwa 69,5 Milliarden Euro an Zuschüssen und etwa 70,5 Milliarden Euro an Darlehen. Die Auszahlung dieser Mittel ist über mehrere Jahre verteilt, wobei von über 20 Milliarden pro Jahr auszugehen ist. Der Großteil des Geldes geht in Infrastruktur-Projekte – und die müssen umgesetzt werden. Diese Projekte landen ausnahmslos bei den oben genannten Firmen."

„Ja und? Für diese Projekte werden doch sicher Ausschreibungen gemacht?"

„Und diese müssen ab einer gewissen Größenordnung sogar europaweit ausgeschrieben werden. Wegen der Größe der Projekte, der räumlichen Nähe und der Spezifika der Ausschreibungen kommen dafür aber eigentlich nur unsere fünf spanischen Firmen in Frage. Und wir haben den Verdacht, dass diese Firmen seit Jahrzehnten Preisabsprachen treffen und zu überhöhten Kosten bauen, und nicht nur das: Mittlerweile haben alle diese Firmen auch Dienstleistungsunternehmen gegründet und betreiben durch sie die von ihnen gebauten Krankenhäuser, Kindergärten, Mautstationen, Flughäfen, Häfen und U-Bahnen nach Fertigstellung selbst. Die Arbeiter werden ausgebeutet und die Firmen streichen Gewinne ein."

„Und deshalb sind Sie hinter der Grupo AGP her?", frage Rafa.

„Die Grupo AGP ist die größte spanische Baufirma, nein, mittlerweile die größte europäische Baufirma. Vor ein paar Jahren hat AGP die größten deutschen und belgischen Wettbewerber gekauft. Ein unaufhaltsamer Aufstieg, der schon vor langer Zeit begann. Während der Franco-Diktatur und in den Jahren danach blieben viele wirtschaftliche Eliten, die dem Regime nahestanden, in Schlüsselpositionen. Eine zentrale Figur dabei war Ramón Rares. Er gründete nicht nur das größte Warenhaus Spaniens *El Corte Frances*, sondern auch einen der größten Baukonzerne des Landes, die Ferrocamino. Er hat zwei schöne und intelligente Töchter, Esther und Alicia Rares. Jede der beiden ist über fünf Milliarden Dollar schwer und gehört damit zu den 100 reichsten Frauen der Welt. Das zog allerlei Liebhaber an. Unter anderem die Albertos."

„Wen?"

„Die Albertos sind Cousins und teilen den gleichen Vornamen. Auch sie kommen nicht gerade aus ärmlichen Verhältnissen. Alberto Cortinas Vater war Außenminister unter der Franco-Regierung. Sein Bruder Alfonso war Präsident des Mineralölkonzerns Repsol. Die beiden jedenfalls haben die Töchter von Ramon Rares geheiratet und damit vor vielen Jahren unter anderem die Kontrolle über die Ferrocamino gewonnen und diese erfolgreich weiterentwickelt. Leider kamen über die Albertos kürzlich ein paar pikante Details heraus.

Alberto Uno hatte ein Verhältnis mit einer Skandalnudel aus der High Society, sein Cousin ließ sich mit seiner Sekretärin ein. Die Schwestern zogen die Konsequenzen und verlangten die Scheidung. Jetzt fehlen dem Konzern die Vorstände und die Schwestern haben einen Verkaufsprozess initiiert. Alles läuft auf eine Fusion zwischen Ferrocamino und der Grupo AGP hinaus, die ein Übernahmeangebot abgegeben hat. Wenn das durchgeht, haben wir bei Großprojekten absolut keinen Wettbewerb mehr."

„Das klingt alles interessant, aber was hat das mit meinem Fall zu tun? Sie wissen, dass ich dem Verschwinden vermisster Kinder nachgehe?"

„Eine berechtigte Frage. Sagen wir mal so, seit Sie mit Ihrem Vermissten-Fall gestartet sind, kommen wir mit unseren Korruptionsermittlungen endlich weiter. Schon als wir nach Ihrem Besuch bei der Grupo AGP einen Datenstick bekommen haben, dachten wir darüber nach, Sie zu kontaktieren.

Nachdem wir gestern Abend zwei vorbestrafte Gewalttäter – Jorge Jalitzo und Bruno Baltz – nach einer Schlägerei in einem Bordell in Sevilla festgenommen und in einem verbeulten roten Seat vor der Tür einen Laptop mit diversen Videos und viel Bargeld gefunden haben, hat sich unsere Meinung bestärkt. Wir müssen Sie jetzt dazu nehmen."

„Was ist denn passiert?"

„Eine Überwachungskamera in Sotogrande hat die Schrottlaube von Jalitzo und Baltz am Montag, dem 17. Juli – am Abend vor der Brandstiftung – erfasst. Seitdem ist der Wagen zur Fahndung ausgeschrieben. Wegen des verbeulten Kotflügels ist die alte Möhre leicht wiederzuerkennen. Als die Verdächtigen sich eine Schlägerei mit der Security eines Nachtclubs in Sevilla geleistet haben, stand der Wagen vor der Tür und ein Kollege von uns hat die Typen verhaftet und den roten Seat durchsucht. Im Kofferraum befand sich gut versteckt unter dem Reserverad eine Sporttasche mit 100.000 Euro und einem Laptop. Der Rechner war passwortgeschützt, aber unsere Kriminaltechnik hat ganze Arbeit geleistet und eine Vielzahl von Filmchen entdeckt."

García nahm seinen Laptop aus der Ledermappe, klappte ihn auf, drehte ihn zu Rafa, der das Video, das abgespielt wurde, betrachtete. Sein Gesicht wurde aschfahl. Angewidert schaute er hoch zu García. „Warum zeigen Sie mir diesen ... diesen abstoßenden Dreck?"

„Weil das die Verbindung zwischen unseren Fällen ist, mein Lieber. Danach hatten Sie doch gerade gefragt. Sie suchen einen Entführer, dessen Wohnungen nach seinem

Verschwinden abgefackelt werden. Die Typen, die dafür verantwortlich sind, haben Bargeld und Bildmaterial von verschiedenen Politikern und Staatsbediensteten in kompromittierenden Situationen bei sich."

„Der Abschaum da auf dem Video – das ist ein Politiker? Das ist doch noch ein halbes Kind, mit dem er es treibt."

„Ja, ist er. Einer von vielen. Wir haben unzählige solcher Videos von verschiedenen hochstehenden Personen auf dem Laptop gefunden. Kein Wunder, dass manche Leute nervös sind. Und uns ist auch aufgefallen, dass die Mädchen auf den Videos auffallend jung sind. Wahrscheinlich ist das kein Zufall."

„Was meinen Sie damit?"

„Wir haben immer vermutet, dass die Baufirmen Preisabsprachen trafen. Aber bei Ausschreibungen ist es manchmal schwer, alle ins Boot zu holen, deshalb hat man anscheinend auch die Auftraggeberseite, die öffentliche Hand, geschmiert und erpresst. Und jetzt wissen wir auch, wie. Wahrscheinlich ging es nach der Unterzeichnung eines großen Deals zum Abendessen. Al Azzouzi hat großzügig eingeladen. Als die Auftraggeber angetrunken waren, hat er sie überredet, noch mit in eine Bar zu kommen. Dort haben dann schon seine Helfer ein Hinterzimmer mit Kameras präpariert und ein paar Mädels haben wie zufällig die Auftraggeber dorthin gelockt. Da die Mädchen minderjährig waren, konnte Al Azzouzi beim nächsten Auftrag mit dem Video seine Auftraggeber erpressen und so die Konditionen diktieren."

„Machen Sie dieses ekelhafte Video jetzt bitte aus?"

„Nicht so schnell. Warten Sie. Gleich steigt das fette Schwein von dem Mädchen runter und verschwindet aus dem Bild. So, da kommt die Szene. Erkennen Sie sie?"

„Wen soll ich erkennen?"

„Nicht das Mädchen. Schauen Sie. Jetzt kommt eine alte Bekannte von ihnen ins Bild und tröstet das arme Wesen mit einem Bademantel und ein paar Feuchttüchern. Sehen Sie?"

„Meine ehemalige Auftraggeberin Daniela Leona! Ich fasse es nicht."

„Ja, die Welt ist klein. Sie hat eine Modelagentur in Sevilla betrieben. Sie wollte angeblich etwas zurückgeben und armen Mädels aus Sevilla eine große Chance bieten. Sie stammt ja auch aus ärmlichen Verhältnissen und ist als Halbwaise im Mailänder Bahnhofsviertel aufgewachsen. In Wirklichkeit hat sie ihre Agentur und die Träume der Kinder ausgenutzt und sie als billige Nutten an die Immobilienmafia weitergereicht."

„Um diese Frau ist es wirklich nicht schade!"

„Sagen Sie das nicht. Ich würde mich freuen, wenn sie noch leben würde. Wir hatten sie schon länger im Visier. Sie hat im Knast rumerzählt, dass sie bald freikommen würde. Sie hätte mächtige Freunde, die ihr noch etwas schulden würden. Ehrlich gesagt, hätte ich sie sogar gerne als Kronzeugin für die Prozesse, die wir gerade vorbereiten. Aber das ist nach ihrem tödlichen Ausbruchsversuch ja leider nicht mehr möglich. Immerhin haben wir die Videos. Wir haben nun also auch ohne Daniela Leonas Aussage endlich Hoffnung, etwas gegen die mafiösen Strukturen im spanischen Baugewerbe und der Politik in der Hand zu haben. Wenn wir Erfolg haben, werden einige einflussreiche Männer lange hinter Gitter wandern, und diese unheilvolle Fusion werden wir nebenbei auch verhindern."

„Und wie kann ich dabei helfen?"

„Machen Sie bitte einfach genau so weiter. Wenn Sie Hamza Al Azzouzi finden, finden Sie die Kinder und wir ein zentrales Puzzleteil unseres Falles. Wir sind sehr an Al Azzouzi interessiert. Wer weiß, was er noch für Beweise versteckt hat. Solche Typen legen sich gerne eine Lebensversicherung an. Vielleicht könnte er ja unser Kronzeuge werden, wenn wir ihm an anderer Stelle entgegenkommen. Sie sind uns meilenweit voraus bei der Suche nach dem Typen. Haben Sie eine Vermutung, wo er stecken könnte?"

„Leider trete ich derzeit auf der Stelle. Wenn er nicht auf dem Meeresboden liegt, ist er vielleicht in seiner Heimatstadt Marrakesch, aber dort sind mir die Hände gebunden. In Marokko komme ich nicht weiter."

„Isabella berichtete davon."

„Können Sie bei der Suche in Marrakesch unterstützen?", fragte Rafa. „Sie erreichen dort sicher mehr als ich. Wenn Sie ganz offiziell um Amtshilfe bitten und das Thema hoch aufhängen, wird man Sie sicher nicht ignorieren können. Beantragen Sie eine Überwachung der Telefone der Schwägerin und des Schwagers. Lassen Sie sie beschatten."

Garcia lachte. „Es wäre schön, wenn Sie recht hätten, aber leider habe ich seit 1992 keinen Erfolg mehr mit Anfragen an das Königreich Marokko gehabt. Damals habe ich als junger Richter einen Haftbefehl gegen Abdelhuajed Mizzian Amar, den so genannten Sultan der Schokolade in Marokko beantragt. Natürlich wusste ich, dass zwischen Spanien und

Marokko nur eine polizeiliche Zusammenarbeit vereinbart ist, aber dass Marokko seine Staatsbürger niemals ausliefert. Trotzdem habe ich es damals einfach probiert und siehe da: Er wurde festgenommen und in Marokko vor Gericht gestellt."

„Und wie haben Sie das geschafft?"

„Es war reiner Zufall. König Hassan II. benötigte für die festgefahrenen Verhandlungen mit der EU über die Fischerei- Rechte einen Nachweis, dass er dem Versprechen, gegen die Drogenmafia vorzugehen, Taten folgen lassen würde. Das Verfahren wurde dann gegen eine Geldstrafe eingestellt wegen geringer Schuld und er ging zurück in die Tamunda Bucht am *Cabo Negro* bei *Tetuán*, wo er bis heute regelmäßig auftaucht und als Nachbar des Königs sein Leben genießt. Seither habe ich in Marokko mit meinen Anträgen rein gar nichts mehr erreicht.

Aber was soll's? Was haben wir zu verlieren? Ich werde ohnehin eine Handyüberwachung beantragen, für sämtliche miesen Schweine, die wir auf den Fotos und Videos bereits identifizieren konnten. Sie stehen allesamt im Verdacht der Bestechlichkeit im Amt und des Kindesmissbrauchs. Da kommt es auf zwei Privatleute in Marokko mehr nun auch nicht an. Kann ich sonst noch etwas tun, um Sie zu unterstützen, Señor González?"

„Ja, wenn der Laptop, von dem Sie die Bilder haben, Sr. Al Azzouzi gehörte, finden sich dort vielleicht Hinweise auf seinen Verbleib. Sein Firmenrechner hatte ja keine Festplatte und der Stick mit dem Inhalt aus der Cloud war diesbezüglich komplett sauber. Keine Reiserecherche, keine Flugtickets, keine Mietwagenbuchung, nichts. Ich habe vermutet, dass er alles über sein Handy gemacht hat, aber der

Rechner ist natürlich superspannend für mich. Würden Sie mir die Auswertung zur Verfügung stellen?"

„Selbstverständlich. War es das?", fragte García, der gehetzt auf seine teure Armbanduhr sah, als habe er noch einen Termin.

„Meine Auftraggeberin spricht heute mit der Schwester von Al Azzouzi, vielleicht bringt uns das weiter. Und ich wäre gerne beim Verhör der beiden Brandstifter dabei, ginge das?"

„Aber sicher, wenn Sie sich beeilen. Die beiden werden heute ab 16 Uhr in Sevilla vernommen. Wir wollen vor allem wissen, wer der Auftraggeber war und wo die Fotos auf dem Laptop aufgenommen wurden. Ich kündige den Kollegen Ihren Besuch an und erteile die Weisung, dass Sie das komplette Verhör mitanhören dürfen, wenn Sie wollen. Das war's fürs Erste. Haben Sie noch Fragen?"

„Nein, das war sehr aufschlussreich. Danke für Ihr Vertrauen."

Rafa verabschiedete sich und verließ mit einer dunklen Vorahnung das Gebäude.

# Kapitel 35

## Conil de la Frontera – Montag, 24. Juli

Sr. de la Torre verließ die AP-7 an der Ausfahrt 130 *Guadiro, Castellar, Sotogrande* und lenkte seinen 1955 Mercedes-Benz 300 SLR Coupé zur beschrankten Sicherheitskontrolle vor der Urbanisation Sotogrande.

Links und rechts war die Straße von weiß blühenden Büschen gesäumt. Das kleine, viereckige Häuschen der Security war halb von einer riesigen Bananenpalme überwuchert. Die Schranke ging hoch, als Sr. de la Torre sich näherte. Er musste sich nicht ausweisen.

Nach einer kurzen Fahrt über die breite Zufahrtsstraße *Avenida los Cortijos,* die von majestätischen Korkeichen und Pinien gesäumt war, und einem Kreisverkehr erreichte er auf der rechten Seite den Club. Die Einfahrt zum Golfclub Valderrama war erneut durch Schranken gesichert. Nur Mitglieder und angemeldete Gäste hatten Zugang. Gäste waren nur nach Zahlung des 500 Euro Greenfees und nur in der Mittagszeit zugelassen, um die Mitglieder nicht zu belästigen.

Hinter der Schranke fanden sich blaue Schilder, die den Weg zum Clubhaus, den Parkplätzen und anderen Einrichtungen des Golfclubs wiesen.

Sr. de la Torre parkte seinen Oldtimer auf der linken Seite. Der Real Club Valderrama war einer der prestigeträchtigsten Golfclubs Europas, seit er 1974 vom berühmten Designer Robert Trent Jones erbaut wurde. Im Jahr 1997 sollte er dazu als Austragungsort des Ryder Cups Weltruhm erlangen, denn das Jahr war das erste in der Geschichte des Ryder

Cups, in dem das Turnier außerhalb der englischsprachigen Länder stattfand. Der Ryder Cup 1997 war außerdem auch das Jahr, in dem Europa einen historischen Sieg erzielte, indem es die USA besiegte. Das Team Europa gewann mit 14½ gegenüber 13½, was den ersten Ryder Cup-Sieg für Europa seit 1989 bedeutete.

Sr. de la Torre war spät dran. Er ging direkt zum ersten Loch, zu einem der drei Signature Holes des Platzes, wo er seinen Mitspieler bereits stehen sah. Die erste Bahn war ein 339 Meter langes Par 4 mit dem Namen *Sol y Sombra* – Sonne und Schatten.

„Hola, Sr. de la Torre. Vielen Dank für die Einladung!"

„Hola Dottore, es ist mir ein Vergnügen!"

„Wir sind spät dran. Wollen wir direkt abschlagen?

„Unbedingt. Schönes Spiel!"

„Ja, schönes Spiel!"

Aufgrund der Hektik und der fehlenden Vorbereitung war de la Torre nervös und spielte ein Double Bogey, aber von Loch zu Loch wurde er ruhiger und sein Spiel besser, was auch nötig war.

Das vierte Loch, ein 470 Meter langes Par 5 mit dem Namen *La Cascada,* stand nun an. Der Abschlag erforderte maximale Präzision, um die Bunker und Bäume zu vermeiden. Der zweite Schlag führte zu einem erhöhten Grün, das von Wasser geschützt wurde. Der Wasserfall – daher der Name *La Cascada* – und der Teich vor dem Grün machten es besonders herausfordernd.

Die beiden spielten trotz der obligatorischen Vor-Caddies, die einen bei jedem Schlag berieten, eine durchwachsene Runde. Der Platz forderte seinen Tribut. Die engen Fairways im Pinienwald bestraften schlechte Schläge gnadenlos. Nach knapp fünf Stunden und viel belangloser Plauderei, erreichten sie endlich das 17. Loch mit dem Namen *Los Gabiones*. Es war ein 449 Meter langes Par 5, das vielleicht berühmteste Loch von Valderrama, und hatte einen dramatischen Abschluss: ein Dogleg nach rechts mit einem schmalen Fairway, von Pinien und Olivenbäumen gesäumt. Der zweite Schlag ging über einen See, der das Grün schützte.

Sr. de la Torre fand, es war Zeit, die Unterhaltung zu ihrem eigentlichen Ziel zu bringen. „Lieber Freund, ich sage es ungern, aber ich habe derzeit ein kleines Problem. Ich will Sie nicht um Hilfe bitten, ich wollte es nur erwähnen, um nicht unhöflich zu wirken. Ich wollte einfach nichts verschweigen."

„Ach, bitte. So was muss Ihnen doch nicht unangenehm sein. Ich habe schon mehrfach meine Hilfe angeboten und Sie haben sie noch nie angenommen. Worum geht es denn?"

„Nun gut, ich sorge mich um den Emporkömmling. Um den Wadenbeißer, über den wir beim letzten Mal sprachen. Um den Mann, der offenkundig sein Amt missbraucht, um mir und einigen unserer Freunde ans Bein zu pinkeln. Wegen nichts und wieder nichts. Ein karrieregeiler Ermittlungsrichter legt meinen halben Laden lahm, wegen seiner Hirngespinste. Und das Schlimmste ist, dass er im Zuge der Ermittlungen in den Besitz von delikaten Fotos gelangt ist, die Freunde von uns in kompromittierenden Situationen zeigen. Ich bin besorgt, dass er diese Bilder verbotenerweise der Presse zuspielen und vielen guten und ehrenhaften Menschen sehr schaden könnte. Ich frage mich, ob den niemand stoppen kann. Man sollte ihn sofort von dem Fall abziehen. Wir leben doch noch in einem Rechtsstaat?"

Vor Wut schob Sr. Torre nach einem großartigen Abschlag und zwei soliden weiteren Schlägen zum Grün drei Putts am Loch vorbei.

Es war am 18. Loch mit dem Namen *El Olivo Casa Club* – der Olivenbaum Clubhaus, ein Par 4, 397 Meter, als sein Gast antwortete. Das Abschlussloch war nicht nur visuell beeindruckend, sondern auch strategisch herausfordernd. Der Abschlag musste auf ein schmales Fairway platziert werden, das von Bunkern und Bäumen gesäumt war. Das Grün wurde von einem gigantischen Olivenbaum bewacht, der direkt vor dem Grün stand.

„Ich werde der Sache nachgehen. Ich kenne solche übereifrigen *hijos de puta* – solche Hurensöhne. Ich kann aber nichts versprechen, der Typ gilt als maximal korrekt."

„Sie müssen ihn mit seinen eigenen Waffen schlagen. Suchen Sie nach etwas, das ein schlechtes Licht auf ihn wirft, das ihn als korrupt entlarvt. Irgendetwas werden Sie sicher finden." Er sprach nun deutlich leiser weiter: „Oder erfinden."

„Nun gut, niemand ist perfekt. Wenn wir nur richtig suchen, werden wir sicher etwas aufdecken. Vor Justitia sind wir schließlich alle gleich!", sagte er lächelnd.

Sr. de la Torre konnte sich ein Grinsen nicht verkneifen. Erschöpft und glücklich gingen sie nach der langen Runde ins Clubrestaurant.

## Kapitel 36

### Conil de la Frontera / Marrakesch – Montag, 24. Juli

Die Nacht war bereits hereingebrochen, als Ute Schilling mit zittrigen Fingern das Telefon in die Hand nahm und die Nummer ihrer Schwägerin wählte. Fatima Benaissa war momentan vielleicht die Einzige, die wusste, wo ihre geliebten Kinder sein könnten. Sie musste Antworten finden, koste es, was es wolle. Der Klingelton tutete seltsam fremd wie bei einem Ferngespräch. Tut. Tut. Tut.

Warum ging sie nicht ran? Vermutlich, weil sie mit ihrem Bruder unter einer Decke steckte? Rief sie gerade bei der Entführerin ihrer Kinder an?

„Fatima", schluchzte Ute, als die Verbindung endlich doch noch hergestellt wurde. „Es tut mir leid, dass ich dich zu dieser späten Stunde belästige, aber ich brauche jetzt wirklich deine Hilfe. Meine Kinder … sie sind immer noch weg. Wenn Hamza etwas damit zu tun hat und sie bei euch sind, bitte ich dich als Mutter, sag mir, wo sie sind!"

Die Stimme ihrer Schwägerin klang besorgt: „Ute, mein Gott, das ist furchtbar! Immer noch kein Lebenszeichen? Aber wie kommst du darauf, dass Hamza dahintersteckt, und wieso denkst du, dass *ich* wüsste, wo sie sind? Es tut mir leid, aber das ist absurd!"

Ute kämpfte gegen die Tränen an. „Er hat immer wieder gedroht, mir die Kinder wegzunehmen, seitdem wir uns getrennt haben. Ich weiß, er ist dazu fähig. Er kann so anders sein. Bitte, Fatima, du musst mir helfen. Weißt du, wo er mit ihnen hin ist? Ich habe das Gefühl, sie könnten in Marrakesch sein."

Es folgte eine unbehagliche Stille am anderen Ende der Leitung, bevor Fatima antwortete: „Nein, Ute, hier sind sie nicht. Du musst mir glauben. Er ist nicht in Marrakesch und er ist nicht der Mann, den du zu kennen glaubtest."

Utes Herz sank bei den Worten ihrer Schwägerin. „Aber ... was meinst du damit? Wo ist er dann? Und vor allem, wo sind meine Kinder?"

Fatima seufzte schwer. „Ich weiß es wirklich nicht, Ute. Ich hätte dich schon damals bei eurer Hochzeit vor ihm warnen sollen. Ich werde mir das nicht verzeihen, dass ich mich das nicht getraut habe."

„Wieso warnen? Was meinst du? Ich habe mich schon gewundert, wie mies du auf unserer Hochzeit drauf warst. Hast mich nur böse angeschaut. Ich dachte damals, du würdest mich einfach nicht für gut genug für deinen Bruder halten und wärst deshalb gegen unsere Verbindung?"

„So ein Schwachsinn, ich wollte dir sagen, was für ein Typ er wirklich ist, aber ich hab es einfach nicht geschafft. Ihr saht so glücklich aus."

„Was ist er denn *wirklich* für ein Typ?"

„Er ist ein armer Kerl mit psychischen Problemen. Jemand, der immer schon Schwierigkeiten mit Menschen hatte. Er hat sie irgendwie nie wirklich verstanden. Nach außen hat er sich fröhlich und lebenslustig gegeben. Den unbekümmerten Vertriebler gespielt. Aber das war nur Fassade. In seinem Innern sah es ganz anders aus. Zahlen und Tiere – zuverlässige Dinge. So etwas mochte er. Es gab immer wieder Schwierigkeiten, aber meine Eltern haben Hamza einfach weiter machen lassen und alles vertuscht."

„Was meinst du damit?"

„Ich möchte darüber nicht am Telefon sprechen. Wenn ich es schaffe, würde ich dich gerne für ein paar Tage besuchen. Denk darüber nach und wenn ich irgendetwas tun kann, sag es bitte."

„Hamza ist mir mittlerweile ehrlich gesagt scheißegal. Mir geht es nur um meine Kinder. Ich muss sie zurückhaben. Alles andere ist nicht wichtig. Bitte hilf mir, sie zu finden."

„Was kann ich tun?"

„Wenn du etwas von Hamza hörst, musst du dich bei mir melden. Und wenn du eine Idee hast, wo er sich verstecken könnte, sag es mir. Alles kann helfen."

„Na klar, wenn ich was höre, sag ich es dir sofort. Versprochen. Ich rede auch mit meinem Bruder Jamal. Wir haben gute Beziehungen zur Polizei. Wenn wir ihn um Hilfe bitten, werden sie sicher nach ihm suchen. Ich glaube nicht, dass er in Marokko ist, aber wenn ich mich irre und wenn er über einen Hafen oder einen Flughafen eingereist sein sollte, finden wir das raus. Ich melde mich. Bitte, bleib stark für deine Kinder."

Die Worte boten ein wenig Trost für Ute, aber sie wusste, dass die Chancen, ihre Kinder wiederzusehen, von Tag zu Tag geringer wurden …

# Kapitel 37

## Sevilla, Montag, 24. Juli

Rafa setzte sich hinter das Steuer seines silbergrauen Mercedes und warf einen letzten Blick auf die weiß getünchten Häuser von Conil de la Frontera, die im Rückspiegel langsam kleiner wurden. Der salzige Duft des Atlantiks, der den Küstenort prägte, vermischte sich mit zunehmender Hitze, die über den Straßen flimmerte. Es war ein typischer andalusischer Sommertag, die Sonne stand hoch am Himmel, und je näher er Sevilla kam, desto mehr näherte sich die Temperatur der 45-Grad-Marke.

Er warf einen Blick auf die Uhr am Armaturenbrett: 14:50 Uhr. Wenn alles nach Plan lief, würde er rechtzeitig in Sevilla ankommen. Die Vernehmung der beiden Verdächtigen war für 16 Uhr angesetzt. Er kannte das Prozedere. Zeit genug, die Gedanken zu ordnen und die Informationen, die er in den letzten Tagen gesammelt hatte, noch einmal durchzugehen.

Rafa fuhr auf die Autobahn AP-4, die *Autovía del Sur*, die ihn um Jerez herum und dann direkt bis in die wunderschöne Hauptstadt Andalusiens führen würde.

Kurz bevor er die alte Sherrystadt Jerez erreichte, ging rechts die Abfahrt 645 nach *Jerez Sur* – Jerez Süd ab. Sein Blick schweifte aus dem Autofenster über eine grüne Oase voller Palmen und Seen in der braun verbrannten Landschaft. Er erspähte Sherry Golf Jerez und ihm fiel ein, dass er seine nächste sonntägliche Golfrunde absagen musste.

Er rief Ramón an und teilte ihm die schlechte Botschaft mit. „Hola, Ramón, ich fahre gerade an einem deiner Lieblingsgolfplätze vorbei!"

„Wo bist du? Sherry Golf?"

„So sieht es aus!"

„Erinnerst du dich noch an die letzte Runde, die wir da mit meinem Cousin Cai gespielt haben?"

„Wie könnte ich die Runde vergessen? Cai hat abnormal gut gespielt. Bis zu Loch 14, dem wunderschönen kurzen Par 3 mit Inselgrün konnten wir noch halbwegs mit ihm mithalten, aber als der verrückte Kerl dann auf der 16, dem 230 Meter langen Par 4, das winzige Grün, was auf drei Seiten von Wasser umgeben ist, mit einem wunderschönen Draw gedrived und einen Eagle gespielt hat, da ist mir alles aus dem Gesicht gefallen."

„Ja und mir erst! Und das, wo der Typ nicht mal halb so viel trainiert wie wir. Der sitzt ja seit ein paar Jahren fast nur noch auf dem Fahrrad und quetscht sich den Hintern platt."

„Na, na. Nicht nur das! Der ist jetzt ein echter Ironman, also schwimmt und rennt er auch noch ein bisschen, denke ich. Aber ja, Talent ist Talent und Golf lernt man am besten bereits in jungen Jahren. Aber warum rufst du an? Du willst doch nicht für nächstes Wochenende absagen?"

„Von wollen kann keine Rede sein. Ich *muss*. Du kannst froh sein, dass dein lieber Mitspieler überhaupt noch lebt. Irgendein Irrer hat mir ein Messer in den Rücken gerammt und ich war bis gestern im Krankenhaus. Wird vermutlich ein paar Wochen dauern, bis ich wieder spielen kann."

Ramón wünschte gute Besserung und Rafa folgte weiter der Autobahn. Hinter Jerez wurde die Straße leerer, als er erwartet hatte, und er trat fester auf das Gaspedal. Zu seiner

Linken und Rechten säumten endlose Reihen von Oleanderbüschen die Fahrbahn, ihre Blüten leuchteten in sattem Rot und reinem Weiß. Die Pflanzen waren typisch für diese Gegend und wuchsen hier in Hülle und Fülle, als hätten sie einen heimlichen Pakt mit der Sonne geschlossen.

Der Asphalt zog sich in langen, geraden Linien dahin, unterbrochen von sanften Kurven, die ihn hin und wieder aus seinen Gedanken rissen. Das sanfte Rauschen der Klimaanlage und das leise Summen des Motors waren die einzigen Geräusche, die die Stille durchbrachen. Hoffentlich ging die Klimaanlage diesmal nicht wieder so schnell kaputt wie nach der letzten Reparatur. Vor ihm erstreckte sich der endlose Horizont, ein flimmernder Streifen, der Himmel und Erde miteinander zu verbinden schien.

Rafa griff nach der Wasserflasche auf dem Beifahrersitz, schraubte sie mit einer Hand auf und nahm einen großen Schluck. Das kühle Wasser erfrischte ihn und half ihm, den Kopf klar zu halten.

Die Zeit verging schneller, als er es erwartet hatte, und je näher er Sevilla kam, desto mehr fühlte er das Gewicht der bevorstehenden Aufgabe auf seinen Schultern. Die Kollegen vor Ort hatten sicherlich keine Lust darauf, ihn dabei zu haben. Wer wollte es ihnen verübeln? Wenn Polizistenmörder verhört wurden, ging es auch mal ruppiger zu.

Als die ersten Ausläufer der Stadt am Horizont auftauchten, ließ Rafa den Fuß vom Gas und nahm die nächste Ausfahrt. Das örtliche *Cuartel* der Guardia Civil lag in der *Avenida de la Borbolla 65* am Rande des Stadtparks *Parque de María Luisa*. Er parkte den Wagen in der Nähe, stieg aus und streckte sich kurz, bevor er entschlossen auf den Eingang zuging.

Im Foyer ließ man ihn eine Ewigkeit warten, obwohl die Vernehmungen bereits begonnen hatten. Als endlich ein Kollege erschien, wollte er Rafa abwimmeln, der zum Schein das Handy herausholte und den Ermittlungsrichter Garcia anrief. Der junge Kollege wurde nervös und nahm ihn schließlich mit in die oberste Etage. Der Zutritt erfolgte über eine Sicherheitsschleuse, hinter der Rafa erneut warten sollte. Der junge Cabo verschwand durch eine Sicherheitstür wenige Meter weiter. Ehe diese zufallen konnte, sprintete Rafa hinterher und stand in einem kleinen kargen Zimmer, aus dem man durch einen spanischen Spiegel in einen Verhörraum sehen konnte.

Im Raum befand sich mittig ein alter brauner Tisch mit einem Mikrofon und davor und dahinter ein schäbiger Plastikstuhl. Am Tisch saß ein dicker Glatzkopf mit einem sonderbaren weißen Gesicht, das aussah, als ob es nie braun werden könnte. Er hatte Falkenaugen, eine große Nase, dünne Lippen und einen kreuz und quer von Runzeln und Narben zerfurchten Schädel. Sein linkes Ohr war halb abgerissen und blutete stark. Vor ihm stand ein kräftiger Beamter, der ihn anschrie und ihm gerade eine Ohrfeige verpasste.

In dem Raum hinter der Scheibe befanden sich zwei Beamte und der junge Cabo. Die Beamten waren aufgebracht und schrien den jungen Cabo und Rafa wild gestikulierend an. Rafa blieb betont sachlich und räusperte sich. „Meine Herren, wollen wir uns nicht bitte einmal beruhigen?"

„Verpissen Sie sich, wir brauchen keine Aufpasser!"

„Wie Sie wissen, liebe Kollegen, bin ich auf ausdrücklichen Wunsch von Richter Garcia hier. Wir können jetzt zwei Sachen machen: Entweder ich rufe den Richter jetzt sofort an und berichte von Ihrem körperlichen Angriff auf einen Schutzbefohlenen und das Arschloch da drin marschiert hier als freier Mann raus oder wird in eine andere Dienststelle verlegt, oder ich darf endlich mitspielen. Ich denke, das wäre auch sehr hilfreich, denn so werdet ihr Typen wie den sicher nie knacken."

Die beiden senkten den Kopf und klopften an die Scheibe zum Zeichen, dass ihr Kollege herauskommen sollte. Der tat wie ihm geheißen. Rafa stellte sich kurz vor und bat darum, mit dem Gefangenen allein sprechen zu dürfen. Er betrat den Verhörraum und schaltete zum Ärger der Beamten hinter der Scheibe das Mikrofon aus.

„Setzen Sie sich", knurrte Jalitzo, seine Stimme tief und kratzig, als hätte er Nägel geschluckt.

Aber Rafa setzte sich nicht. Er blieb stehen, seine Augen verengten sich, während er das Blut bemerkte, das aus Jalitzos linkem Ohr tropfte. Der Anblick dieses Mörders, der ungerührt dasaß, während das Blut an seinem Hals herabrann, löste in ihm kein Mitleid, sondern Verachtung aus. Dieser Mann hatte kein Mitgefühl verdient. Nicht nach dem, was er getan hatte. Rafa starrte den Mann an. Der Raum war stickig, das Neonlicht summte leise. In der Ferne hörte man das dumpfe Grollen des Verkehrs, das Leben draußen, fern von diesem finsteren Ort, an dem die Zeit keine Bedeutung mehr hatte.

„Jorge, du steckt ganz schön in der Scheiße, ist dir das klar?", sagte González schließlich, seine Stimme ruhig, fast beiläufig.

„Halt's Maul, Bulle!"

„Ich bin kein Bulle, Jorge. Ich bin gerade dein bester Freund!"

„Verarsch mich nicht, Bulle!"

„Du bist so dumm, dass vielleicht nicht mal ich dir helfen kann. Also gut, wenn du nicht mit mir reden willst, haue ich jetzt einfach ab und schicke Mohammed Ali wieder rein, der reißt dir dann auch noch das andere Ohr ab, und dann kommst du in die Krankenstation. Alles klar – viel Spaß noch", sagte Rafa und stand auf, um langsam zur Tür zu gehen.

„Ja, genau. Zur Krankenstation. Das ist eh überfällig, ihr brutalen Faschistenschweine. Unschuldige Bürger verprügeln. Ich blute und habe ein Recht auf einen Arzt."

„Schon, aber eigentlich willst du gar nicht in die Krankenstation. Glaube mir."

Jalitzo hielt den blutenden Kopf schräg und dachte kurz nach. „Was meinst du damit? Wieso will ich nicht auf die Krankenstation?"

„Wie soll ich das am besten erklären? Liest du Bücher? Hast du vielleicht zufällig Hemingways *Wem die Stunde schlägt* gelesen?"

„Das Buch habe ich trotz meines Literaturstudiums wohl verpasst, du Scherzkeks. Wieso fragst du?"

„Schade, das hätte es einfach gemacht, dir zu erklären, was da unten in der Krankenstation so passiert mit Polizistenmördern …"

„Ich habe keinen Polizisten umgebracht!"

„Ja, ja, das mag sein, aber das Problem ist, dass das alle hier denken."

„Was passiert da unten?"

„Schwer zu erklären, wirklich schade, dass du das Buch nicht gelesen hast."

„Was passiert denn in deinem Scheiß-Buch?"

„Bitte, bitte. Das Buch ist nicht scheiße, sondern lesenswert. Also gut. Die Geschichte spielt im Spanischen Bürgerkrieg und dreht sich um den amerikanischen Sprengstoffexperten Robert Jordan, der sich den Republikanern angeschlossen hat, um gegen die faschistischen Truppen zu kämpfen. Er wird beauftragt, eine Brücke hinter den feindlichen Linien zu sprengen.

Dieser Weg über einen strategisch wichtigen Fluss soll einen bevorstehenden Angriff der Republikaner unterstützen. Die Hauptfigur Jordan schließt sich dafür einer Gruppe republikanischer Guerillas an, die ihm bei seiner Mission helfen soll. Die Gruppe wird eigentlich von einem gewissen Pablo geführt, einem einst mutigen Anführer, der zu viel trinkt. Pablos Frau, Pilar, ist eine toughe Frau, die in letzter Zeit mehr oder weniger die Leitung der Gruppe übernommen hat. Während seines Aufenthalts im Lager verguckt sich Robert Jordan in María, eine junge Frau. Die beiden verlieben sich und verbringen die wenigen Tage, die sie zusammen haben, intensiv miteinander."

„Laber mich nicht voll mit dieser Scheiße. Sind wir hier in der Schule, oder was? Warum erzählst du mir diesen Mist?"

„Na, na, na, jetzt wollen wir mal nicht ungeduldig werden. Am Anfang des Buches erzählt Pilar Robert Jordan die Geschichte der Anfänge des Spanischen Bürgerkriegs. Die Geschichte der Konflikte in den kleinen Städten und Dörfern, wo sich die Menschen von Geburt an kennen und sich nun im Krieg gegenüberstehen. Ein *Pueblo* – nennen wir es Ronda oder Benalup, es ist eigentlich egal, wo es passiert ist – wird von der republikanischen Gruppe von Pablo von den Faschisten befreit. Zuerst stürmen sie die Kaserne der örtlichen Guardia Civil und erschießen die jungen *Civiles* an der Mauer des *Cuartels* mit ihren eigenen Pistolen, nachdem diese ihnen erklären mussten, wie die Pistolen funktionieren.

Danach treiben sie alle Mitbürger, die sie für Faschisten halten, im *Ayuntamiento* – im Rathaus zusammen. Darunter auch den Priester und alle Mitglieder des faschistischen Clubs und alle Großgrundbesitzer wie Don Benito und Don Ricardo Montalvo und den blonden Don Faustino Rivero – den Frauenschwarm und Feigling, der immer gerne Torero werden wollte – und den beliebten Don Guillermo Martin, den Besitzer des Landhandels, dessen einziger Fehler gewesen war, günstige Dreschflegel zu verkaufen, und Don Federico González, den Besitzer der Mühle und all die anderen."

„Du bist wirklich ein sonderbarer Bulle!"

„Ich bin kein Polizist, aber das tut nichts zur Sache. Bitte unterbrich mich nicht. Ich bin gleich fertig. Also, es war so: Pablo ließ die Bauern und seine Unterstützer und das ganze Dorf auf dem Platz vor dem Ayuntamiento aufmarschieren. Die härtesten Burschen standen in Zweierreihen auf dem Platz vor der Tür des Ayuntamiento und erschlugen ihre Verpächter und ihren Priester und ihre Sünden. Am Ende der Reihe endete der Platz und die Schlucht begann. Sie fiel hunderte Meter hinab in ein Tal, durch das ein Fluss floss. Immer, wenn die Tür aufging, wurden die vermeintlichen Faschisten einer nach dem anderen durch die Reihe der Bauern getrieben und von Dreschflegeln verprügelt, anfangs zögerlich, später und besoffener mit mehr Leidenschaft, und am Ende hat man alle lebend oder halb tot in die Schlucht geworfen. Es war ein widerliches Massaker unter Menschen, die sich von klein auf kennen. Die Frauen der Opfer schrien und weinten aus ihren Verstecken. Dieser Tag sei der zweitschlimmste Tag ihres Lebens gewesen, sagte später Pablos Frau."

„Das ist kranke Scheiße. Selbst für jemanden wie mich. Aber wieso der *zweit*schlimmste?

„Weil der schlimmste Tag der Tag der Rückeroberung der Stadt durch die Faschisten wenige Tage später war und das, was dann passierte."

„So, jetzt ist aber gut, Geschichtenonkel. Das will ich mir jetzt wirklich nicht auch noch anhören. Was hat das mit mir zu tun?"

„Nun ja, kurz gesagt, der Leiter dieses *Cuartels* hier liebt Hemingway und hat eine Tradition für besondere Gefangene etabliert. Insbesondere für Polizistenmörder und Kinderschänder. Er lässt die gesamte Mannschaft im Kellergang zur Krankenstation antreten mit ihren Schlagstöcken. Es sind diese typischen geraden Schlagstöcke Typ Tonfa. Sie sind etwa 50 bis 60 Zentimeter lang und haben einen Durchmesser von 3,5 Zentimetern. Man sagt, die *besonderen* Gefangenen werden von allen Beamten mit den Schlagstöcken den ganzen Weg durch den Flur in die Krankenstation, die am Ende des Ganges liegt, geprügelt. Dort werden die Gefangenen dann ausgezogen, denn man muss ihnen ja *helfen*. Die Hilfe sieht allerdings so aus, dass die Gefangenen bäuchlings auf eine Bahre geschnallt werden, die Arme und Beine werden fixiert und dann werden sie von allen Anwesenden mit dem Schlagstock in den Arsch gefickt.

Das Procedere hat den großen Vorteil, dass man an den Gefangenen äußerlich keine Spuren sieht und dass alle dabei sind. Niemand wird je auspacken, weil alle mitgemacht haben. So was schweißt zusammen, heute wie damals bei Hemingway. Verstehst du?"

„*Cabron hijoputa* – du verfickter Hurensohn. Das hast du dir alles schön ausgedacht, um mich zu brechen. Ich glaube dir kein Wort!"

„Das kann ich gut verstehen. Es klingt ja vielleicht auch unglaubwürdig. Aber denk doch mal nach. Vielleicht hast du ja mal Zeitung gelesen oder im Fernsehen die Nachrichten gesehen. So eine Schlagzeile wie: *Verdächtiger hängt sich in Arrestzelle auf. Beamten hatten vergessen, die Schnürsenkel abzunehmen*? Klingelt es bei dir?

So was liest man hier in Sevilla häufiger. Die legen dir in diesem *Cuartel* sogar die Schnürsenkel hin. Auf den Nachttisch. Jede einzelne Nacht. Und wenn du die Prozedur in der Krankenstation mit deinem armen kleinen wunden Arschloch mehrmals hinter dich gebracht hast und du schaust wieder hoch zur Lampe an der Decke und zu den Gittern oben am Fenster und wartest auf den nächsten Tag, dann nimmst du irgendwann diese Schnürsenkel und machst eine Schlinge und dann sorgst du selbst für deine Erlösung, du Wichser! *Adios!"*

Rafa stand auf und ging festen Schrittes zur Tür. Als er bereits hindurchgetreten war, wurde der Gefangene nervös und rief im hinterher.

„*Espera, espera* – warte, warte. Ich habe überhaupt nichts getan. Ihr habt den Falschen, *te lo juro* – ich schwöre es dir."

Rafa drehte sich um und schaute den Gefangenen wütend an, er konnte seinen Zorn kaum zurückhalten.

„Was sagst du da? Nichts getan? Ich kannte Martinez und Rodriguez. Es waren feine Kollegen. Die Druckwelle von eurem Brandsatz hat Martinez regelrecht zerfetzt. Seine verkohlten Eingeweide mussten die Kriminaltechniker von den Wänden des Apartments kratzen. Und Rodriguez habt ihr so übel zugerichtet, dass ihn seine eigene Familie im Krankenhaus nicht erkannt hat. Ihr habt ihn zu einer lebenden Fackel gemacht, ihr Schweine. Gut 40 Prozent seiner Haut sind verbrannt, sein Gesicht ist entstellt, er ist schwerhörig, weil seine Trommelfelle geplatzt sind. Ich habe den Bericht gelesen. Euer Auto war an beiden Tatorten, eine Nachbarin hat euch beim Betreten einer der Wohnungen identifiziert. Ihr habt das Geld und den Laptop des Besitzers der Wohnungen bei euch gehabt. Sag mir also bitte nicht, dass du *überhaupt nichts* getan hast."

Rafa starrte den Mann erneut an, ließ die Worte in der Luft hängen und atmete laut ein und aus, bevor er fortfuhr.

„Dein Glück ist folgendes: Ich bin nicht hier, um meine Kollegen zu rächen, Jalitzo. Die Toten sind tot. Ich kann das nicht ungeschehen machen. Ich kann ihnen nicht mehr helfen. Mir geht es um die, die vielleicht noch am Leben sind. Es geht mir um Hamza Al Azzouzi und seine beiden Kinder. Ich muss sie schnell finden. Wo sind sie, wo ist er?"

„Okay, okay. Ich will reden. Aber dann musst du mir helfen. Kannst du mich hier rausholen? Ich will verlegt werden!"

„Du hast doch schon gesehen, was ich kann, ich habe sogar das Verhör eben übernommen. Ich bin ein mächtiger Mann und ich mag keine sinnlose Gewalt. Das unterscheidet mich von den Holzköpfen hier. Aber wenn du hier rauswillst, dann musst zuerst du mir helfen und mir alles erzählen!"

„*Vale, vale* – okay, okay. Ich werde dir alles sagen!"

„Das ist ein sehr weiser Entschluss von dir. Dann wollen wir mal hören", sagte Rafa González.

## Kapitel 38

### Sevilla, Montag, 24. Juli

Das Neonlicht flackerte unruhig, warf kaltes, unbarmherziges Licht auf den Gefangenen. Jorge Jalitzos dünne und blutlose Lippen verzogen sich zu einem halben Grinsen, als Rafa González auf den Knopf des Mikros drückte, um die Aufnahme zu starten.

„Ich starte die Vernehmung von Jorge Jalitzo. Señor Jalitzo. Was können Sie mir über den Aufenthaltsort von Hamza Al Azzouzi sagen. Wo ist er?"

Jalitzos Grinsen verschwand, seine Falkenaugen verengten sich zu Schlitzen. „Hamza Al Azzouzi? Nie von ihm gehört."

„Jalitzo", sagte González leise, seine Stimme ein scharfes Messer, das den dichten Rauch der Spannung durchschnitt, der den Raum erfüllte. „Du sagst jetzt im Ernst, du kennst Hamza Al Azzouzi nicht. Worüber haben wir denn vor einer Minute gesprochen? Glaubst du wirklich, ich kaufe dir das ab?"

Er trat näher, lehnte sich über den Tisch, sodass Jalitzo seinen Atem spüren konnte.

„Wie ich schon sagte: Wir wissen, dass du und dein Kumpel Bruno Baltz in seine Wohnungen eingebrochen seid. In Sotogrande und Málaga. Wir wissen bereits, dass ihr dort Brandsätze platziert habt. Und ich dachte, du hättest verstanden, dass es nun besser wäre auszupacken. Oder sollen wir doch unterbrechen und dich runter auf die Krankenstation schicken?"

Jalitzos Miene blieb undurchdringlich. Er war ein Profi, daran bestand kein Zweifel. Die Folterspuren an seinem Ohr, die verbissene Haltung, das Zucken seiner Mundwinkel – all das zeugte davon, dass er nicht zum ersten Mal in so einer Situation war. Aber etwas in seinen Augen verriet, dass er nicht unverwundbar war. Ein winziger Funken Angst, tief verborgen hinter der Fassade des kalten Killers.

„Ich habe doch nie gesagt, dass wir nicht in Wohnungen eingebrochen sind", erwiderte Jalitzo, seine Lippen zuckten vor Verachtung. „Aber wir hatten echt keine Ahnung, wem die Buden gehörten."

González kniff die Augen zusammen. „Du erwartest, dass ich das glaube? Kannst du nicht lesen? Sein Name stand doch auf dem Klingelschild."

„Was du glaubst, ist mir scheißegal", spuckte Jalitzo. „Hör zu, wir haben den Auftrag über AlphaBay erhalten. Ja, verdammt, das Darknet, wo man alles Mögliche kaufen kann, wenn man weiß, wo man suchen muss. Jemand hat uns angeheuert, um in zwei Wohnungen einzubrechen, alle Computer und Datenträger zu stehlen und zu verbrennen. Das war's."

„Nur, um ein paar Computer und Festplatten von einem Unbekannten zu stehlen?" González Stimme triefte vor Sarkasmus. „Komm schon, Jalitzo, erzähl mir was Neues."

„Ja", bestätigte Jalitzo mit einem trotzigen Funkeln in den Augen. „Sie wollten, dass wir Beweisfotos von den durchwühlten Wohnungen und den verbrannten Datenträgern hochladen, damit sie sicher sein konnten, dass der Job erledigt ist. Dafür sollten wir zehn Bitcoins kassieren. Fünf für jeden. Eine Menge Geld für einen simplen Job, den man an einem Vormittag erledigen kann. Dass wir in der Bude in Sotogrande noch Bargeld gefunden haben, war natürlich ein gern gesehener Nebenverdienst für uns. Unser Auftraggeber hat uns strikt verboten, irgendetwas aus den Wohnungen mitzunehmen, aber wer kann bei einer Tasche voller Cash schon Nein sagen? Wir jedenfalls nicht."

„Ich verstehe. Da gerieten sogar prinzipientreue Befehlsempfänger wie ihr ins Straucheln. Und die Brandsätze?"

Jalitzo zögerte. „Wir haben Benzin in den Wohnungen verschüttet. Ja. Aber nur ganz wenig. Wir wussten nicht, dass Benzin beim Abbrennen gleich so krass explodiert. Wir dachten, die Wohnungen brennen aus, ohne dass dabei jemand zu Schaden kommt. Das schwöre ich. Deshalb haben wir beide Zeitzünder ja auch auf den frühen Morgen eingestellt. So wurde niemand im Schlaf überrascht und wir waren sicher, dass nachts niemand von der Polizei mehr anrücken würde, um die Buden zu durchsuchen."

Rafa González beugte sich vor, seine Stimme wurde zu einem bedrohlichen Flüstern. „Du wusstest nicht, dass Benzin explodiert, wenn man es anzündet? Hast immer an Tankstellen geraucht, aber bisher einfach Glück gehabt? Kein Verdacht, dass ihr etwas in die Luft jagen und Menschen töten könntet?"

„Verdammt, nein!", brüllte Jalitzo plötzlich, sein Gesicht verzerrte sich vor Wut. „Wenn wir gewusst hätten, dass es so ausgeht, hätten wir den Job nie angenommen. Ich bin kein verdammter Terrorist! Ich wollte nur eine Wohnung ausräumen."

González musterte den Mann vor sich, suchte nach Anzeichen von Lüge in seinem entstellten Gesicht. Jalitzos Gesichtsfarbe hatte sich vor Aufregung rot verfärbt und er biss die Zähne zusammen, doch seine Augen hielten dem

Blick stand. Es war möglich, dass er tatsächlich nicht gewusst hatte, was er da in den Wohnungen deponierte, aber Unwissenheit machte ihn nicht weniger schuldig. Menschen waren tot, und dieser Kerl spielte hier das lammfromme Opfer.

„Was weißt du über den Auftraggeber?", fragte González scharf.

„Wer hat dich angeheuert?"

„Ich weiß es nicht", gab Jalitzo zu, sein Tonfall klang jetzt defensiv. „Das hab ich doch eben schon gesagt. Im Darknet gibt's keine Namen, nur Pseudonyme. Der Typ, der uns den Auftrag gab, nannte sich *El Fantasma*. Mehr weiß ich nicht."

„El Fantasma …" Rafa ließ sich den Namen auf der Zunge zergehen. Ein Gespenst. Wie passend. „Wie werden deinen Kumpel Bruno dasselbe fragen. Für dein eigenes Wohl hoffe ich, dass du die Wahrheit gesagt hast, Jalitzo, denn wenn ich herausfinde, dass du gelogen hast, wird das hier nicht das letzte Mal gewesen sein, dass du dein eigenes Blut siehst. Letzte Frage", sagte Rafa schließlich, und sein Ton ließ keinen Widerspruch zu.

„Hast du irgendeinen Kontakt zu El Fantasma gehabt, seitdem die Wohnungen abgebrannt sind?"

Jalitzos Gesicht wurde blass, seine Augen weiteten sich vor Angst. „Keinen. Ich schwöre es. Und wenn ich welchen gehabt hätte, würde ich dir jetzt ganz sicher nicht sagen, wo er ist. Dieser Typ ist ein Monster, González. Ein richtiger Psychopath."

„Das ist ja schrecklich. Ihr armen Kerle tut mir fast leid. Und euer Geld, eure Bitcoins, habt ihr vermutlich auch noch nicht bekommen, obwohl ihr wie vereinbart alles abgefackelt habt?"

„Nein, wir wurden übers Ohr gehauen."

Rafa sah den Mann lange an, bevor er schließlich nickte. Er wandte sich ab, ohne eine Antwort abzuwarten, und ging aus der Stahltür des Verhörraums heraus.

Jalitzo schrie ihm panisch nach: „Hey, Moment. Ich habe dir jetzt alles gesagt und mich in große Gefahr gebracht. Wann werde ich verlegt?"

„Das weiß ich doch nicht. Ich habe nie gesagt, dass du verlegt wirst."

Jalitzo stieg der Zorn ins Gesicht. Er sprang auf und schmiss seinen Plastikstuhl hinter Rafa González her. Der Stuhl knallte gegen die Tür, aus der Rafa gerade in den Korridor vor dem Verhörraum gegangen war. Eilig verabschiedete er sich dort von den Kollegen der Guardia Civil: „Danke. Ich weiß nun, was ich wissen musste. Er gehört wieder euch."

Ein Polizist rief ihm nach: „Wie haben Sie das geschafft, Señor? Was haben Sie ihm vorhin gesagt, als das Mikro noch aus war?"

„Eigentlich nichts Spannendes. Ich habe nur eine Episode aus Hemingways *Wem die Stunde schlägt* vorgetragen." Die Polizisten schauten verwirrt, als Rafa González bereits eilig das Gebäude verließ.

Rafa hatte einen neuen Anhaltspunkt: El Fantasma. Dieser mysteriöse Auftraggeber könnte der Schlüssel sein. Wenn Al Azzouzi die Säuberung seiner Wohnungen selbst beauftragt hatte, weil er seine Spuren verwischen musste und wenig

Zeit zum Abhauen gehabt hatte, war er selbst El Fantasma, und dann müssten sie nur noch seinen Spuren im Darknet folgen, um ihn und die Kinder zu finden. Rafa hatte jemanden im Sinn, der ihm dabei vielleicht helfen konnte.

## Kapitel 39

## Conil de la Frontera, Montag, 24. Juli

Rafa González machte sich am frühen Abend vom Posten der Guardia Civil in Sevilla in seinem Mercedes auf den Heimweg nach Conil. Er genoss die kühle Meeresluft, die durch sein Fenster in den Wagen strömte und seinen Appetit anregte, je näher er dem Atlantik kam. Er rief Isabella an und fragte sie, ob sie mit ihm in der Stadt etwas essen gehen wollte.

„Hola, Isa, ich bin auf dem Rückweg aus Sevilla. Das Verhör von Jalitzo war zäh. Soll ich dir bei ein paar Thunfischspießen davon berichten? Hast du nachher Zeit, um mit mir zu essen? Ich bin in circa einer Stunde zurück in Conil."

„Sonst immer gerne, aber ich habe nachher noch einen wichtigen Call."

„Na gut. Weißt du, was ich dann mache? Dann esse ich alleine in der *Venta La Higuera*. Die liegt auf dem Weg und dich kriegen da ja keine zehn Pferde hin, Isa."

Rafa legte auf und erreichte nach einer Stunde Fahrt auf der *Autopista* A-48 kurz vor Conil die Ausfahrt 15 *El Colorado, La Barrosa* in Höhe des Golfplatzes San Andres Golf und des benachbarten Bubble-Burger-Ladens ab. Hinter dem Kreisverkehr fuhr er links durch den Ort El Colorado am Carrefour-Supermarkt vorbei, um dann kurz vor Conil in der *Venta La Higuera* einzukehren.

Die Venta war 1970 von den Brüdern Francisco und Esteban Mendoza gegründet worden und ihr einfaches Interieur mit braunen Fliesen und Holztresen war seither vermutlich nicht renoviert worden. Der Laden überzeugte stattdessen mit exzellenter und günstiger spanischer Hausmannskost. Hier gab es unter anderem die nach Rafas Meinung weltbesten *Chicharrónes* – knusprige Stücke vom Schweinebauch.

Rafa parkte den Wagen am Rand des ausgeschilderten Parkplatzes hinter dem Haus und gönnte sich eine Stärkung, aber er hatte keine Ruhe. Schon nach einer guten halben Stunde fuhr er weiter nach Hause.

Der Wagen benahm sich nach dem letzten Halt merkwürdig. Oder bildete er sich das nur ein? Die letzten Meter führten ihn über die *Avendia de la Música* vorbei am Mercadona-Supermarkt, dem neuen blauen Werbeplakat für *Abogado* Geraldo Frailes und Thunfisch von Petaca Chica. Er bog am Kreisverkehr ab und fuhr schließlich die *Avendia Bajada del Chorillo* den Berg hinab zur Strandpromenade.

Irgendwie verhielt sich sein Mercedes seit dem Halt in der Venta seltsam. Was war nur los? Die wenigen Meter bis nach Hause würden aber schon noch gehen, oder?

Rafa bekam es mit der Angst zu tun, als er den engen Bergabhang *Avendia Bajada del Chorillo* hinunterraste und die Bremsen versagten. Metallisches Klappern hallte in seinen Ohren wider, als er verzweifelt versuchte, die fehlenden Bremsen seines Mercedes Oldtimers zum Leben zu erwecken. Er trat und trat auf das Pedal, aber es gab keine Reaktion.

Sein Herz pochte wild in seiner Brust, als er die Handbremse, die mercedestypisch links im Fußraum angebracht war, trat, nur um festzustellen, dass sie genauso versagte. Der Abhang schien sich vor ihm zu dehnen, während der alte Wagen unaufhaltsam Richtung Strandpromenade raste.

Er schaute sich panisch um. Links ein massives Metallgitter und weniger Meter darunter der Strandparkplatz. Rechts eine Mauer aus Sandstein, die nach wenigen Metern endete und in hohes Schilfrohr am rechten Straßenrand überging – eine letzte Chance.

Leider war der Bürgersteig mit Fußgängern übersät, die zum Strand gingen und dazu befanden sich in einem Abstand von drei Metern große graue Eisenkugeln auf dem Bürgersteig am Straßenrand, um ein illegales Zuparken zu verhindern.

Rafa hupte wie wild, um die Fußgänger zu warnen, und lenkte den Wagen mit aller Kraft zwischen zwei Fußgänger-Gruppen nach rechts in die Wildnis des Schilfrohrs. Der Wagen riss mit ohrenbetäubendem Lärm drei der Eisenkugeln aus der Verankerung und flog, begleitet vom Geräusch splitternden Glases, in die Botanik. Der Gurt schnitt in seinen Oberkörper. Sein Rücken und die Messerwunde aus Marokko taten bestialisch weh.

Als sich die Staubwolke legte und die Stille zurückkehrte, kletterte Rafa zittrig aus dem Wagen durch das Schilf zurück zum Bürgersteig. Eine Eisenkugel rollte hinunter in Richtung Strandpromenade. Sein Herzschlag verlangsamte sich, während er sich erschöpft umsah.

Von der Strandpromenade hinauf starrten ihn unzählige Menschen an. Aber es war eine Person weiter oben, die seine Aufmerksamkeit auf sich zog: Im Schatten der Jacaranda-Bäume oben vor der Casa Pedro erblickte er eine Frau, die ihn durch ihre Sonnenbrille ruhig beobachtete. Sie kam ihm seltsam fremd, aber doch bekannt vor.

„¡Dios mío! Wer bist du?!", rief ihr Rafa laut zu, seine Stimme brüchig vor Erleichterung und Verwirrung. Die Frau hatte ein wirres Lächeln auf den Lippen und bewegte ihren Mund, so als ob sie sagen wollte: „*Ten cuidado* - Sei vorsichtig, Rafa González." Dann verschwand sie nach rechts in Richtung der Altstadtgassen.

Rafa setzte sich auf den Bürgersteig, wischte das dickflüssige Blut von der Stirn und wählte die Nummer des lokalen Abschleppdienstes *Gruas José Mari*. Er bat dringend um die Bergung seines Mercedes, dann wählte er Isabellas Nummer gerade noch rechtzeitig, bevor er das Bewusstsein verlor.

## Kapitel 40

## Conil de la Frontera, Montag, 24. Juli und Dienstag, 25. Juli

Nur wenige Minuten später heulte die Sirene eines Krankenwagens durch die Luft. Isabella war an seiner Seite. Sie hielt seine Hand fest, während die Sanitäter ihn auf eine Trage legten und in den Krankenwagen schoben. Blaulicht blendete in der Dämmerung, als das Fahrzeug sich auf den Weg zum Krankenhaus von Conil de la Frontera machte.

Im Krankenwagen drückte Isabella Rafas Hand. „Rafa, ich bin hier. Alles wird gut. Halt durch", sagte sie. Rafas Augen waren geschlossen, doch er spürte die beruhigende Wärme ihrer Hand und ihre warmen, weichen Lippen, als sie ihm einen Kuss auf die Stirn gab.

Als sie am Krankenhaus an der *Plaza Blas Infante* gegenüber der Repsol-Tankstelle angekommen waren, wurde Rafa sofort in die Notaufnahme gebracht. Isabella folgte ihm, ihre Augen voller Angst und Hoffnung. Ärzte und Krankenschwestern arbeiteten schnell, schoben Rafa durch die Gänge, bis er schließlich in einem Behandlungszimmer verschwand. Isabella blieb draußen zurück, allein mit ihren Gedanken und der quälenden Ungewissheit.

Die Zeit verging wie im Schneckentempo. Schließlich trat ein Arzt heraus und sprach mit Isabella: „Er wird es schaffen. Er hat einige Prellungen und eine Gehirnerschütterung. Abgesehen davon hat er eine Stichwunde im unteren Rücken, die aber schon ein oder zwei Tage alt ist und bereits versorgt war. Er wird sich erholen. Sie können jetzt zu ihm."

Isabella atmete erleichtert auf und folgte dem Arzt ins Zimmer. Rafa lag auf dem Bett, blass und erschöpft, aber bei Bewusstsein. Seine Augen leuchteten schwach, als er sie sah.

„Isabella … danke, dass du hier bist", murmelte er.

Sie setzte sich an seine Seite und nahm seine Hand. „Du siehst scheiße aus", sagte Isabella besorgt. „Was ist passiert, Rafa?"

Rafa seufzte und schloss kurz die Augen. „Die Bremsen … sie wurden wahrscheinlich manipuliert. Ich glaube langsam, jemand will mich loswerden. Ich habe eine seltsame Frau oben am Berg gesehen. Keine Ahnung, wer sie war, aber sie kam mir komisch fremd und zugleich bekannt vor."

„Das klingt etwas wirr, was aber kein Wunder ist bei deinem Zustand. Kannst du die Frau beschreiben?"

„Nicht wirklich, sie war ziemlich weit weg. Ich würde sagen, sie war circa 1,75 groß, schlank, gute Figur. Lange dunkle Haare. Sie trug eine dunkle Jeans und ein T-Shirt, glaube ich. Ihr Gesicht wirkte irgendwie glatt und emotionslos. An mehr kann ich mich nicht erinnern."

Isabella drückte seine Hand fester. „Wir werden gemeinsam herausfinden, wer dir das angetan hat. Du bist nicht allein, Rafa. Aber jetzt musst du dich ausruhen und wieder zu Kräften kommen."

Er nickte schwach. „Danke, Isabella. Aber hör mir zu: Ich habe in Sevilla etwas herausgefunden. Wir müssen einen gewissen El Fantasma finden. Er soll den Auftrag zu den Brandsätzen im Darknet gegeben haben. Du musst bitte …" Er ließ den Satz unbeendet, seine Erschöpfung überwältigte ihn.

„Ruh dich aus", sagte sie sanft. „Ich bin hier und werde nicht von deiner Seite weichen."

Mit einem müden Lächeln schloss Rafa die Augen und ließ sich in den heilenden Schlaf fallen, während Isabella an seiner Seite wachte.

Am nächsten Morgen erwachte Rafa in seinem Krankenhausbett. Das erste Licht des Tages schien durch das Fenster und warf sanfte Schatten auf die Wände. Er drehte den Kopf und sah Isabella, die zusammengerollt in einem Besucherstuhl schlief. Ihr Gesicht war wunderschön und friedlich, trotz der Sorgen, die sie hatte durchmachen müssen. Auf seinem Nachttisch sah er eine Schnabeltasse und einen Piepser zum Hilfe holen. Er vermisste seine Desert Eagle. Vorsichtig zog er die Schublade heraus und fand darin eine Ausgabe von Hemingways *Der alte Mann und das Meer*, aber keine Pistole.

Rafa lächelte schwach und räusperte sich leise. Isabella rührte sich und öffnete langsam die Augen. Sie sah Rafa an und lächelte, als sie sich streckte und den Schlaf aus ihren Gliedern vertrieb.

„Guten Morgen", sagte sie leise.

„Guten Morgen", erwiderte Rafa. „Danke für die Lektüre. Alter Mann passt ja ganz gut."

„Wie fühlst du dich?", fragte Isabella.

„Besser", sagte er. „Ich bin noch schwach, aber Unkraut vergeht nicht. Du kennst mich doch."

Isabella stand auf und küsste ihn sanft auf die Stirn. „Ich hole dir einen Kaffee."

„Danke, Isa. Noch wichtiger als ein Kaffee wäre mir aber meine Pistole. Meinst du, du könntest sie mir bringen? Sie muss noch in meinem Wagen sein."

„Du ruhst dich jetzt erst einmal aus", sagte sie und verließ das Zimmer. Als sie zurückkam, hielt sie zwei Tassen Kaffee in den Händen. „Hier, das wird dich aufwecken", sagte sie und reichte ihm eine.

Rafa nahm einen Schluck und spürte, wie die Wärme des Kaffees ihm neue Energie gab. „Danke, Isabella. Ich brauche deine Hilfe."

„Ja, ich bringe dir deine geliebte Waffe. Sonst noch was?", fragte sie besorgt.

„Ja, ich hatte hier viel Zeit zum Nachdenken. Ich brauche Informationen", sagte Rafa.

„Wer hat damals eigentlich den Bericht über den Brand in meinem Haus verfasst? Es wurden zwei Mordanschläge auf mich verübt und ich habe den Anschlag auf meine Familie immer noch nicht aufgeklärt. Außerdem muss ich dich bitten, eure IT-Spezialisten auf einen gewissen El Fantasma anzusetzen."

Isabella nickte. „Ja, so was hast du gestern Abend schon gestammelt. Ich werde mich darum kümmern und komme so schnell wie möglich mit Neuigkeiten zurück."

„Sei vorsichtig", warnte Rafa. „Irgendjemand da draußen spielt ein gefährliches Spiel und wir sind die Spielfiguren, ohne dass wir überhaupt wussten, dass wir mitspielen."

„Ich werde auf mich aufpassen und du passt bitte auf dich auf", sagte Isabella und stand auf. „Ich komme so bald wie möglich zurück."

Rafa sah ihr nach, als sie das Zimmer verließ, und spürte, wie eine Welle der Erleichterung und Dankbarkeit ihn durchströmte. Er wusste, dass er sich zu 100 Prozent auf Isabella verlassen konnte, aber er befürchtete, auch sie konnte ihn nicht vor dem Bösen, was da draußen war und was ihn tot sehen wollte, retten.

## Kapitel 41

### Conil de la Frontera, Dienstag, 25. Juli

Es war später Vormittag, als die Tür zu Rafas Krankenzimmer sich leise öffnete und Isabella eintrat. Ihr Gesichtsausdruck war ernst, die Augen von der langen Nacht und Anspannung gezeichnet. Rafa, der auf dem Krankenhausbett lag, konnte sofort spüren, dass etwas nicht stimmte.

„Wie fühlst du dich jetzt?", fragte sie, setzte sich an seine Seite und nahm seine Hand.

„Beschissen, meine Golfpause wird nun noch länger dauern", antwortete Rafa grinsend mit schwacher Stimme. „Hast du etwas für mich dabei?"

Isabella seufzte und zeigte Rafa einen schwarzen Rucksack, aus dem sie eine in ein Tuch gewickelte Desert Eagle herausholte und in seine Nachttischschublabe legte. „Hier. Damit du endlich aufhörst zu quengeln."

„Danke, Isa. Und hast du Neuigkeiten?"

„In der Tat."

Rafa setzte sich aufrecht und atmete tief durch. „Was ist passiert?"

„Ich habe mir angesehen, wer damals den Bericht nach dem Brand in deinem Haus geschrieben hat. Es war Domingo."

Rafa spürte Wut in sich aufsteigen. Ihm wurde kotzübel. „Domingo? Wieso wundert mich das nicht? Das Schwein!"

„Entspann dich, Rafa. Er hat nichts falsch gemacht. Der Bericht der KTU sagt ganz klar, dass es keine Spuren von Brandbeschleunigern gab. Keine Auffälligkeiten. Absolut gar nichts hat auf einen Anschlag hingedeutet."

„Bist du dir sicher?"

„Ja, wenn ich es doch sage …"

„Seltsam, ich hätte schwören können … Na ja, trotzdem danke. Wärst du so lieb und würdest mir bitte trotzdem eine Kopie der Akte machen und zumailen oder mich im *Cuartel* einmal reinschauen lassen? Das Thema lässt mir keine Ruhe und jetzt, wo irgendwer es anscheinend auf mich abgesehen hat, ergibt sich vielleicht endlich die einzigartige Chance für mich, die Mörder meiner Familie zu finden und den Tod meiner Familie zu rächen!", sagte Rafa und schlug mit der Faust aufs Bett.

„Klar besorge ich dir die Akte, *Cariño,* aber du musst dich jetzt wirklich ausruhen. Sei froh, dass du den Anschlag überlebt hast."

Rafa wusste, dass sie recht hatte. Er sank ins Bett und verabschiedete Isabella. Als sie das Zimmer verlassen hatte, griff er sein iPhone und durchsuchte das Internet nach Hinweisen. Er verbrachte eine Ewigkeit damit, durch Foren und Chatrooms zu stöbern, in denen sich Kriminelle und Hacker austauschten, aber El Fantasma blieb ein Schatten, ein Name ohne Gesicht, ohne Spuren. Frustriert legte Rafa das Handy weg. Er wusste, dass er mehr tun musste, als nur online nach Informationen zu suchen. Er brauchte jemanden, der sich im Darknet auskannte, jemanden, der diese dunklen Ecken des Internets beherrschte.

Eine Idee begann, in seinem Kopf zu reifen, eine, die ihm nicht gefiel, aber notwendig schien. Er musste jemanden aufsuchen, den er normalerweise meiden würde. Jemanden, der tief in die Welt des Verbrechens verstrickt war, aber gleichzeitig eine Quelle wertvoller Informationen sein konnte.

Rafa griff zum Telefon. Er wählte eine Nummer, die er schon lange nicht mehr angerufen hatte. Nach einigen Klingelzeichen ertönte eine rauchige Stimme am anderen Ende der Leitung.

„Ich brauche deine Hilfe", sagte Rafa ohne Umschweife.

„Es geht um das Darknet. Ich muss jemanden finden, der sich dort El Fantasma nennt."

Ein kurzes Schweigen, dann ein trockenes Lachen. „Rafa González, der Bulle, ruft mich an und will Hilfe? *Estas bastante jodido, eh?* – Du musst ja seeeehr verzweifelt sein, wie?"

„Es ist wichtig. Es geht um das Leben zweier kleiner Kinder", entgegnete González mit Nachdruck. „Und du bist vermutlich der Einzige, der mir jetzt weiterhelfen kann."

„Schon gut, schon gut", kam die Antwort, die von einem leisen Seufzen begleitet wurde. „Triff mich morgen im La Luna, gegen Mitternacht. Ich schaue mal, was ich für dich tun kann."

Bevor Rafa antworten konnte, war die Verbindung unterbrochen. Die Disco La Luna war ein Ort für Nachtschwärmer. Der Club lag in einem alten, weiß getünchten Gebäude, das von außen unscheinbar wirkte, aber im Inneren eine ganz eigene Welt beherbergte. Sobald man durch die schweren, dunklen Türen trat, tauchte man in ein Ambiente ein, das elektrisierend und geheimnisvoll war. Es war ein kompletter, entkernter Häuserblock in der Altstadt von Conil ohne Dach mit diversen Balkonen an den Seiten. Die Tanzfläche gruppierte sich um große Palmen, in einem riesigen Baum befand sich das DJ-Pult. An den Seiten des Dancefloors befanden sich auf mehreren Etagen verschiedene Bars, wo bunt gemixte Cocktails und eiskaltes Bier in einem nie endenden Strom serviert wurden. Das Personal war flink und aufmerksam, gewöhnt an das Gedränge und die geschrienen Bestellungen, die die laute Musik zu übertonen versuchten.

Als die Nacht weiter voranschritt, wusste Rafa González, dass morgen ein langer und gefährlicher Tag auf ihn wartete, aber er war bereit, jedes Risiko einzugehen, um Al Azzouzi und seine Kinder zu finden. Und vielleicht, nur vielleicht, würde ihm dieser Schritt helfen, endlich die armen Engel zurückzubringen.

Mit einem mulmigen Gefühl im Magen und einem Plan im Kopf schloss Rafa González die Augen. Der nächste Tag könnte entscheidend sein, für den Fall und für ihn selbst.

## Kapitel 42

### Conil de la Frontera / Sevilla, Dienstag, 25. Juli

Rafa González lag auf dem schmalen Krankenbett im Hospital von Conil, als das Klingeln seines Handys die Stille in seinem Einzelzimmer zerriss und ihn weckte. Er griff mit einem schmerzenden Stöhnen nach dem Gerät, seine Rippen protestierten bei der Bewegung. Noch bevor er das Display sehen konnte, ahnte er, wer ihn anrief.

„Ute", murmelte er, als er den Namen Señora Schilling aufleuchten sah. Er nahm den Anruf entgegen. „Ja?"

„Rafa, ich brauche Sie", kam ihre Stimme leise und drängend durch den Hörer. „Meine Schwägerin kommt heute nach Spanien. Sie kommt um 13:15 Uhr mit Royal Air Maroc am Flughafen in Sevilla an. Ich ... ich denke, sie weiß vielleicht etwas."

Rafa schloss die Augen und versuchte, den pochenden Schmerz in seinem Kopf zu ignorieren. „Und du willst, dass ich mitkomme ... äh, ich meinte, Sie wollen, dass ich ...?"

„Ist schon okay, Rafa, keine Zeit für Formalitäten. Ich kann das nicht allein machen. Ich habe das Gefühl, sie könnte der Schlüssel sein, um herauszufinden, wo meine Kinder sind. Es gab etwas, das sie mir am Telefon nicht sagen wollte. Etwas Wichtiges über meinen Ex-Mann."

Er seufzte tief. „In Ordnung. Magst du mich vielleicht am *Centro de Salud Conil La Atalaya* – am Krankenhaus an der *Plaza Blas Infante* abholen? So in 20 Minuten?"

„Klar, sehr gern."

„Aber, Ute, mach dir bitte nicht zu viele Hoffnungen. Vielleicht weiß sie nichts und stattet dir nur einen Höflichkeitsbesuch ab."

„Das ist mir klar", antwortete sie mit einem Hauch Verzweiflung. „Aber ich muss alles versuchen."

Rafa legte auf und zog sich mühsam aus dem Bett. Seine Desert Eagle steckte er mit den nötigsten Sachen in seinen kleinen schwarzen Rucksack, den Isa ihm netterweise gebracht hatte. Die Schwestern protestierten halbherzig, als er seine Sachen zusammenpackte, aber er ignorierte sie. Es gab jetzt Wichtigeres als sich auszukurieren. Als er schließlich aus dem Krankenhaus trat, wartete Ute schon. Ihr weißer VW Polo stand mit Warnblinker im Halteverbot. Ihr Gesicht war blass, die Augen von Angst und Schlaflosigkeit gerötet.

„Danke, dass du das machst", sagte sie, als er sich auf den Beifahrersitz fallen ließ.

„Kein Problem", murmelte er und schnallte sich an. „Lass uns fahren."

Die Fahrt zum Flughafen verlief angespannt und schweigsam. Ute klammerte sich ans Lenkrad, als ob es das Einzige wäre, was sie im Moment vor dem Zusammenbruch bewahrte. Rafa versuchte, seine Gedanken zu ordnen.

Als sie am alten *Aeropuerto de Sevilla-San Pablo* ankamen, war es genau 13:15 Uhr. Sie parkten das Auto und eilten zum Ankunftsbereich. Die Zeit verstrich quälend langsam, bis schließlich die Passagiere von Royal Air Maroc durch die Türen traten. Ute hielt den Atem an, als sie nach der Schwester ihres Ex-Mannes Ausschau hielt. Schließlich erblickte sie eine schlanke, attraktive Frau mit dunklem Kopftuch und Designerhandtasche, die mit einem ernsten Ausdruck in den Augen direkt auf sie zukam.

„Das ist sie", flüsterte Ute, und sie gingen auf die Frau zu. „Fatima", begrüßte Ute sie, ihre Stimme zitterte. „Danke, dass du gekommen bist."

Fatima Benaissa nickte knapp. „Natürlich. Ich will helfen, so gut ich kann. Deshalb bin ich hier."

Dann musterten ihre freundlichen braunen Augen Rafa: „Und Sie, Sr. González, haben in Marrakesch noch eine Hotelrechnung offen, die ich Ihnen gerne auch per Post zuschicken kann. Ich erinnere mich nur nicht, ob Sie etwas aus der Minibar hatten."

„Es ist nicht meine Art, die Zeche zu prellen. Ich wäre gern noch ein paar Tage länger in Ihrer wunderschönen Stadt geblieben, glauben Sie mir. Schicken Sie mir gern die Rechnung."

„Das war natürlich ein Scherz. Hätte ich gewusst, dass Ute Sie schickt, dann hätten wir Sie von Anfang an kostenlos einquartiert."

„Danke, das ist sehr freundlich", sagte Rafa und wies den Weg aus der Ankunftshalle über die Straße zum Auto, von wo die drei sich auf den Weg nach Conil machten. Die Straße zog sich durch die weite, karge Landschaft, die unter der glühenden Sonne Andalusiens flimmerte. Das Schweigen im Auto war schwer und drückend, bis Fatima schließlich zu sprechen begann.

„Ute", sagte sie leise, ohne den Blick von der vorbeiziehenden Landschaft abzuwenden, „ich habe lange darüber nachgedacht, ob ich das überhaupt erzählen soll. Aber es ist wohl an der Zeit, dass du die Wahrheit erfährst."

Ute sah sie verwirrt an. „Wovon redest du?"

Fatima zögerte, bevor sie fortfuhr: „Wie ich schon angedeutet habe, ich hätte dich vor der Hochzeit mit meinem Bruder unbedingt warnen müssen. Er ist kein Mann zum Heiraten. Er ist nicht kompatibel mit Menschen."

„Was genau meinst du damit, inkompatibel mit Menschen?"

„Hamza war … *anders*", sagte Fatima mit schwerer Stimme. „Er hat sich immer einen Hund gewünscht, und irgendwann haben unsere Eltern ihm einen Golden-Retriever-Welpen geschenkt. Pino war sein Name. Ein süßes, verspieltes Tier."

„Ja, und?", fragte Ute ungeduldig.

Fatima seufzte tief und schloss die Augen. „Pino ist dann erfroren. Er wurde in die Tiefkühltruhe gesperrt. Der Nachbarsjunge hatte an dem Tag lange mit Pino herumgealbert und ihm ein kleines, selbst gebasteltes Halsband geschenkt. Hamza war sehr eifersüchtig. Das mit Pino kann nur er gewesen sein, aber offiziell war es ein Unfall."

Ein schweres Schweigen legte sich über das Auto, nur unterbrochen vom gleichmäßigen Surren der Reifen auf dem Asphalt. Ute starrte fassungslos auf die Straße vor sich. „Du willst mir sagen, dass Hamza … dass er seinen eigenen Hund …"

„Es war nicht das erste Mal, dass so etwas passiert, ist", fuhr Fatima fort, ihre Stimme nun noch leiser. „Auch seine nächsten Haustiere mussten wir alle in kürzester Zeit beerdigen. Irgendwann durfte mein Bruder keine Haustiere mehr haben. Als Mutter dann gestorben ist, war es das gleiche wie immer. Man sagte, es sei ein Unfall gewesen, aber ich weiß, dass Hamza etwas damit zu tun hat. Er hat es mir gegenüber einmal angedeutet."

„Gott, Fatima", flüsterte Ute, ihre Finger umklammerten das Lenkrad so fest, dass die Knöchel weiß wurden. „Warum sagst du mir das alles erst jetzt?"

„Weil ich dachte, es sei vorbei", antwortete Fatima mit einer Spur von Bitterkeit. „Ich dachte, er hätte sich verändert, aber die Anzeichen waren immer da. Hamza war schon immer anders, seit wir Kinder waren. Er hat nie richtig verstanden, was es bedeutet, andere zu lieben. Alles, was er kannte, war Angst und Kontrolle."

„Kontrolle – ja, das passt. Und jetzt ist er weg mit den Kindern. Wo kann er sein?" Utes Stimme zitterte, als sie fragte: „Hast du eine Idee?"

„Ich weiß es nicht", sagte Fatima. „Aber, Ute, du musst wissen, dass er immer einen Schritt voraus ist. Er plant alles. Bis ins kleinste Detail. Und wenn er wirklich glaubt, dass er euch verloren hat … Ich weiß nicht, wozu er fähig ist."

Rafa sah zu Ute, deren Gesicht jetzt kreidebleich war. „Wir werden ihn finden", sagte er entschlossen. „Und wir werden deine Kinder zurückholen. Das verspreche ich dir."

Ute nickte stumm, aber die Angst in ihren Augen sprach Bände. Die Fahrt zog sich endlos hin, und mit jedem Kilometer, den sie dem Ziel näherkamen, schien die Hoffnungslosigkeit größer zu werden.

Als sie schließlich Conil erreichten, war es bereits später Nachmittag. Die Sonne hing tief am Himmel, und die Schatten der weißen Häuser streckten sich lang über die Straßen. Rafa wusste, dass die Zeit gegen sie arbeitete. Hamza Al Azzouzi war ein zu allem fähiger Psychopath.

Fatima stieg aus dem Auto und wandte sich noch einmal an Ute. „Sei vorsichtig, Ute. Ich werde dir helfen, wo ich kann, aber Hamza ist unberechenbar. Pass auf dich auf."

Ute nickte, unfähig zu sprechen, während Rafa sich nachdenklich umsah. Conil mit seinen kleinen, weiß gekalkten Häuschen unter immer blauem Himmel und den sympathischen Menschen schien so friedlich, so ruhig – ein trügerischer Schleier über den dunklen Geheimnissen, die hier verborgen lagen.

Rafa bat Ute darum, ihn an der *Comandancia* der Guardia Civil auf der *Calle Carretera* rauszulassen. Er betrat den beigefarbenen 50er-Jahre-Bau und fuhr hinauf in Isabellas Büro.

## Kapitel 43

### Conil de la Frontera, Dienstag, 25. Juli

Rafa González betrat das Gebäude mit einem dumpfen Schmerz, der ihm in den Rippen pochte. Die Luft war schwer und feucht, und der Geruch von altem Papier und abgestandenem Kaffee lag in den Fluren. Er wusste, dass er eigentlich noch nicht in der richtigen Verfassung war, aber er konnte es sich nicht leisten, abzuwarten. Zu viel stand auf dem Spiel, und die Zeit lief ihm davon.

Als Rafa in das Büro von Isabella eintrat, blickte sie von ihrem Computer auf, ihre Augen verengten sich vor Besorgnis, als sie seinen geschwächten Zustand bemerkte.

„Du solltest im Krankenhaus sein, Rafa", sagte sie und stand auf, um ihm zu helfen, sich auf den Stuhl gegenüber von ihr zu setzen. „Du bist noch nicht fit genug, um hier herumzulaufen."

„Die Ärzte meinen, mir geht es schon ganz gut", schwindelte Rafa. „Ich habe außerdem keine Zeit, um mich auszuruhen", erwiderte Rafa, seine Stimme rau. „Ich kann nicht tatenlos rumsitzen, während Ute Schilling da draußen verzweifelt ihre Kinder sucht."

Isabella seufzte tief und setzte sich wieder. „Ich verstehe, aber du musst auf dich aufpassen. Du bist keine Hilfe, wenn du auf halbem Weg zusammenbrichst."

„Das Risiko gehe ich ein", sagte Rafa bestimmt und lehnte sich zurück. „Ich habe Utes Schwägerin heute vom Flughafen abgeholt. Sie hat mir Dinge erzählt, die mich nicht mehr loslassen, Isabella. Hamza Al Azzouzi ist ein Psychopath und hat vermutlich bereits einen ganzen Friedhof mit seinen Haustieren gefüllt und seine eigene Mutter ermordet."

Isabella schaute geschockt zu ihm herüber.

„Wenn Hamza wirklich verrückt ist, sind die Kinder in großer Gefahr, falls sie überhaupt noch leben. Was können wir nur tun?"

„Du hattest letzten Samstag gesagt, dass der Tauchroboter in ein bis zwei Tagen wieder zum Wrack runtergeht, um bei besseren Bedingungen in das Innere des Schiffes zu sehen und dort nach Toten zu suchen. Das könnten wir tun. Hast du schon nachgefragt?"

„Nein, eine gute Idee. Ich rufe gleich noch mal an."

„Tu das. Danke. Ich bräuchte auch in anderer Sache noch mal deine Hilfe", sagte Rafa und beugte sich vor. „Ich muss jetzt unbedingt die Akte meines Hausbrands sehen."

Isabella runzelte die Stirn. „Willst du dir das wirklich antun?"

„Ich muss, denn ich habe das Gefühl, dass es etwas gibt, das ich übersehen habe. Etwas, das nicht zusammenpasst."

Isabella nickte langsam und stand auf, um zu einem Aktenschrank zu gehen. Sie zog eine dicke, abgenutzte Mappe heraus und legte sie auf den Tisch. „Das ist die Kopie der Akte, die du angefordert hast. Wie gesagt habe ich sie bereits durchgesehen und nichts Ungewöhnliches gefunden."

Rafa öffnete die Mappe und begann, die Seiten durchzublättern. Das vertraute Gefühl des Schmerzes in seiner Brust kehrte zurück, als er die Fotos der verkohlten Überreste seines Hauses sah. Seine Familie war bei dem Brand ums Leben gekommen, und das war der Moment gewesen, der sein Leben für immer verändert hatte.

Seine Augen blieben an einer Seite hängen. Der Bericht der Kriminaltechnik. Rafa las die Zeilen sorgfältig durch, seine Stirn runzelte sich, als ihm etwas ins Auge fiel. „Isabella", sagte er langsam, „warum hat die Kriminaltechnik aus Algeciras den Brand untersucht und nicht das Team aus Conil?"

Isabella runzelte die Stirn und beugte sich über die Akte. „Das ist … seltsam", gab sie zu. „Normalerweise würde ich erwarten, dass der örtliche Forensikdienst das macht. Vielleicht waren die Kollegen hier damals zu sehr ausgelastet und dann haben eben andere ausgeholfen. Lass mich nachsehen." Sie nahm die Akte und blätterte durch die Seiten, ihre Augen flogen über die Dokumente. „Hier ist es", sagte sie schließlich und zeigte auf eine Stelle in der Akte. „Der Bericht wurde von einem Mann namens Luis Rojas erstellt. Aber … warte mal …"

Rafa spürte, wie sich sein Magen zusammenzog. „Was ist?"

„Luis Rojas wurde wegen Korruption verhaftet, nachdem dieser Bericht erstellt wurde", sagte Isabella leise. „Er ist im Zuge der Ermittlungen im letzten Jahr gegen Jesús Franco, dem damaligen Chef der Guardia Civil von Algeciras, aufgeflogen."

Rafa starrte sie ungläubig an. „Franco, das Schwein. Der ehemals oberste Bekämpfer der Drogenmafia in Andalusien. Der *ehrenwerte* Kollege. Er war es, der mich damals in den Ruhestand versetzt hat, angeblich weil ich Befehle missachtet habe – bis rauskam, dass er im Auftrag der Drogenmafia

Beweise manipuliert und die Mafia über alle unsere Schritte auf dem Laufenden gehalten hatte."

„Ja, genau dieses miese Schwein. Und Luis Rojas war einer seiner Komplizen."

Isabella nickte, ihre Augen weit vor Schock. „Ich habe es damals nicht bemerkt, aber jetzt, wo du es sagst, ergibt das alles einen unheimlichen Sinn."

Rafa ließ sich in den Stuhl zurücksinken, sein Kopf drehte sich vor möglichen Szenarien. „Dass der Brand kein Unfall war, das wussten wir nach der Aussage von Daniela Leona bereits, aber bisher dachte ich, da hätte nur jemand schlampig gearbeitet. Was, wenn die Ermordung meiner Familie von Kollegen innerhalb der Guardia Civil gedeckt wurde? Wer steckte da alles noch mit drin? Wem kann ich noch vertrauen? Was ist mit Domingo Chorizo?"

„Rafa, ich kenne Domingo mein halbes Leben lang. Vermutlich hat er sich einfach auf den Bericht der KTU verlassen, der ja völlig unauffällig war. Er ist sicherlich faul, aber korrupt?"

„Ich traue ihm trotzdem nicht über den Weg. Und wenn er mit drinsteckt, wird er dafür bezahlten. Ich werde ihn und jeden anderen Verantwortlichen zur Rechenschaft ziehen - und wenn es das Letzte ist, was ich tue."

Isabella sah ihn mit einem Ausdruck tiefer Besorgnis an. „Ich verstehe deine Wut, aber ich denke, du solltest dich erst mal auf Luis Rojas konzentrieren. Er hat den Bericht verfasst und er hat für die Mafia gearbeitet. Wenn du an seine Hintermänner kommen willst, solltest du mit ihm reden. Soweit ich weiß, ist er damals mit Jesús Franco auf Kaution freigekommen. Ich erkundige mich für dich, ob wir wissen, wo er gerade ist, aber nimm dich in Acht. Der Typ ist gefährlich und es wird ihm überhaupt nicht gefallen, wenn du nach ihm suchst."

Rafa nickte, aber sein Entschluss war gefasst. „Das ist das Allerletzte, worum ich mir Sorgen mache."

Isabella stand auf und ging zum Fenster, sah hinaus auf die ruhigen Straßen von Conil, die im Nachmittagslicht golden schimmerten.

„Rafa, ich werde dich unterstützen, so gut ich kann. Aber du musst versprechen, vorsichtig zu sein. Du hast schon zu viel verloren und zu sehr gelitten. Wir haben mächtige Gegner und müssen vorsichtig sein. Was leider nur allzu gut dazu passt, ist, dass Ermittlungsrichter García heute suspendiert wurde", sagte Isabella leise.

Rafa schaute sie ungläubig an. „Er ist was?"

„Er soll im Rahmen einer Telefonüberwachung illegal Telefonate von Anwälten mit ihren Mandanten abgehört haben. Außerdem soll er Honorare von einer Bank für eine Vortragsreihe nicht richtig versteuert haben. Ihm droht ein zehnjähriges Berufsverbot."

Rafa schloss die Augen und atmete tief durch. „Das ist ein schwerer Schlag. García habe ich sofort vertraut und jetzt haben sie ihn abserviert. Er war wohl jemand Mächtigem zu dicht auf den Fersen. Weiß man schon, wer sein Nachfolger wird?"

„Der pickelige Praktikant, die Grinsekatze, die bei seinem Besuch bei uns neben ihm saß. Man könnte meinen, dass das Bürschchen den falschen Leuten erzählt hat, wie Garcías

Ermittlungen waren. Wieso sonst sollten sie ihn gerade jetzt suspendieren?"

„Na, na. Das sind heftige Unterstellungen, Isa!"

„Und was würdest du sagen, wenn Garcías Nachfolger als erste Amtshandlung Jalitzo und Balz gegen Kaution aus der Untersuchungshaft entlassen hätte?"

„*Was* hat er? Mit welcher Begründung?"

„Er sieht angeblich keine Fluchtgefahr, was natürlich lächerlich ist."

„*No pasarán* – damit kommen die nicht durch. Wir buchten die beiden einfach direkt wieder ein."

„Das können wir nicht machen, Rafa!"

„Doch. Kannst du. Wegen einem neuen Sachverhalt darfst du die Herrschaften jederzeit neu inhaftieren und dann werden wir ja sehen, ob der dann zuständige Richter sie ebenfalls sofort wieder laufen lässt, vor allem wenn, sie eine weitere Straftat begangen haben, während sie auf Kaution draußen sind."

„Eine tolle Idee, aber dazu müssen wir sie erstmal finden und auf frischer Tat ertappen. Wie willst du das denn anstellen?"

„Diese miesen Schweine sind so dumm wie unvorsichtig. Mir wird schon etwas einfallen, du wirst sehen."

„Wenn ich recht habe, wird er als Nächstes auch noch den Laptop aus Hamza Al Azzouzis Wohnung mit den kompromittierenden Videos zerstören oder verlieren. Warte ab", sagte Isabella lächelnd.

Rafa schlug wütend mit der Faust auf den Tisch. „Wie kannst du so etwas vermuten und dabei so entspannt sein?"

„Na ja, sagen wir mal so: Richter García ist nicht dumm. Er und ich hatten so eine Ahnung, dass so etwas passieren könnte, und haben für den Fall seiner Suspendierung vorgesorgt. Wir haben mehrere geheime Kopien von der Festplatte des Laptops erstellt. Einige mächtige Männer werden fallen, glaub mir. Von Conil über Málaga und Sevilla bis nach Madrid."

Bewundernd sah Rafa Isabella an. „Das hätte ich mir eigentlich denken können. Du bist eine sehr gute Polizistin, Isabella, und hast keine Angst, dich mit denen da oben anzulegen."

„Das ist wohl wahr. Unsere Gegner sind ebenso einflussreich wie skrupellos. Deswegen ist diese Sache vielleicht sehr gefährlich. Tut mir leid, dass ich dich da mit reingezogen habe. Du hast schon zu viel gelitten."

„Ach, Isa, Gefahr bedeutet mir nichts. Du hast recht: Ich habe schon zu viel verloren. Ich dachte, ich hätte gar nichts mehr und das Leben hätte – wenn überhaupt – nur noch den einen Sinn: Rache üben! Die Mörder meine Familie finden und bestrafen! Aber das hat sich geändert. Das stimmt Gott sei Dank nicht mehr. Nicht mehr, seit ich *dich* habe. Ich liebe dich, Isa!", sagte er schließlich, seine Stimme zitterte, doch in seinen Augen lag eine tiefe Ehrlichkeit, die keinen Zweifel daran ließ, wie ernst es ihm war.

Einen Moment lang schien die Zeit stillzustehen. Sie sah ihn an, ihre Augen weit geöffnet, während sie die Worte in sich aufnahm. Dann trat sie einen Schritt zu ihm, ihr Blick weich und voller Wärme.

Ohne ein Wort zu sagen, legte sie eine Hand sanft auf seine Wange, sein Stoppelbart vibrierte unter ihren Fingern. Langsam, fast zögerlich, beugte sie sich vor. Ihre Lippen berührten seine in einem ersten, zarten Kuss, als ob sie die Bedeutung des Augenblicks in sich aufnehmen wollte. Er schloss die Augen, ließ sich von seinen Gefühlen tragen. Seine Lippen öffneten sich leicht, und er schmeckte den süßen Hauch ihres Atems, spürte, wie sein Herzschlag sich beschleunigte, als sie den Kuss erwiderte. Seine Hände fanden ihren Weg zu ihrer Taille, zogen sie näher an sich, als ob er sie nie wieder loslassen wollte. Als sie sich schließlich von ihm löste, war da ein Lächeln auf ihren Lippen, dass all die Worte sagte, die sie nicht aussprechen musste. Ihre Stirn ruhte an seiner, und sie konnte das Pochen seines Herzens unter ihren Fingern fühlen, genauso wie ihres in ihrer Brust hämmerte.

„Ich liebe dich auch", flüsterte sie schließlich, und ihre Worte waren kaum mehr als ein Hauch.

„Ich dachte schon, du alter sturer Bock würdest mir das nie sagen." Damit boxte sie ihm sanft gegen die Brust, was er mit einem schmerzerfüllten Seufzer kommentierte.

„Dann ist es vielleicht Zeit für ein Date? Sag mal, Isa. Ich treffe heute Abend einen zwielichtigen Informanten im Club La Luna. Hast du vielleicht Lust, mitzukommen, als Back-up, falls etwas schiefgeht? Ich lade dich auch vorher zum Essen ein. Sagen wir, um zehn auf ein paar Thunfisch-Spieße beim Capricho?"

Isabella nickte. „Die einfachen Dinge sind oft die besten und mir knurrt schon die ganze Zeit der Magen. Treffen wir uns dort, ich brauche vorher dringend eine Dusche und muss mich umziehen."

## Kapitel 44

### Conil de la Frontera, Dienstag, 25. Juli

Der Abend in Conil de la Frontera war lauwarm und angenehm, als Rafa am letzten freien Tisch vor der Bar El Capricho Platz nahm. Die Lichter der Straße warfen weiche Schatten über die Pflastersteine, und der Duft von gegrilltem Thunfisch hing schwer in der Luft. Rafa trug ein weißes Leinenhemd und eine hellblaue Stoffhose. Seine Augen huschten über die belebte Straße, als er Isabella von rechts von der Plaza de España herankommen sah.

Isabellas lockiges, dichtes Haar war noch feucht vom Duschen und fiel wild über ihre Schultern. Der knallrote Lippenstift setzte einen frechen Akzent in ihr hübsches, braun gebranntes Gesicht, und ihre hohen Keilabsatzschuhe machten das weiße, tief ausgeschnittene Strandkleid zu einem unwiderstehlichen Ensemble. Sie bewegte sich geschmeidig durch die Menschenmenge, die sie bewundernd musterte, bevor sie sich zu Rafa an den Aluminiumtisch setzte.

„Zwei Küsschen für den besten Detektiv in Andalusien", neckte sie ihn mit einem breiten Lächeln, als sie ihn begrüßte. Rafa erwiderte den Gruß mit einem verschmitzten Grinsen.

„Und ein Abendessen mit der schönsten Polizistin der ganzen Provinz Cádiz", entgegnete er und deutete auf die Speisekarte, als der Kellner bereits mit einem wissenden Nicken an ihren Tisch trat.

„Ist *Don Antonio - El Abuelo del atún* – Antonio der Thunfisch-Opa heute da?", fragte Isabella.

Don Antonio hatte das El Capricho vor über 40 Jahren gegründet und mit seinen Thunfischgerichten in der magischen Knoblauch-Olivenöl-Petersilie-Salz-Marinade die *Conileños* – die Einheimischen und die Touristen versorgt, bevor er das Lokal an seine Tochter und seinen Schwiegersohn übertragen hatte.

„Er schaut später sicher einmal vorbei, wenn er mit seinem Enkel auf ein Eis rausgeht und einen Spaziergang macht. Ich sag ihm, dass ihr da seid, wenn er kommt. Was wollt ihr denn heute essen?"

„Wir fangen natürlich erst mal mit den Thunfischspießen an. Zweimal, bitte", sagte Isabella, ohne einen Blick auf die Speisekarte zu werfen. „Und ein Glas vom Hauswein."

Rafa ergänzte: *„Para mi una cerveza bien fría, porfa* – Für mich ein eiskaltes Bier bitte."

Während sie warteten, schauten sie sich verliebt an, und Rafa konnte das Lächeln nicht unterdrücken, das sich auf seinen Lippen ausbreitete. Doch die Ruhe währte nicht lange. Isabella lehnte sich vor und fragte: „Also, sagst du mir jetzt endlich, wen du heute treffen wirst?"

Rafa zögerte einen Moment, seine Augen fixierten ihre. „Es ist ein alter Bekannter … ein Hacker, den ich vor Jahren verhaftet habe. Ein Mitglied von Anonymous, das für denjenigen arbeitet, der am besten zahlt. Er hat es angeblich geschafft, die Webseiten von Interpol und dem Stromversorger Endesa lahmzulegen. Leider konnte man ihm nicht alles nachweisen." Rafa lehnte sich zurück und sah kurz zur Seite, bevor er fortfuhr: „Ich habe ihm damals geholfen, ein paar Jahre früher rauszukommen. Jetzt schuldet er mir einen Gefallen."

Isabella zog eine Augenbraue hoch. „Hat das mit diesem El Fantasma zu tun, den du jagst?"

Rafa nahm einen Schluck des gerade servierten Bieres und stellte das Glas langsam ab.

„Er hat Informationen über den Typen beschafft, der den Einbruch in Hamza Al Azzouzis Wohnungen in Sotogrande und Málaga organisiert hat. Es ist höchste Zeit, dass wir erfahren, wer dieser El Fantasma wirklich ist und wenn es Hamza Al Azzouzi selbst sein sollte, dann müssen wir wissen, wo er sich mit den Kindern versteckt hält."

Das Essen kam, und für eine Weile ließen sie das Thema ruhen, genossen die köstlichen Thunfischspieße, bevor sie danach eine *Ración de atún* – eine Ration kleine Thunfischfilets auf Pommes bestellten. Die Atmosphäre war entspannt, doch in Rafa brodelte die Spannung. Gegen 23:30 Uhr zahlte er und erhob sich. „Lass uns gehen, es ist Zeit."

Sie machten sich auf den Weg die *Calle José Tomás Borrego* hinauf, bis sie den Club La Luna erreichten. Die Musik dröhnte bereits laut, als sie eintraten, obwohl der Laden fast komplett leer war. Isabella, die wusste, wie man sich unauffällig verhielt, ging voran und setzte sich an einen Stehtisch links neben der Tanzfläche. Sie bestellte sich einen Frozen Daiquiri und beobachtete, wie Rafa die Treppe hinauf in die erste Etage verschwand.

Oben angekommen, entdeckte Rafa den Hacker auf einem der bequemen Lounge-Sofas. Er setzte sich neben ihn, und die beiden begannen ein Gespräch, das selbst für scharfe Ohren wie die von Isabella unverständlich blieb, da die Musik den Club dominierte. Sie beobachtete die beiden, ihre Augen wachsam, doch es blieb alles ruhig.

Nach zehn Minuten erhob sich der Hacker und ging aus dem Club. Fünf Minuten später folgte Rafa und nahm Isabella mit einem entschlossenen Nicken bei der Hand. Gemeinsam verließen sie La Luna.

„Und was hat er gesagt?", fragt Isa gespannt.

„Er war erwartungsgemäß etwas erfolgreicher als euer IT-Typ, aber er hatte leider keine Spur zu Al Azzouzi für uns. Er sagt, wir sollen uns einen gewissen Pedro Höbel näher ansehen. Er betreibt eine PR-Agentur in Málaga und er hat Jalitzo und Balz den Auftrag zum Abfackeln der Wohnungen gegeben. Er wusste auch zu berichten, dass die schon häufiger für ihn Jobs erledigt haben. Lass uns aber jetzt erst mal schlafen gehen und das Thema für heute beenden, ich bin total am Ende."

Gemeinsam gingen sie durch die Gassen der Stadt, ihre Gesichter im Schatten der Nacht verborgen, bereit, sich auszuruhen für die nächsten Züge in diesem gefährlichen Spiel.

## Kapitel 45

## Conil de la Frontera, Mittwoch, 26. Juli

Die ersten Sonnenstrahlen durchdrangen die weißen Vorhänge und ließen das Schlafzimmer in einem warmen Licht erstrahlen. Rafa öffnete blinzelnd die Augen, während er die vertraute Umgebung seines Hauses in Conil de la Frontera erkannte. Neben ihm lag Isabella, ihre weiche Haut berührte seine, ihre Haare zerzaust von der letzten Nacht. Er konnte das leise Rauschen des Atlantiks durch das offene Fenster hören wie eine beruhigende Melodie. Auf dem Nachttisch lag seine Desert Eagle auf einer Ausgabe von Hemingways *Schnee auf dem Kilimanjaro*.

Isabella regte sich, streckte sich langsam und stand dann geschmeidig aus dem Bett auf. Ihr schlanker, durchtrainierter Körper zeichnete sich im morgendlichen Licht ab, als sie ein Laken darum wickelte. Rafa ließ seinen Blick über ihren Rücken und den weichen Schwung ihres Pos gleiten, der unter dem Laken hervorblitzte. Sie drehte sich mit einem frechen Lächeln zu ihm um, bevor sie ins Badezimmer verschwand.

Das Geräusch der Dusche erfüllte das Haus, während Rafa sich im Bett zurücklehnte und seine Gedanken schweifen ließ. Nach einigen Minuten stand er auf, zog sich ein weißes T-Shirt und eine kurze Jeanshose an und ging zum Schreibtisch im angrenzenden Raum. Der Laptop fuhr hoch, und er begann seine Recherche.

Pedro Höbel. Ein Name, den er gestern Nacht zum ersten Mal gehört hatte. Rafa tippte ihn in die Suchleiste ein und stieß auf die Website von Höbels PR-Agentur in Málaga. Sie hatte sich laut ihrer Homepage auf Beratung von Unternehmen bei Führungswechseln, Restrukturierungen und die Etablierung digitaler Strukturen in der Unternehmenskommunikation spezialisiert.

Nach einem Moment hörte er Isabella wieder im Haus. Sie kam aus dem Badezimmer, das Laken war gegen eine Hotpants und ein weißes Top getauscht, unter dem ihr Bauchnabel zu sehen war. Ihr Haar, jetzt leicht gewellt, fiel über ihre Schultern, während sie sich zu ihm setzte.

„Schon wach und fleißig?", fragte sie mit einem amüsierten Blick.

„Du kennst mich doch", antwortete Rafa mit einem schiefen Grinsen. „Ich habe gerade zu Pedro Höbel recherchiert. Scheint ein interessanter Typ zu sein. Seine Agentur kümmert sich um Krisenkommunikation für Unternehmen."

Isabella nickte. „Ich rufe gleich mal im Revier an und frage nach, ob etwas gegen den Mann vorliegt. Aktuell haben wir rein gar nichts, um ihn vorzuladen. Wir haben nur einen ominösen Tipp aus einer unsauberen Quelle, die ich besser nicht zitiere. Ich könnte Höbel höchstens mal anrufen und um seine Mithilfe bitten."

Rafa lehnte sich zurück und sah ihr tief in die Augen. „Du hast leider recht. Wir haben immer noch nichts." Er stand auf, ging zur Kaffeemaschine und schenkte sich selbst eine Tasse ein. „Lass uns nachdenken. Wir müssen etwas finden, das uns weiterbringt."

Gemeinsam traten sie auf die Dachterrasse. Der Blick über den Atlantik war einfach atemberaubend. Das Blau des Himmels verschmolz mit dem Türkis des Meeres, und der leichte Wind brachte den Duft von Salz und Freiheit mit sich.

Rafa trat an die Brüstung und ließ seinen Blick über die weißen Häuser des Fischerviertels gleiten.

Es war ein ruhiger Morgen, die Straßen noch fast leer, außer der Nachbarin, Abuela Pilar, die vor ihrem Haus stand und ihre Blumen goss. Ein friedliches Bild, das in starkem Kontrast zu den Gedanken stand, die ihn beschäftigten.

Isabella trat hinter ihn, legte eine Hand auf seine Schulter und küsste ihn sanft auf den Hals. „Wir sind ein gutes Team, Rafa. Lass den Kopf nicht hängen. Wir schaffen das schon."

In diesem Moment klingelte Isabellas Handy, und eine vertraute Melodie durchbrach die Stille. Der Anruf kam aus der *Comandancia*.

Isabellas Gesicht verfinsterte sich mehr und mehr, je länger das Gespräch dauerte, erwiderte immer nur kurz und knapp, dass sie verstanden habe, bis sie auflegte und mit leerer Miene aus dem Fenster starrte.

„Was ist los, Isa?"

„Ich bin ratlos, Rafa. Das Revier hat angerufen. Es gibt Neuigkeiten vom Meeresboden."

„Hat die Crew vom Tauchroboter noch einen Versuch unternommen?", fragte Rafa.

„Exakt und diesmal war die Sicht deutlich besser als beim letzten Versuch. Was die Kollegen zu sehen bekommen haben, war harte Kost."

„Jetzt spann mich nicht so auf die Folter. Was haben sie gesehen?", hakte Rafa nach.

„Unweit des Schiffes haben sie die Leiche von Hamza Al Azzouzi gefunden. Er lag ganz in der Nähe des verendeten Tieres, welches sich als Orca-Wal herausgestellt hat. Der Wal hatte eine markante Verletzung im Kopfbereich, eine Art verbranntes Einschussloch. Als ob er mit einer großkalibrigen Waffe erschossen worden wäre."

„Damit ist Sr. Al Azzouzi entlastet. Es gab ein Unglück; einen Zwischenfall mit Orca-Walen. Er hat vermutlich sogar noch versucht, sich und die Kinder mit Leuchtspurmunition zu verteidigen, und dabei eines der Tiere erlegt. Dazu passt auch das Notsignal, dass das Containerschiff gemeldet hat."

„Ja, niemand kann einen Zwischenfall mit Killerwalen planen. Trotz der zahlreichen Angriffe auf Boote dieser Tage wäre das eine zu unwahrscheinliche Art und Weise, Selbstmord zu begehen."

„Aber von den Kindern keine Spur? Auch nicht im Inneren des Bootes?"

„Sie konnten diesmal in die Kajüte sehen. Keine Kinder!"

„Aber wenn die Kinder nicht beim Vater sind, wo sind sie dann? Abgetrieben? Von Haien gefressen?"

„Oder auf dem mysteriösen Schnellboot?"

„Wenn wir dieses beschissene Boot nur irgendwie auftreiben könnten", sagte Rafa.

„Ich weiß, das ist unbefriedigend. Ebenso die zweite Nachricht: Auch Pedro Höbel ist tot." Isabella schaute Rafa zerknirscht an. „Wir können ihn nicht mehr befragen. Er ist gestern Abend tot in seinem Swimmingpool in Málaga gefunden worden. Man vermutet einen Herzinfarkt."

„Das ist schlimm, aber auch eine Chance für uns", sagte Rafa.

„Wie meinst du das?", fragte Isa.

„Nun ja, ich könnte mir vorstellen, dass El Fantasma einen neuen Auftrag erteilt und dass Jalitzo und Balz schon kommenden Freitagabend wieder in U-Haft sitzen und aus der bis zu ihrem Prozess auch nicht mehr rauskommen!"

„Wie das?"

„Ich rufe gleich mal den Typen an, den wir in der La Luna Bar getroffen haben. Mein Wagen sollte morgen aus der Werkstatt kommen. Ich werde ihn auf der *Plaza el Piojito* abstellen, wo freitags der Wochenmarkt stattfindet, keine 500 Meter von der *Comandancia* der Guardia Civil entfernt. Du solltest Freitagabend zwei Beamte dorthin schicken, es würde mich nicht wundern, wenn die beiden auftauchen und mir die nagelneuen Bremsschläuche durchschneiden."

„Rafa, das kannst du nicht machen. Es ist illegal, jemanden zu einem Verbrechen anzustiften."

„Deswegen mache ich es ja auch und bitte dich nicht darum. Das hier ist eine besondere Situation. Es geht um einen ermordeten Kollegen. Außerdem weiß ich ja, dass die IT-Abteilung der Guardia Civil die Nummer nie herausbekommen wird", sagte Rafa verschmitzt.

„Und was, wenn Jalitzo und Balz vom Tod von Pedro Höbel Wind bekommen?"

„Das wäre völlig egal, Isa. Die kennen Pedro Höbel doch gar nicht. Die kennen nur El Fantasma aus dem Darknet und der erfreut sich bester Gesundheit."

Isabella war nicht überzeugt, sie presste die Lippen aufeinander, als Rafas iPhone klingelte. „Darüber reden wir noch mal, Rafa.", sagte Isa, doch Rafa hörte ihr nicht zu. Ute war am Apparat.

## Kapitel 46

### Conil de la Frontera, Mittwoch, 26. Juli

„Ute, was gibt es?"

„Rafa, ich brauche deine Hilfe!" Utes Stimme war von Panik durchdrungen. „Ich habe einen Erpresserbrief bekommen. Jemand behauptet, meine Kinder zu haben!"

Rafa setzte sich auf, seine Schmerzen für einen Moment vergessen. „Beruhige dich, Ute. Erzähl mir genau, was passiert ist."

„Er will 200.000 Euro. Ich soll das Geld zum Leuchtturm am Hafen von Conil bringen", erklärte Ute hastig. „Dort soll ich weiteren Anweisungen folgen und nicht die Polizei einschalten. Wenn ich nicht das tue, was er verlangt, werde ich meine Kinder nie wiedersehen!"

Rafa spürte, wie sich sein Magen zusammenzog. „Wann soll die Übergabe stattfinden?"

„Schon heute Nacht um 1 Uhr!"

„In Ordnung. Das gibt uns wenigstens etwas Zeit. Hast du den Brief bei dir?"

„Ja", sagte Ute und ihre Stimme zitterte. „Er besteht aus ausgeschnittenen Buchstaben."

„Gut, bitte leg ihn in eine Plastiktüte. Es kann sein, dass wir Fingerabdrücke sichern können, also verwische keine Spuren. Auch der Briefumschlag kann wichtig sein. Ich sorge dafür, dass jemand ihn gleich bei dir abholt. Bist du zu Hause?"

„Ja", sagte Ute schluchzend.

Isabella beobachtete Rafa aufmerksam. „Wir werden dir helfen, Ute, keine Sorge. Aber wir müssen jetzt vorsichtig sein und konzentriert vorgehen."

„Was soll ich tun?", fragte Ute weinend.

„Hör zu", sagte Rafa ruhig. „Bitte bleib jetzt ganz ruhig. Wir müssen *selbstverständlich* die Polizei informieren, auch wenn sie dir gesagt haben, dass du es nicht tun sollst. Wir können das nicht alleine lösen. Ich werde eine Freundin bei der Guardia Civil – die zufällig gerade neben mir steht – bitten, sofort die nötigen Maßnahmen zu ergreifen."

Isabella nickte und griff nach ihrem Handy, um ihre Kollegen zu informieren.

„Ute, hör zu", fuhr Rafa fort. „Wir werden einen Plan ausarbeiten, um deine Kinder zu retten. Du musst jetzt stark bleiben und genau das tun, was wir dir sagen."

„Ich vertraue dir, Rafa", sagte Ute und schluchzte. „Ich habe keine 200.000 Euro, aber meine Schwägerin hat sich bereits erklärt, mir das Geld zu leihen. Ich habe mich so in ihr getäuscht. Sie ist eine Seele von Mensch. Könnt ihr sie mit einem Beamten in Zivil zur Bank begleiten?"

„Das kriegen wir hin. Aber ihr tut jetzt erst mal gar nichts und wartet auf weitere Anweisungen. Wir melden uns bald bei dir."

Nachdem er aufgelegt hatte, drehte sich Rafa zu Isabella um. „Was für eine Scheiße! Hamza Al Azzouzi ist tot. Wer will denn jetzt Lösegeld für seine Kinder erpressen? Trittbrettfahrer, die sich auf Kosten der Mutter bereichern wollen …"

„Das ist möglich", sagte Isabella. „Wir wissen, wo sich diese Leute heute Abend aufhalten werden: hier in Conil am Leuchtturm. Das ist eine riesige Chance. Ich informiere sofort meine Kollegen und leite alles in die Wege. Wir werden die Übergabe überwachen und die Entführer schnappen."

Mit diesen Worten verabschiedete sich Isabella, um die nötigen Maßnahmen zu ergreifen. „Wir richten sofort eine Sonderkommission im Präsidium ein. Ich werde die Vorbereitungen von dort leiten, wir schicken Kollegen Undercover zum Leuchtturm."

Rafa blieb allein zurück, seine Gedanken kreisten um Ute Schilling und ihre Kinder. Er wusste, dass sie in Lebensgefahr schwebten und dass jeder Fehler verheerend sein könnte.

Warum hatten sich die Entführer gerade den alten Leuchtturm in Conil als Ort für die Übergabe ausgesucht? Der 20 Meter hohe *Faro de Cabo Roche* – Leuchtturm am Kap von Roche war im 16. Jahrhundert als Wachturm zur Küstenbefestigung gebaut und dann im Jahr 1986 in einen Leuchtturm umgewandelt worden. Mit seinen berühmten und eindrucksvollen Nachbarn, dem *Faro de Trafalgar* am Kap Trafalgar in der Nähe von Los Caños de Meca, der für seine historische Bedeutung berühmt war, da hier 1805 die berühmte Seeschlacht von Trafalgar stattfand, und dem *Faro de Chipiona*, der mit einer Höhe von 69 Metern einer der höchsten Leuchttürme Europas war und über der Mündung des Guadalquivir-Flusses thronte, hatte der Leuchtturm von Conil nichts gemein.

Der viereckige, ockerfarbene Turm aus Stein stand auf einer Klippe über dem Hafen von Conil. An der vom Meer abgewandten Seite befand sich in gut acht Metern Höhe eine Metalltür, die stets verschlossen war. Sie bildete den einzigen Zugang zum Turm. Unter ihr befand sich eine nach unten ausziehbare Leiter. Oben auf dem Turm war eine runde Plattform, auf der sich mittig die gläserne Lichtkuppel mit dem Leuchtfeuer befand.

Auf der anderen Seite der zum Leuchtturm führenden Straße stand ein verlassenes, eingeschossiges Haus. Fenster und Türen fehlten. Untalentierte Sprayer hatten Tags auf das Gemäuer gemalt. Die Dachziegel waren teilweise eingestürzt und Sträucher wuchsen im Innern des Hauses. Undurchdringbares Buschwerk und einige Pinien und zwei Palmen markierten den Rand des hinter dem Haus beginnenden und bis nach Roche reichenden Naturschutzgebietes.

Der Leuchtturm war wie der benachbarte Hafen von Land aus nur über eine einzige Straße, die CA-4202, erreichbar, die von Conil an der Küste entlang nach Roche führte. Den Erpressern musste klar sein, dass diese Straße einfach zu überwachen war. Vielleicht wollten sie Ute dazu bringen, zum Hafen hinabzugehen und das Geld dort auf ein Boot zu bringen oder das Geld sogar ins Meer zu werfen, damit es von einem Boot aufgesammelt werden würde. Aber auch daran würden Isabella und ihr Team sicher denken. Und wenn nicht, dann wäre auch noch er da. Rafa war entschlossen, sich die Geldübergabe aus der Nähe anzusehen und den Entführern notfalls das Handwerk zu legen, um Utes Kinder sicher zurückzubringen, falls etwas schiefzulaufen drohte.

## Kapitel 47

### Conil de la Frontera, Mittwoch, 26. Juli

Rafa wartete ungeduldig auf den Beginn der Geldübergabe. Es waren noch zwei Stunden, bis er sich auf den Weg machen würde und auch dann wäre er viel zu früh. Er ging gedanklich noch einmal alles durch, wie er es schon unzählige Male getan hatte.

Vor Anspannung rannte er wie ein eingesperrter Tiger in seinem Haus hin und her. Er musste sich ablenken. Er schaute vor in den Kühlschrank, ein kleiner Snack könnte ihn ablenken, doch er fand nichts Passendes; da bekam er eine Idee.

Er könnte sich die Zeit mit einer kurzen Kochaktion vertreiben. Das neblig-kalte Wetter machte Appetit auf eine *Ensaladilla Rusa*, das spanische Pendant zum russischen Kartoffelsalat. Ein perfekter Begleiter zu einer Runde Tapas. Dazu etwas Schinken mit frischen Tomaten auf einer Scheibe Brot, ein Glas *Gazpacho* oder *Salmorejo* und ein paar *Boqueronos en vinagre,* und schon war der Tisch gedeckt.

Er begann damit, einen großen Topf Wasser zum Kochen zu bringen. Während das Wasser langsam in Blasen aufstieg, schälte er vier mittelgroße Kartoffeln und schnitt sie in kleine Würfel. Die Kartoffelwürfel kamen direkt ins kochende Wasser, wo sie etwa zehn Minuten verbrachten – gerade lang genug, um weich zu werden, aber nicht so lang, dass sie auseinanderfielen. Als die Kartoffeln fast fertig waren, fügte Rafa zwei geschälte und in Würfel geschnittene Karotten hinzu. Er erinnerte sich daran, dass die Karotten knackig bleiben sollten, und ließ sie nur etwa fünf Minuten mit den Kartoffeln kochen.

Währenddessen bereitete er die restlichen Zutaten vor: Zwei hartgekochte Eier wurden geschält und in kleine Stücke geschnitten, ein Glas Erbsen abgegossen, und eine Dose Thunfisch in Öl, den er sorgfältig abtropfen ließ, wartete darauf, ihre Rolle in diesem einfachen, aber köstlichen Gericht zu spielen.

Nachdem die Kartoffeln und Karotten gar waren, goss Rafa das Wasser ab und ließ das Gemüse kurz ausdampfen. Er warf einen prüfenden Blick auf die Zutaten und gab dann die abgekühlten Kartoffeln und Karotten in eine große Schüssel. Die Erbsen und der Thunfisch folgten sogleich, und alles wurde sanft miteinander vermengt.

Doch der eigentliche Star dieses Gerichts, wusste Rafa, war die Mayonnaise. Mit einem zufriedenen Grinsen auf den Lippen griff er zu dem Glas in seinem Kühlschrank und gab großzügig zwei bis drei Esslöffel Mayo über die Mischung.

„Nicht zu viel, nicht zu wenig", murmelte er, während er die Mayonnaise vorsichtig unterhob, bis sich eine cremige Konsistenz ergab. Zum Schluss presste er einen Spritzer Zitronensaft darüber, um dem Ganzen eine leichte Frische zu verleihen.

Er kostete einen Löffel und nickte zufrieden. Es war genauso, wie er es geplant hatte: cremig, leicht süßlich von den Karotten, herzhaft vom Thunfisch und mit einem Hauch Säure, der alles perfekt abrundete.

Die *Ensaladilla Rusa* war fertig. Er füllte sie in eine Schüssel und stellte sie in den Kühlschrank, aber nicht ohne vorher einen ersten Bissen zu nehmen. Er konnte nicht anders, als zu lächeln – zufrieden mit seinem Werk.

Ein Blick auf die Uhr verriet, dass es kurz nach 22 Uhr war. Rafa warf sich eine leichte, olivgrüne Jacke über, schnappte sich sein Fernglas mit Nachtsichtfunktion und ein Funkgerät zum Abhören des Polizeifunks aus der Vitrine und trat in die Nacht hinaus. Die weißen Wände seines alten Fischerhauses wirkten im gelben Licht der Straßenlaternen wie Geister aus einer anderen Zeit. Die Stille der engen Gassen wurde nur durch das entfernte Rauschen des Meeres unterbrochen. Er zog die Tür hinter sich zu und machte sich auf den Weg.

Seine Schritte führten ihn durch die verwinkelten Gassen der Altstadt hinunter zur *Playa de los Bateles*. Die Sonne war gerade dabei, hinter dem Leuchtturm von Conil im Meer zu versinken. Sie hüllte alles in ein honigfarbenes Licht und schon bald würde es dunkel werden. Das Meer erstreckte sich wie ein dunkelblaues Tuch vor ihm und aus der Ferne von der portugiesischen Küste zog eine mächtige Nebelbank heran. Die feuchte, kalte Luft war bereits zu spüren. Sie bildete einen seltsamen Kontrast zur Wärme des Sommertages. Die Kühle brachte eine Vorahnung von Gefahr mit sich, und Rafa konnte ein Kribbeln in seinem Nacken spüren – ein Instinkt, der sich über Jahre hinweg immer als wahr erwiesen hatte.

Als er den Strand in Richtung Steilküste entlangging, schauten ihm die Menschen in den Strandbars wie stumme Zeugen nach. Sand kroch durch seine Schuhe, doch Rafa ließ sich nicht beirren. Er überquerte die *Playa de los Bateles* und lief die wunderschöne *Playa de la Fontanilla,* wo die Felsen wie alte Wächter aus der Brandung ragten, in Richtung *Fuente del Gallo*. Der Nebel war inzwischen dichter geworden, er sah aus wie Zuckerwatte, die sich bedrohlich über das Land legte und die Sicht auf wenige Meter reduzierte. Rafa konnte die Umrisse der *tres piedras* – der drei Felsen in der Bucht von Fuente del Gallo nur noch schemenhaft erkennen, doch auf dem entferntesten der drei Felsen schien etwas anders als sonst zu sein. Er schaute durch sein Fernglas und stellte fest, dass jemand eine rostige Eisenstange aufgestellt und eine spanische Flagge darauf gehisst hatte.

Rafa wusste, dass der Weg an der Steilküste in *Fuente del Gallo* am Bunker aus dem Zweiten Weltkrieg abrupt endete, also bog er rechts ab und durchquerte die Urbanisation *Fuente del Gallo 2*. Hier herrschte eine unheimliche Stille, nur das Rauschen des Meeres und das gelegentliche Rascheln der Palmenblätter begleiteten seine Schritte.

Die Urbanisation verließ er auf einem schmalen Pfad, der sich entlang der Küste zur Bucht *Cala del Aceite* zog. Die Dunkelheit war inzwischen allumfassend, und der Nebel machte es schwer, den Weg zu erkennen.

Als er sich dem Campingplatz näherte, hörte er das leise Murmeln von Stimmen und das Kichern von Menschen, die auf einer Party feierten. Rafa hielt inne und lauschte. Aus einem der Wohnwagen fiel Licht, und durch das offene Fenster sah er das hell erleuchtete Gesicht einer jungen Frau, die anscheinend gerade von hinten genommen wurde. Ihre Haare wippten im Takt der Bewegungen. Rafa hatte keine Zeit, über die Jugend von heute nachzudenken, wandte den Blick ab und ging zielstrebig weiter.

Hinter dem Weg hinab in die *Cala del Aceite* bog er links in den dichten Wald ab, der sich bis an den Rand des Hafenbeckens erstreckte. Die Bäume boten ihm Schutz, als er durch das Unterholz kroch, seine Schritte gedämpft von dem weichen Boden. Bald erreichte er die Klippe auf der gegenüberliegenden Seite des Hafenbeckens. Hier setzte er sich hinter einen Busch und nahm eine günstige Position ein, um zunächst das nun unter ihm liegende Restaurant *El Náutico* zu betrachten. Er entdeckte nichts Auffälliges. Auf der anderen Seite des Hafenbeckens erhob sich eine Klippe, auf der der Leuchtturm stand.

Durch das grünliche Licht des Geräts konnte er die Silhouetten von einem Scharfschützen in der Kuppel des Leuchtturms erkennen. Er war kaum auszumachen, doch durch das Nachtsichtgerät war der lange Lauf des Gewehrs zu sehen.

Vor dem verlassenen kleinen Haus am Fuß des Leuchtturms bemerkte Rafa ein schwaches Licht – vermutlich von einem Funkgerät. Entlang der Zufahrtsstraße standen zwei Streifenwagen, einer am Eingang zur *Cala del Aceite* und der andere an der Straße Richtung Roche. Im Hafenbecken entdeckte Rafa eines der neuen Schnellboote der Guardia Civil. Vermutlich war es die *Rio Iro*, die er kürzlich in Tarifa gesehen hatte, oder ihr Schwesterboot die *Rio Flumen*. Genau war das von hier aus nicht zu erkennen. Licht und Motor waren ausgeschaltet, aber auf dem Boot erkannte er die Umrisse von zwei Polizisten mit tief in die Stirn gezogenen Mützen.

Die Minuten verstrichen langsam, und die Kälte und Feuchtigkeit krochen in seine Knochen. Gegen Mitternacht verließen die letzten Gäste das Restaurant El Náutico, ihre Stimmen wurden vom Wind hinfort getragen. Rafa beobachtete sie aufmerksam, doch niemand erregte seine Aufmerksamkeit. Das leise Klappern der Boote im Hafen und die sanfte Meeresbrise waren die einzigen Geräusche in der Nacht.

Plötzlich vibrierte Rafas Handy in seiner Tasche. Er zog es hervor und sah, dass Isabella ihm eine Nachricht geschickt hatte. Sie war es, die den Einsatz leitete. Der Link in der Nachricht öffnete eine Karte auf seinem Bildschirm, die den Standort von Ute Schilling anzeigte. Ute war auf dem Weg, und Rafa konnte sehen, wie sich der Punkt, der ihr Auto markierte, langsam der Küste näherte.

Kurz vor 1 Uhr erschien ein weißer VW Polo auf der Landstraße. Ute passierte die Hafeneinfahrt, fuhr am alten Ankerfriedhof vor dem Restaurant *El Tergal* die Serpentinen in Richtung Leuchtturm hinauf und parkte das Auto schließlich direkt davor. Rafa hielt den Atem an und beobachtete sie durch das Nachtsichtgerät. Sie stieg aus und wartete, ihr Körper war angespannt, als sie sich nervös umsah. Die Minuten verstrichen quälend langsam, bis endlich ihr Handy klingelte. Rafa konnte den Anruf nicht hören, doch Ute nickte mehrmals, bevor sie den Wanderweg in Richtung Roche einschlug.

Rafa verfolgte ihre Bewegungen auf dem Handy. Dann, wie aus dem Nichts, hörte er ein leises Summen. Eine Drohne kam herangeflogen und bewegte sich in Richtung Leuchtturm. Mit einer Drohne hatten sie nicht gerechnet.

Rafa spannte sich an, alle seine Sinne waren jetzt in Alarmbereitschaft, und drehte die Lautstärke des Polizeifunks höher, der nun den Ton von Utes Mikrofon übertrug.

# Kapitel 48

## Conil de la Frontera, Mittwoch, 26. Juli

Die Nacht war dunkel und bedrückend, als Ute Schilling die kurvige Straße entlangfuhr, die sich entlang des Hafens von Conil de la Frontera zog. Wegen der Nebelschwaden hatte sie keine zehn Meter Sicht. Ihr Herz hämmerte in ihrer Brust, während sie mit schweißnassen Händen das Lenkrad umklammerte. Die Gedanken an Álvaro und Alba, die sich in der Gewalt eines skrupellosen Entführers befanden, ließen sie kaum atmen. Sie war wie in einem Albtraum gefangen, aus dem es kein Erwachen gab.

Ihr weißer Polo war das einzige Auto auf der Straße, und die Scheinwerfer schnitten scharfe Kegel in den Nebel, der sich langsam über die Landschaft legte. Die kurvige Straße, die sich um den Hafen wand, wirkte in der Dunkelheit bedrohlich, als ob die Schatten selbst sich verschworen hätten, sie zu verschlingen. Die Serpentinen zogen sich den Hügel hinter der Hafeneinfahrt hinauf in die Höhe, während Ute jede Kurve mit knirschenden Zähnen meisterte. Der Leuchtturm von Conil war bereits von Weitem zu sehen, sein Licht brach wie ein stummes Versprechen durch den Nebel.

Endlich erreichte sie die Anhöhe samt Leuchtturm. Sie stellte den Wagen ab und ließ den Motor ausklingen. Die Stille danach war überwältigend. Der sanfte Wind trug den salzigen Duft des Meeres mit sich und vermischte sich mit der Kühle der Nacht. Ute schlug die Tür des Autos zu und ging um das Gebäude herum. Jeder Schritt schien lauter als der letzte, und der knirschende Kies unter ihren Füßen hallte in der Dunkelheit wider.

Ute umklammerte ihr Handy, das sie fest an ihre Brust drückte. Immer wieder blickte sie auf die Uhr und dann aufs Meer, das tief unter ihr an die Klippen schlug. Der Nebel hatte die Sicht fast vollständig verschlungen, nur das fahle Licht des Leuchtturms schnitt noch durch die Schwärze.

Dann, endlich, um 1:27 Uhr, klingelte ihr Handy. Sie zuckte zusammen und griff hastig danach. Eine verzerrte Stimme drang durch den Lautsprecher, kalt und emotionslos.

„Folgen Sie dem Wanderweg *Sendero Cabo de Roche*", befahl die Stimme. „Gehen Sie allein. Niemand darf Ihnen folgen." Ute nickte mehrfach, obwohl der Anrufer sie nicht sehen konnte. Ihre Hände zitterten, als sie sich in Bewegung setzte. Der Wanderweg führte sie tiefer in die Dunkelheit, abseits der Lichter des Leuchtturms. Die Vegetation auf beiden Seiten des Pfades verschlang sie fast, und das Geräusch ihrer Schritte war das Einzige, was die erdrückende Stille durchbrach.

Nach wenigen hundert Metern erreichte sie einen hölzernen Unterstand. Ihr Atem ging stoßweise, und sie konnte die Panik kaum unterdrücken. Plötzlich hörte sie ein penetrantes Summen. Eine Drohne, ausgestattet mit einem grellen Scheinwerfer, kam herangeflogen und landete präzise auf dem Dach des Unterstands. Ihr grelles Licht blendete Ute, und sie hielt die Hand schützend vor die Augen.

„Werfen Sie Ihr Handy ins Meer", kam die Anweisung von der Drohne, diesmal ohne Verzerrung, aber mit der gleichen kühlen Präzision. Ute schluckte schwer, dann ging sie widerwillig zum Rand der Klippe und warf das Handy ins dunkle Wasser. Sie hörte, wie es mit einem Platschen verschwand.

„Nehmen Sie die Plastiktüte aus dem Greifarm der Drohne und holen Sie das iPad heraus", befahl die Stimme erneut. Ute tat, wie ihr geheißen. Das Display leuchtete sofort auf, und ein Livestream begann. Ein vermummter Mann erschien auf dem Bildschirm, seine Augen hinter einer Sonnenbrille verborgen.

„Zeigen Sie die Tasche in die Kamera", verlangte er. Ute hob die Tasche, die sie bei sich trug, in die Höhe. Die Drohne summte bedrohlich über ihr, und sie spürte den kühlen Luftzug ihrer Rotoren.

„Gut. Jetzt öffnen Sie die Tasche und zeigen die Geldscheine", befahl der Mann. Ute fummelte mit zitternden Händen an dem Beutel herum und hielt die Bündel Geld in die Kamera.

„Legen Sie die Scheine in die Plastiktüte und befestigen Sie sie wieder an der Drohne", kam die nächste Anweisung. Ute wollte gehorchen, doch dann stockte sie. „Ich will zuerst meine Kinder sehen", forderte sie mit brüchiger Stimme.

„Wir geben hier die Befehle! Sie führen sie aus! Was wagen Sie sich, Forderungen zu stellen? Wenn Sie nicht ganz genau das tun, was wir sagen, bringen wir die Kinder statt zu Ihnen zu ihrem Vater."

Ute unterdrückte tapfer einen Heulkrampf. „Wenn ich nicht mit meinen Kindern sprechen kann, dann gibt es kein Geld. Ganz einfach!"

Ein Moment der Stille folgte. Dann flackerte das Bild auf dem iPad und zeigte plötzlich Álvaro und Alba. Sie saßen auf der Rückbank eines Autos, offensichtlich verängstigt. Ute erkannte das rote Logo einer Repsol-Tankstelle, die Kinder mussten in Spanien sein. Das Bild war verschwommen, aber ihre Engel schienen unversehrt.

„Mama?", flüsterte Álvaro ins Mikrofon, und Ute spürte, wie Erleichterung ihr Herz überschwemmte.

„Alles wird gut, Liebling", antwortete sie, doch ihre Stimme zitterte.

„Die Kinder werden freigelassen, sobald das Geld an der Drohne hängt", versprach die verzerrte Stimme. Ute wusste, dass sie keine Wahl hatte, legte die Geldscheine in die Plastiktüte und befestigte sie wieder an der Drohne.

Das Summen der Drohne wurde lauter, als sie sich in die Luft erhob und mit dem Geld in Richtung Landesinnere verschwand, immer weiter weg, bis sie schließlich außer Sichtweite war. Ute blieb allein im Dunkeln zurück, das Rauschen des Meeres und der sanfte Wind waren die einzigen Geräusche, die die beängstigende Stille durchbrachen.

Tränen liefen ihr über das Gesicht, als sie in die Dunkelheit starrte, betend, dass sie ihre Kinder bald wieder in die Arme schließen könnte.

## Kapitel 49

### Conil de la Frontera, Mittwoch, 26. Juli

Isabella stand in der *Comandancia* der Guardia Civil in Conil. Vor ihr diverse Bildschirme, an denen Beamte saßen. Ihr Team war strategisch positioniert, die Polizisten hatten ihre Posten eingenommen, aber sie wusste, dass die nächsten Minuten alles entscheiden würden. Jetzt, in den letzten Augenblicken dieser beschissenen Nacht, lag es an ihr, sicherzustellen, dass die Täter zur Rechenschaft gezogen würden.

Kurz vor 1 Uhr sah sie Utes weißen Polo die kurvige Straße am Hafen entlangfahren. Isabella beobachtete, wie das Auto langsam die Serpentinen zum Leuchtturm hinaufstieg und schließlich parkte. Sie konnte die Anspannung der Mutter förmlich spüren, als sie ausstieg und um den Leuchtturm herumging. Isabella drückte ihren Knopf im Ohrstück.

„Alle Einheiten bereit. Kein Zugriff, es sei denn, ich gebe das Signal", flüsterte sie in das Mikrofon. Eine Bestätigung folgte in leisen, knappen Worten. Die Polizisten umstellten das Gebiet, aber sie blieben unsichtbar für Ute und jeden anderen, der sie beobachten könnte.

Ute ging unruhig um den Leuchtturm, blickte immer wieder auf ihr Handy und dann hinaus aufs Meer. Isabella konnte ihren eigenen Herzschlag in den Ohren spüren. Sie wusste, dass jeder falsche Schritt das Leben der Kinder kosten könnte. Es war kurz vor halb zwei als Utes Handy klingelte. Isabella konnte durch die Abhörtechnik mithören, als eine verzerrte Stimme Ute Anweisungen gab.

„Folgen Sie dem Wanderweg *Sendero Cabo de Roche*. Gehen Sie allein."

Isabella nickte, als sie Ute gehorchen sah. Ihre Schritte hallten in der Nacht wider, und Isabella gab den Polizisten an den Beobachtungsposten ein Zeichen, sich bereitzuhalten.

Nachdem Ute den hölzernen Unterstand erreicht hatte, hörte Isabella das Summen der Drohne. Es war ein Geräusch, das ihr die Nackenhaare aufstellte. Die Drohne landete und blendete Ute gnadenlos. Isabella konnte sehen, wie die Frau vor Angst und Verzweiflung zitterte, während die Drohne Anweisungen erteilte.

Als Ute schließlich die Plastiktüte von der Drohne nahm und das iPad herauszog, hörte Isabella, wie Ute ein Lebenszeichen der Kinder verlangte. Das war so einstudiert. Gut, Ute! Nach einem kurzen Gespräch mit den Kindern wurde das Geld in die Tüte gepackt, und die Drohne erhob sich wieder in die Luft und verschwand in Richtung Landesinnere.

„Scheiße!", fluchte Isabella verzweifelt. „Jetzt bleibt uns nur noch der Heli." Sie gab dem Hubschrauber Typ Airbus H135 Eurocopter – bereits in der Luft und mit Nachtsichtgeräten ausgestattet – den Befehl, der Drohne zu folgen. Der Pilot erhielt die Koordinaten der Drohne und folgte ihr aus großer Höhe. Das war ihre einzige Chance, den Aufenthaltsort der Entführer zu entdecken, ohne dass sie Verdacht schöpften.

Isabella beobachtete auf ihrem eigenen Monitor den Weg der Drohne. Das Team im Hubschrauber meldete, dass sie das Objekt auf dem Radar hätten. Isabella drückte die Daumen, dass die Täter keinen Verdacht schöpfen würden, während der Hubschrauber der Drohne, die als ein kleiner Punkt auf dem Monitor erschien, in Richtung der Autobahn folgte.

„Behaltet sie im Auge", sagte sie leise, während sie die Übertragung auf dem Bildschirm verfolgte. Die Drohne flog schnurgerade, als hätte sie ein klares Ziel. Isabella hoffte, dass sie direkt zu den Entführern führte, die sich irgendwo im Landesinneren versteckt hielten.

Plötzlich bemerkte sie eine Veränderung. Die Drohne verlor an Höhe, als sie sich einem abgelegenen Pinienwald in der Nähe der Autobahn A-48 nach Jerez näherte. Der Hubschrauber blieb in sicherer Entfernung, um nicht aufzufallen, aber nah genug, um jede Bewegung der Drohne zu verfolgen.

„Sie geht runter", meldete der Pilot. Isabella fühlte einen Schauer über den Rücken laufen. Die Drohne verschwand im Wald, und die Sicht auf den Monitor wurde verdeckt. „Verdammt, wir verlieren sie!"

Felipe schaute Isabella fragend an. „Sag mal, Isa, ist das nicht der *Pinar del Hierro* bei *Pago del Humo*? Die Gegend kenne ich. Ich spiele da an den Wochenenden manchmal Paintball. Hinter dem Waldstück befindet sich eine Repsol-Tankstelle und die Auffahrt zur Autobahn. Dort müssen sie sein. Wir sollten nun die Autobahn in beide Richtungen sperren und wir brauchen sofort ein Team in dieser Gegend."

Isabella nickte zustimmend. „Du fängst langsam an, wie ein Polizist zu denken, Felipe. Genauso machen wir es." Sie wies alle Einheiten an, den Einsatz am Hafen abzubrechen und, so schnell es geht, zum Waldstück zu fahren. Der Beamte auf dem Leuchtturm bekam den Befehl, Ute Schilling einzusammeln und sie in die *Comandancia* zu bringen.

## Kapitel 50

## Conil de la Frontera, Mittwoch, 26. Juli

Der dichte Nebel legte sich wie eine undurchdringliche Decke über den Parkplatz der Repsol-Tankstelle nördlich von Conil de la Frontera bei *Pago del Humo*. Es war kurz vor zwei Uhr morgens, und die Szenerie wirkte gespenstisch. Die Sicht war so schlecht, dass kaum die Umrisse der Zapfsäulen und der roten Leuchtreklame zu erkennen waren, geschweige denn die Gesichter der Menschen, die sich in der Nähe aufhielten. In einem alten, abgenutzten Renault Clio saßen Roberto und Diego und die beiden Kinder.

Roberto, groß und schlaksig, mit harten Gesichtszügen und einer tiefen Narbe, die sich über seine linke Wange zog, trommelte mit den Fingern auf das Lenkrad. Neben ihm saß Diego, kleiner und ebenfalls hektisch und nervös. Sein dichter Bart verdeckte einen Großteil seines Gesichts. Seine stechenden Augen glitzerten vor Zorn.

„Du Idiot! Wie konntest du die Drohne in den Baum fliegen lassen?" Diegos Stimme war ein wütendes Zischen, während er Roberto anstarrte. Die Wut in ihm kochte über, und er schlug mit der Faust auf das Armaturenbrett. „Wir waren so dicht davor, wir hatten das Geld fast – und du vermasselst es!"

Roberto biss die Zähne zusammen. „Die Sicht ist beschissen, Diego. Ich konnte nichts tun. Und ich darf dich daran erinnern, dass das mit der verfuckten Drohne deine Idee war."

Auf der Rückbank des Autos saßen die beiden entführten Kinder. Das Gejammer der Kinder wurde von den Hauben, die man ihnen aufgesetzt hatte, gedämpft. Trotzdem ging der Lärm den beiden Männern auf die Nerven. Er stresste sie noch mehr.

„Haltet die Klappe!" Diego drehte sich ruckartig um, brüllte die Kinder an und boxte gegen die Decke der Klapperkiste. Dann wandte er sich wieder an Roberto. „Wir müssen jetzt sofort das Geld finden, sonst war alles umsonst. Geh und such die Knete."

Roberto nickte stumm, öffnete die Fahrertür und sprang in die feuchte Nacht hinaus. Diego rief ihm hinterher: „Um eins klarzustellen: Wenn du nicht zurückkommst und mit der Kohle abhaust, finde ich dich und bringe dich um."

Der Nebel war so dicht, dass Roberto kaum die Hand vor Augen sehen konnte. Er rannte in den Wald, in Richtung des Pinienbaums, in dem die Drohne abgestürzt war. Seine Schritte waren hastig, fast panisch, als er den Baum schließlich erreichte. Er konnte die Drohne in den Zweigen des Baums schwach ausmachen, denn der kleine Frontscheinwerfer war angeschaltet und funktionierte noch.

Mit zitternden Händen begann er, den Baum zu erklimmen. Die Rinde war rutschig vom Nebel, und mehrmals drohte er abzustürzen, doch schließlich erreichte er die Drohne. Er packte sie fest, sah nach der Tasche – das Geld war noch da. Er atmete erleichtert auf, bevor er mit dem Beutel und der Drohne wieder nach unten kletterte und zurück zum Auto rannte.

Als er in das Auto sprang, funkelten Diegos Augen vor Wut. „Das war knapp, verdammt." sagte er, nahm die Drohne und warf sie auf den Beifahrersitz.

„Lass uns diese Sache beenden."

Die beiden Kinder auf der Rückbank beschwerten sich jetzt noch lauter.

„Sie haben doch jetzt das Geld. Lassen Sie uns bitte zu unserer Mama. Das haben Sie versprochen."

„Tut mir leid, Planänderung. Ihr habt unsere Gesichter gesehen. Ihr wisst leider zu viel."

Roberto öffnete das Handschuhfach und tränkte ein schmutziges Baumwolltuch mit einer stinkenden Flüssigkeit. Er riss erst dem Mädchen und dann dem Jungen die Maske vom Kopf und presste den widerlichen Lappen fest auf die Münder der Kinder, bis diese betäubt zur Seite kippten und schliefen.

„Warum hast du sie nicht gleich hier an Ort und Stelle erschossen?", fragte Diego.

Roberto startete den Motor, und das Auto setzte sich mit einem Ruck in Bewegung. „Schüsse an einer Tankstelle wären ein bisschen auffällig, meinst du nicht? Außerdem würden die uns die komplette Karre versauen und können uns später vielleicht noch nützlich sein. Und jetzt nichts wie weg hier." sagte Diego und Roberto gab Gas.

Sie fuhren mit hoher Geschwindigkeit los, die Scheinwerfer des Autos schnitten durch den dichten Nebel. Nach wenigen hundert Metern erreichten sie die Autobahn Richtung

Sevilla. Sie mussten hier weg, bevor die Guardia Civil die Gegend abriegeln konnte.

Nach ein paar Kilometern tauchten plötzlich blaue Lichter im Nebel auf. Eine Straßensperre der Guardia Civil zeichnete sich undeutlich vor ihnen ab. *„Puta mierda* – Scheiße," fluchte Roberto und trat auf die Bremse.

„Was sollen wir denn jetzt machen?", fragte Diego.

„Wir setzen uns mit der Knete nach Marokko ab, bis Gras über die Sache gewachsen ist. Solange wir die Gören dabeihaben, werden die Bullen es nicht wagen, auf uns zu schießen. Wir müssen es nur bis zum Boot schaffen, dann sind wir weg und keiner kann uns einholen."

Schon erklang eine Stimme aus einem Lautsprecher von einem der beiden Polizeifahrzeuge, die quer auf der Fahrbahn standen. „Sie da im Renault, wir haben Sie umstellt! Kommen Sie mit erhobenen Händen raus."

Roberto kurbelte das Fenster herunter und schrie: „Wir haben zwei Kinder dabei! Lasst uns gehen, und niemand wird verletzt!"

Ein Moment der Stille folgte, während die Polizisten auf Anweisungen warteten. Nach einer langen, angespannten Pause kam die Antwort. „Wir lassen euch fahren, aber gebt uns vorher die Kinder!"

Roberto schüttelte den Kopf und schrie: „Das ist nicht verhandelbar. Freies Geleit oder die Kinder sterben!"

Weitere Minuten vergingen, dann fuhren die beiden auf der Autobahn stehenden Polizeiwagen langsam zurück und gaben den Weg frei. Roberto drückte das Gaspedal durch, und der alte Renault ruckte vorwärts in die Nacht, während die Lichter der Polizei hinter ihnen verblassten.

## Kapitel 51

### Conil de la Frontera, Mittwoch, 26. Juli

Als die Nachricht in der *Comandancia* einging, dass die beiden Entführer mit den Kindern entkommen und in Richtung Norden unterwegs waren, machte sich Fassungslosigkeit breit.

Isabella blickte in leere Gesichter. Was hatte diese Nacht noch mit ihnen vor?

Isabella funkte als Erstes die Besatzung des Eurocopters an. „Kollegen, die Entführer sind nach Norden auf der AP-4 unterwegs. Bleibt an ihnen dran und unterrichtet uns permanent über ihren Standort. Wie lange könnt ihr noch in der Luft bleiben?"

„Wir haben noch gut eine Stunde, bis wir zum Stützpunkt zurückmüssen."

Danach beorderte sie alle Einheiten weg vom Hafen und ordnete die Verfolgung der Entführer an. Der Beamte auf dem Leuchtturm bekam den Auftrag, Ute in die *Comandancia* zu begleiten und ihr die schlechten Neuigkeiten zu überbringen.

## Kapitel 52

### Conil de la Frontera, Mittwoch, 26. Juli

Rafa spürte, wie sich die feuchte, kühle Luft des nächtlichen Nebels auf sein Gesicht legte und ihm eine unangenehme Gänsehaut bereitete. Die Schritte auf den Serpentinen, die sich vom Hafen von Conil hinauf zum alten Leuchtturm von Cabo de Roche schlängelten, waren schwer und von einer inneren Unruhe getrieben.

Er war sich nicht sicher, ob er Ute in einem der Autos der Guardia Civil gesehen hatte und erreichte sie nicht auf ihrem Handy. Ein ungutes Gefühl drängte ihn weiter nach oben, zum Leuchtturm, dessen Leuchtfeuer wie ein einsames Auge durch die neblige Dunkelheit schnitt.

Als er das Ziel erreichte, hatte sich die Anspannung zu einem unüberhörbaren Dröhnen in seinen Ohren gesteigert. Doch nichts hatte ihn auf den Anblick vorbereitet, der sich ihm bot, als das nächste Drehmoment des Leuchtfeuers die Szenerie vor ihm erhellte.

Der Scharfschütze der Guardia Civil lag regungslos auf dem Boden, Blut floss in dünnen Strömen aus seinem Hinterkopf, der durch Einschusslöcher entstellt war. Das Blutrot schien im Kontrast zu dem milchigen Nebel unwirklich.

Rafa erstarrte. Seine Augen wanderten weiter zum hölzernen Geländer, das die Klippen zum offenen Ozean hin absicherte. Dort stand Ute Schilling, doch sie war nicht allein. Hinter ihr befand sich eine Gestalt, die ihr eine Pistole an den Kopf hielt. Der Anblick der Waffe und die drohende Lage ließen ihn funktionieren. Wie im Training zog er seine Pistole und bewegte sich im Zick-Zack-Kurs weiter vor.

„Bleiben Sie ruhig", sprach er mit fester Stimme. Die Person, die Ute bedrohte, schrie ihm wirr entgegen: „Leg deine Waffe auf den Boden, Rafa!" Es war eine Frauenstimme, die sich überschlug und etwas Verstörendes an sich hatte.

Rafa gehorchte nicht, sondern zielte genau zwischen die Augen der Geiselnehmerin. Ein Schuss auf diese Distanz war riskant, aber für den ehemals besten Schützen seiner Einheit nicht unmöglich. Jeder Schritt näher würde seine Chance, sein Ziel zu treffen, weiter erhöhen. „Wer sind Sie?", fragte er, versuchte die Waffe maximal ruhig zu halten. „Was wollen Sie?"

Ein höhnisches Lachen erfüllte die Luft, als das Leuchtfeuer erneut drehte und die Szenerie kurz erhellte. Die Frau vor ihm schien für einen Moment zu schwanken, doch dann schrie sie ihm erneut entgegen: „Hast du es immer noch nicht verstanden, Rafa? Auch nach Marrakesch nicht und nicht nach deinem kleinen Autounfall in Conil? Hast du mich allen Ernstes immer noch nicht erkannt? Ich habe mich dir doch beim letzten Mal sogar schon gezeigt."

Sie riss sich eine Maske vom Gesicht, und was darunter zum Vorschein kam, ließ Rafa stocken. Eine Seite ihres Gesichts war grotesk entstellt, verbrannt und entblößt, mit Narben überzogen, das Haar in schütteren, unregelmäßigen Büscheln verstreut.

„Daniela … Leona?", stammelte er, als die Erkenntnis ihn wie ein Schlag traf. „Ich dachte, du wärst tot. Was hast du bloß getan …?"

„Was *ich* getan habe?", schnaubte sie und hob die Pistole wieder an Utes Kopf. „Was *du* mir angetan hast, Rafa! Du hast mich verraten! Deinetwegen saß ich im Gefängnis! Wegen dir und dem explodierten Fluchtwagen bin ich jetzt das, was du siehst!" Sie lachte kalt, als sie die Waffe bedrohlich an Utes Schläfe presste.

Rafa wusste, dass jede falsche Bewegung jetzt tödlich sein konnte, für Ute und möglicherweise auch für ihn selbst. „Was hast du mit meinem Kollegen vom Leuchtturm gemacht?"

„Das ist so eine dumme Frage, Rafa! Ich habe ihm in den Kopf geschossen. Das war ganz einfach. Ich musste nur warten, bis er die lange Metallleiter herabsteigt, da war der Gute abgelenkt und ganz und gar arglos."

„Du bist und bleibst eine kaltblütige Mörderin, Daniela. Was willst du?", fragte er mit so viel Gelassenheit, wie er aufbringen konnte.

„Dich!" Ihre Stimme tropfte vor Hass. „Ich will dich tot sehen, Rafa. Aber zuerst werde ich dich leiden lassen. Leg die Waffe weg und komm rüber zu mir – dann lasse ich Ute laufen. Ich will nur dich."

Rafa seufzte schwer. Er könnte Daniela mit einem Kopfschuss eliminieren. Er schätzte, dass seine Trefferwahrscheinlichkeit aus der aktuellen Entfernung bei 95 Prozent liegen würde. Aber was war mit Ute? Eine ungelenke Bewegung im falschen Moment und Rafa würde sie treffen. Er wusste, dass er keine Wahl hatte. Langsam kniete er sich nieder und legte seine Waffe zu Boden. „Lass jetzt Ute gehen", sagte er und sah Ute tief in die Augen. „Renn, so schnell du kannst!"

Ute zögerte nicht, sie drehte sich um und sprintete die Serpentinen in Richtung Hafen hinunter, während Rafa zurückblieb, den Abgrund und den Wahnsinn der Situation vor Augen.

„Endlich!" Daniela grinste siegessicher. Sie richtete die Waffe auf Rafa, doch bevor sie abdrücken konnte, sprach Rafa schnell weiter: „Daniela, warte! Ich muss etwas wissen …"

„Was? Wofür willst du deine letzten Sekunden verschwenden, Rafa?"

„Eins verstehe ich nicht. Hatten die beiden Mordanschläge auf mich also gar nichts mit diesem Fall und dem Verschwinden der Kinder zu tun?"

„Nun, ohne eure Korruptionsermittlungen im Zuge dieser *Operación Hormigón* wäre ich vermutlich gar nicht auf freiem Fuß."

„Was hat deine Flucht denn damit zu tun?"

„Vor drei Wochen hat mich ein Richter im Gefängnis aufgesucht. Ich hatte eigentlich nie Besuch und dann gleich so ein hoher Gast! Er hat mich gefragt, ob ich als Kronzeugin gegen gewisse Leute aussagen würde und mir dafür Straffreiheit versprochen."

„Das war sicher Richter García. Was ist danach passiert?"

„Am nächsten Tag hatte ich unangekündigten Besuch von meinem Anwalt, der seltsamerweise von dem Vorschlag des Richters wusste. Er riet mir dringend davon ab, auszusagen, und informierte mich, dass die Sache mit der Straffreiheit ein Märchen war. Stattdessen offenbarte er mir im Vertrauen, dass meine Flucht aus dem Gefängnis organisiert worden war. Er sagte mir, dass am nächsten Tag die Tür hinter der Wäscherei offenstehen würde und ich in die Laken des Wäschetransporters klettern sollte. So kam es dann ja auch."

„Und du hast dir vermutlich nie die Frage gestellt, ob der Unfall mit dem in Flammen aufgegangenen Fluchtwagen danach ein Zufall war oder ob dich jemand gezielt zum Schweigen bringen sollte?"

„Unfug, Rafa. Unfug! Ich hatte noch etwas zu erledigen, wovon auch die profitieren werden. Ich habe denen mein Wort gegeben, dass ich *dich* erledige, auch wenn es das Letzte ist, was ich tue. Aber irgendwie hast du bisher alle meine Anschläge überlegt. Ich werde bald verrückt, wenn du nicht endlich stirbst. Nun, dafür sind wir ja jetzt hier", sagte Daniela und lachte wirr.

„Warte. Wie konntest du denn immer dort zuschlagen, wo ich ermittelt habe? Dafür hättest du schon im Vorfeld wissen müssen, wann ich wo auftauchen würde."

„Ja, das war sehr praktisch ..."

„Also steckt jemand von der Guardia Civil mit drin! So wie damals, als der Brandanschlag auf mein Haus als Unfall vertuscht wurde. Wer ist der Verräter, wer war damals und heute beteiligt?"

Daniela zögerte einen Moment, der Wahnsinn blitzte in ihren Augen auf. „Du willst es wirklich wissen?" Sie lachte spöttisch. „Was bringt dir das denn jetzt noch? Es gibt immer und überall korrupte Bullen, Rafa. Deine heißgeliebte Guardia Civil ist nicht so sauber, wie du denkst. Es gibt eine Liste, weißt du? Eine handschriftliche Liste aller Handlanger. Es ist ein kleines, schwarzes Büchlein. Darin steht, wer alles für die Drogenmafia arbeitet, und sogar, wer wann wofür wie viel Geld bekommen hat. Mein Ex-Mann hat sie einst bei Señor Perez heimlich mit dem Handy abfotografiert und ich habe diese Bilder noch."

„Steht Domingo Chorizo auch mit drauf?"

„Nicht nur er, da stehen viele Namen drauf, von denen du es vermutlich nie denken würdest. Die Liste ist lang. Aber ich denke, ich habe mich genug an deiner Verzweiflung erfreut. Jetzt ist es Zeit zu sterben."

Als Daniela ihre Waffe hob, durchbrach ein Schuss die angespannte Luft. Die Waffe wurde aus Danielas Hand geschossen, als Isabella Fernández aus dem Schatten trat und dabei weiterhin auf Daniela zielte.

„Keine Bewegung, Daniela!", schrie Isabella, während sie auf sie zukam, doch Daniela, in einem letzten Akt der Verzweiflung, wandte sich um und rannte auf die Klippe zu. Rafa sprang hinterher, griff nach ihrem Arm und hielt sie fest, während sie über dem Abgrund baumelte.

„Du kannst nicht sterben, Daniela! Du schuldest mir noch Antworten! Wo ist diese Liste?", rief er verzweifelt.

Doch Daniela lachte nur. Ein letzter Funke Wahnsinn flackerte in ihren Augen, bevor sie sich von Rafas Hand losriss und in die Tiefe stürzte. Ihr Körper verschwand im Nebel, doch ein schreckliches Krachen verriet, dass ihr Sturz tödlich geendet hatte.

Rafa und Isabella blickten auf die Stelle, an der Daniela verschwunden war, das Leuchtfeuer warf für einen kurzen Moment Licht auf den auf grausame Weise entstellten Körper, der auf einem spitzen Felsen aufgespießt war.

„Danke, Isa. Du hast mir das Leben gerettet."

„Das hab ich gerne gemacht. Ich habe nämlich keine Ahnung, wie viele Leben du noch übrighast. Aber komm, wir haben keine Zeit, wir müssen los."

„Sind die Kinder nicht in Sicherheit? Die Entführer haben doch, was sie wollen."

Isabella zerrte ihre Jacke fester um sich, das Funkgerät in ihrer Hand knisterte. „Sie sind mit den Kindern auf der A-48 Richtung Cádiz", erklärte sie mit belegter Stimme. „Alles weitere erzähle ich dir im Auto."

## Kapitel 53

### Conil de la Frontera, Mittwoch, 26. Juli

Nach einer gefühlten Ewigkeit, die in Wahrheit nur zehn Minuten dauerte, hatten die Entführer den *Caño der Sancti Petri* überquert und erreichten die Ausfahrt 11 *San Fernando (Norte) La Carraca*. Über die *Avenida del Cid* erreichten sie nach wenigen hundert Metern das alte Salzwerk bei der Eisenbahnbrücke. Mit quietschenden Reifen hielten sie vor einer Lagerhalle, in der gut versteckt unter Planen ihre Lancha auf sie wartete. Hektisch öffnete Roberto das Vorhängeschloss im Licht der Handytaschenlampe.

„Und was machen wir jetzt mit den Scheißkindern?"

„Das sollte sogar dir klar sein, du Schlaumeier. Die machen einen kleinen Ausflug mit uns und werden Fischfutter. Hol sie aus dem Wagen und leg sie da vorne an die Rampe. Den Wagen verstecken wir in der Lagerhalle und verschwinden, ohne Spuren zu hinterlassen."

Das schwere Rolltor schoss mit lautem Klappern nach oben. Roberto schob das Boot auf dem Trailer zur Anlegestelle, wo Diego die schlafenden Kinder abgelegt hatte, und ließ es zu Wasser. Dann fuhr Diego den Wagen in die Halle und zog die Plane rüber. Roberto wuchtete die Kinder in die Lancha auf den Boden vor der hinteren Sitzbank und grinste zufrieden. Die Tasche mit dem Geld stellte er in den Fußraum neben dem Lenkrad.

Er starte die drei Außenbordmotoren durch eine Umdrehung des Zündschlüssels. Sie starteten sofort und brüllten wie ein Rennwagen. Diego rannte gehetzt herbei und sprang ins Boot.

Jetzt hatten sie es fast geschafft, auf dem offenen Meer waren sie sicher.

## Kapitel 54

### Conil de la Frontera, Mittwoch, 26. Juli

Rafa schien Isabella kaum zuzuhören. Seine Augen waren wachsam, aber der Blick irgendwo anders. „Sie haben vorhin der Mutter gesagt, dass sie die Kinder zum *Vater* bringen, wenn die Mutter nicht mitspielt und ihnen nicht das Geld gibt", murmelte er nachdenklich. „Das war vielleicht keine Floskel, Isa. Die Entführer wissen vermutlich, wo der Vater ist: Im Ozean vor der Küste von Barbate. Sie haben die Kinder doch dort aus dem Wasser gefischt. Was, wenn sie gar nicht nach Cádiz wollen?"

Isabella starrte ihn an. „Rafa, das ist ziemlich weit hergeholt, glaubst du nicht? Komm jetzt, wir müssen hinterher."

„Warte." Er legte ihr eine Hand auf die Schulter, sein Griff fest und bestimmt. „Ich hatte in letzter Zeit mehrmals einen Traum, Isabella. Die Kinder ... auf einem brennenden Boot. Sie werden nicht nach Cádiz fahren. Sie bringen sie aufs Meer hinaus, glaub mir."

Isabella zögerte. Die Kälte kroch in ihr Herz, als ob etwas an seinen warnenden Worten unweigerlich zu ihr durchdrangen. „Rafa, das ist doch Wahnsinn."

„Hör zu", drängte er. „Das Schnellboot Río Iro liegt unten im Hafen. Lass mich rausfahren. Wenn ich falsch liege, verlieren wir nichts, aber wenn ich richtig liege, gewinnen wir vielleicht alles."

Sie musterte ihn, suchte in seinem Gesicht nach irgendeinem Anzeichen von Unsicherheit, doch da war nichts. Schließlich nickte sie, holte tief Luft und griff zum Funkgerät. „Río Iro, meldet euch. Zwei Mann Besatzung und Rafa González an Bord. Fahrt sofort raus, Richtung Barbate. Es gibt Hinweise, dass das Schlauchboot der Entführer mit den vermissten Kindern dort auftauchen könnte."

Ein knapper Funkspruch bestätigte den Befehl, und Rafa eilte zum Hafen. Das Schnellboot lag bereits startbereit, das Dröhnen seiner Motoren vermischte sich mit dem heulenden Wind.

Die Wellen hoben und senkten das Boot wie ein Spielzeug-Rafa musste sich an der Reling festhalten, seine Desert Eagle im Halfter. Die beiden Beamten, die das Boot steuerten, waren erfahren, doch auch sie tauschten angesichts der rauen Bedingungen besorgte Blicke aus. Nach wenigen Minuten erreichten sie die Gegend vor Barbate, an Land konnten sie in großer Entfernung den *Faro de Trafalgar* – den Leuchtturm am Kap Trafalgar erkennen. Sie schalteten den Motor und alle Lichter aus, sodass das nur 14 Meter lange Polizeiboot den meterhohen Wellen gnadenlos ausgesetzt war.

„Funkmeldung!", rief einer der Beamten. „Der Hubschrauber meldet ein Schlauchboot, es fährt aus dem *Caño de Sancti Petri* auf den Atlantik hinaus und passiert mit hoher Geschwindigkeit die Insel mit dem *Castillo der Sancti Petri*. Es fährt die Küste hinunter in Richtung Marokko."

Rafa nickte. „Das hatte ich befürchtet. Lasst die Lichter weiterhin aus und haltet euch bereit. Sie sind vermutlich bewaffnet."

Der Hubschrauber begleitete das Boot der Entführer in großer Höhe. Plötzlich zischten ratternde Salven von Schüssen durch die Luft. Rafa vermutete, dass die Entführer ein Schnellfeuergewehr dabeihatten und auf den Heli feuerten.

„Verdammt", fluchte einer der Piloten durch den Funk. „Wir gehen auf zehn Kilometer Höhe, dann können sie uns nicht treffen. Aber wir werden nicht mehr lange helfen können. Wir haben bald keinen Sprit mehr und müssen zurück zur Basis."

Rafa biss die Zähne zusammen.

Die Lancha der Entführer näherte sich unaufhaltsam. Erst sahen sie die flackernden Lichter und hörten dann den lauter werdenden Sound der Außenbordmotoren. Schon bald war sie in der Nähe und kurz davor, sie zu passieren, als sie auf einmal langsamer wurden.

„Haben die uns gesehen?", fragte Rafa seine Begleiter.

„Eher nicht, warum sollten sie sonst langsamer werden und uns nicht angreifen?"

Rafa griff zum Nachtsichtgerät und erkannte die Silhouetten der Entführer auf dem Schlauchboot. Die zwei Gestalten hantierten hektisch an etwas. Dann sah er es: Der reglose Körper eines der beiden Kinder wurde auf die Reling gelegt.

„Sie wollen die Kinder jetzt über Bord werfen!", schrie Rafa. „Nicht mit mir. Startet die Motoren, nichts wie los jetzt", befahl Rafa. Fahrt mich so nah ran, wie möglich." Das Schnellboot der Polizei schloss langsam auf.

Rafa zog seine Desert Eagle, richtete sie auf einen der drei Außenbordmotoren des Schlauchboots und feuerte. Ein ohrenbetäubender Knall zerriss die Nacht, gefolgt von einem metallischen Kreischen. Das Schlauchboot zuckte zur Seite, der Motor war getroffen und explodierte.

Jetzt hatten die Entführer das Polizeiboot entdeckt. Sie reagierten sofort, indem sie das Feuer erwiderten. Kugeln zischten durch die Luft, eine traf die Reling des Polizeiboots, nur Zentimeter von Rafa entfernt.

„Rafa!", rief einer der Beamten warnend, doch der duckte sich nicht. Stattdessen zielte er erneut und feuerte, diesmal auf den zweiten Motor. Das Schlauchboot kam endgültig zum Stillstand.

Nun griff einer der Entführer nach einem Kanister. Benzin floss über das Schlauchboot, und im nächsten Moment flammte ein Feuer auf.

„Verdammt, was machen diese Idioten?!" Rafa sprang, ohne nachzudenken, ins Wasser.

Das Schlauchboot stand mittlerweile hell lodernd in Flammen, die Hitze war selbst aus der Entfernung und trotz der Kälte des Meeres spürbar. Die Entführer sprangen ins Wasser, versuchten ins Dunkel der Nacht zu fliehen. Rafa ignorierte sie, die Küste würden sie von hier aus kaum erreichen. Selbst den besten Schwimmern dürfte das bei diesem Seegang nicht gelingen. Sein Blick war einzig auf die Stelle gerichtet, an der die Kinder untergegangen waren.

Er tauchte unter, die Welt um ihn wurde still, nur das Geräusch seines Atems und das Schlagen seines Herzens blieben. Er tauchte einige Meter tief. Seine Finger tasteten im kalten, dunklen Wasser, bis er auf etwas Weiches stieß: ein Kinderkörper.

Er zog das Mädchen an die Oberfläche, tauchte erneut. Sekunden dehnten sich zu Ewigkeiten, doch dann fand er auch den Jungen. Keiner von beiden atmete, doch wollte er die Hoffnung nicht aufgeben.

„Holt sie hoch!", schrie Rafa, als er die Kinder ans Boot brachte. Die Beamten zogen sie an Bord und begannen sofort mit Wiederbelebungsmaßnahmen.

Rafa klammerte sich kraftlos an die Reling, sein Körper zitterte vor Anstrengung. Die Flammen des Schlauchboots warfen tanzende Schatten auf das Meer, das langsam die Überreste verschlang.

Als er sich ins Boot zog, hörte er das erste Husten des Mädchens. Der Junge folgte kurz darauf, seine Augen öffneten sich mühsam. Rafa sank erschöpft auf die Knie.

In seinem Kopf hallte der Traum nach, doch die brennenden Kinder auf dem Boot waren nun lebendig und in Sicherheit.

„Du hast es geschafft, Rafa", flüsterte einer der Beamten.

Rafa nickte stumm, während der Himmel im Osten das erste Rosa des Morgens zeigte. Die Nacht hatte ihre Schrecken offenbart, doch sie hatten gesiegt – diesmal.

## EPILOG

Das Rauschen der Wellen, die sanft gegen den Strand von Conil de la Frontera schlugen, vermischte sich mit dem leisen Murmeln der Gäste im *Restaurante* Francisco Fontanilla. Das Strandrestaurant war belebt. Rafa und Isabella saßen in der ersten Reihe mit direktem Blick aufs Meer, wo die Sonne als orange-roter Ball langsam hinter dem Leuchtturm von Conil ins Meer tauchte. Vor ihnen stand eine dampfende Paella, obenauf geschickt verziert mit roten Riesengarnelen, und neben dem Tisch im silbernen Weinkühler eine Flasche Riesling von Markus Molitor, deren kühle Frische perfekt zu der leichten Brise passte.

Rafa legte seinen Arm um Isabella und prostete ihr zu. „Auf uns", sagte er leise, ein Lächeln auf den Lippen. „Und auf das Happy End für Álvaro und Alba."

„Ich kann immer noch nicht fassen, dass es vorbei ist", sagte Isabella und legte ihre Hand auf Rafas. Ihre Augen wirkten nachdenklich.

„Ich auch nicht", antwortete Rafa, während er einen Schluck von dem Weißwein nahm. „Es ist schwer zu glauben, dass wir die Kinder retten konnten. Dass sie nun endlich wieder bei ihrer Mutter sind." Er seufzte voller Erleichterung. „Aber das Motiv des Vaters … es lässt mich einfach nicht los."

Isabella nickte. „Es ist auch für mich unmöglich, es zu verstehen. Mord ist das schlimmste Verbrechen, aber seine eigenen Kinder töten zu wollen, sie für immer verschwinden zu lassen – das ist jenseits von allem, was ich je erlebt habe."

Rafa starrte hinaus auf das Meer, das nun im letzten Licht des Tages wie eine riesige, stille Weite vor ihnen lag. „Und mehr noch: Er wollte die Kinder und sich selbst in den Tiefen des Atlantiks verschwinden lassen. Dort, wo das Wasser so tief ist, dass sie nie gefunden worden wären. Ein ewiger Albtraum für die Mutter."

„Sie hätte nie Frieden gefunden", flüsterte Isabella. „Nie gewusst, ob die Kinder noch leben oder nicht. Und nie herausfinden können, ob es ein Unfall war, eine Entführung oder Selbstmord. Er wollte sie in einem endlosen Kreislauf des Schmerzes gefangen halten."

Rafa schüttelte den Kopf. „Allerdings. Deshalb konnte er auch nicht akzeptieren, dass die Tiere die Yacht versenken: Es war nicht die richtige Stelle, das Wasser war dort gut 1.000 Meter tief, aber nicht tief genug. Ihm war klar, dass wir das Boot dort gefunden hätten und alles nach einem Unfall mit Orcas ausgesehen hätte. Das war nicht sein Plan. Er wollte weiter raus, wo der Atlantik 5.000 Meter und mehr tief ist und wo wir keine Chance gehabt hätten, das Wrack zu finden. Das hat der Suchverlauf des Handys gezeigt, den wir in seiner Hosentasche gefunden haben. Er hat in den letzten Tagen vor seinem Verschwinden intensiv im Internet danach recherchiert, bis zu welche Tiefe Tauchroboter tauchen können und wo der Atlantik vor Südspanien am allertiefsten ist. Das haben auch die armen Kinder so ausgesagt. Er wollte, dass es zu 100% so ablief, wie sein krankes Hirn es vorbestimmt hatte. Deshalb musste er versuchen, die Tiere zu vertreiben. Es war unerträglich, was die Kinder über die letzten Minuten mit ihrem Vater erzählt haben. Wie müssen sie ihn angesehen haben, als sie verstanden haben, dass er sie beide umbringen will und dass ihre Mutter nie erfahren soll, was mit ihnen geschehen ist und ob sie noch am Leben sind? Wie halten die kleinen Seelen so etwas aus?"

„Na ja, zum Glück hat er das ja nicht geschafft", sagte Isabella. „Trotz seiner Schüsse mit Leuchtspurmunition haben die

Orcas sich nicht beirren lassen und das Ruder des Bootes zerstört."

„Die Kinder hatten so viel Glück", sagte Isabella leise. „Dass die Orcas sie nicht nur gerettet haben, sondern mit ihnen gespielt und sie über Wasser gehalten haben … Es ist schwer zu glauben."

„Und dann kam dieses Schnellboot", fügte Rafa hinzu. „Doch statt Hilfe zu bringen, nutzten die Drogenschmuggler die Kinder, um sie zu Geld zu machen, und versteckten sie vor unserer Nase in einer Hütte am Rand von *Tresmilviviendas* – dem gefährlichsten Barrio von Sevilla. Das hätte böse enden können."

„Allerdings, die Kinder waren überzeugt, sie wären gar nicht in Spanien, weil dort auf der Straße kein Wort Spanisch zu hören war. Aber am Ende …" Isabella lächelte schwach. „Am Ende haben wir sie zurückgebracht."

„Weißt du, was mir gerade klar wird? Es ist eigentlich total verrückt, diese wunderschönen Tiere Killerwale zu nennen", sagte Rafa nachdenklich. „In Wirklichkeit sind sie das Gegenteil. Sie haben das Leben der Kinder gerettet. Sie sind Lebensretterwale."

Isabella hob ihr Glas und stieß sanft gegen seines. „Auf die Lebensretterwale", sagte sie, mit einem Hauch von Dankbarkeit in ihrer Stimme.

„Auf die Lebensretterwale", wiederholte Rafa und nahm einen großen Schluck. „Und darauf, dass die beiden Señores Jorge Jalitzo und Bruno Baltz jetzt wieder dort sind, wo sie hingehören: Hinter Gittern.

Für einen Moment war die Welt in Ordnung. „Wollen wir zum Nachtisch noch einen Sherry Cream Candela und ein Payoyo-Eis bestellen?", fragte Rafa.

„Unbedingt, Cariño", antwortete die glückliche Isabella.

Die untergehende Sonne tauchte das Meer in ein warmes Gold, und das Paar saß still da, in der Gewissheit, dass sie in einer Welt voller Dunkelheit wenigstens ein kleines Stück Licht geschaffen hatten. Sie wussten, dass es immer neue Herausforderungen geben würde, neue Fälle, neue Kämpfe. Aber in diesem Moment, mit dem Rauschen des Meeres im Hintergrund und dem Geschmack des Weins auf den Lippen, war alles, was zählte, der Frieden dieses Augenblicks.

# DANKSAGUNG

Ein Buch zu schreiben, ist ein langwieriges und einsames Unterfangen. Ich danke allen, die mich beim Schreiben unterstützt und mir Mut und Durchhaltewillen zugesprochen haben. Vor allem meiner wundervollen Frau Claudia, ohne die (auch die zweite Auflage) dieses Buchs vor Rechtschreibfehlern strotzen würde, und meinen beiden tollen Söhnen Tim und Ben.

Ich danke auch meinem Lektor David Michel Engels, der hart, aber immer konstruktiv mit mir ins Gericht gegangen ist und dieses Buch lesbar gemacht und vor allem das Ende auf ein anderes Level gehoben hat.

Danke auch an Ina für das meiner Meinung nach wieder großartige Cover und die klasse Homepage. Ein großes Dankeschön geht auch an meinen Verlag. Ich danke meinem Cousin Olaf, dem Autor der Schlei-Krimis Schleimünde - Mord am Meer und Kappeln - Mörderische Jagd für seine Inspiration und Hilfe. Ohne ihn hätte ich nicht angefangen zu schreiben.

Dazu möchte ich meinen Versuchskaninchen für die Coverauswahl danken: Andrea Sasse, Julia Langguth, Anke Langemeyer, Johanna Bergmann, Peter Mazzotti, Kai Fenneken und Christoph Schmid. Außerdem danke ich meinen lieben Arbeitskollegen, die mich zu der ein oder anderen Figur in diesem Buch inspiriert haben und allen, die ich bei dieser Aufzählung vergessen habe und die mich auf die eine oder andere Art und Weise unterstützt haben.

## ÜBER DEN AUTOR

Ralf Kimmel, 1976 in Essen geboren, hat in Bochum, Almería (Andalusien) und Stellenbosch (Südafrika) Jura studiert und war anschließend für Anwaltskanzleien in Düsseldorf und Frankfurt am Main tätig, bevor er in die Rechtsabteilung eines börsennotierten Immobilienunternehmens wechselte.

Er ist verheiratet und Vater zweier Söhne. Seine Freizeit verbringt er mit seiner Familie vorzugsweise in seinem Ferienhaus in Conil de la Frontera an der andalusischen Atlantikküste. Als Liebhaber Spaniens und passionierter Golfspieler entführt er die Leserschaft in seinen Conil-Krimis sowohl an die schönsten Orte der Küste des Lichts als auch in die verborgenen Abgründe hinter der perfekten Fassade der andalusischen Urlaubsidylle.

2023 veröffentliche er den ersten Mord in Conil Krimi mit dem Titel „Rafa González ermittelt". 2004 folgte der zweite Teil der Serie „Mord in Conil - Operation Orca".